JN242497

暗殺姫は籠の中

小桜けい

Kei Kozakura

RB

レジーナ文庫

登場人物紹介
ヴェルナー
フロッケンベルク国の若き国王。
穏やかな性格で
臣下にも慕われている。
賢王として知られ、
時には策士な一面も見せる。
ビアンカ
ロクサリス国出身の少女。
全身に猛毒を宿す
『毒姫』として育てられた。
隣国の王ヴェルナーの暗殺を
命じられるが……!?

軍師
フロッケンベルク国の
下級錬金術師の
服装をした
謎の男。
エルンスト
ロクサリス国の魔術師。
冷酷な人物。
ルーディ
フロッケンベルク国の
下級錬金術師。
妙に嗅覚が鋭い。
アイリーン
ヴェルナーの幼馴染《おさななじみ》。
バーグレイ商会という
隊商の首領の娘。
ロットン
フロッケンベルク国の
衛兵の息子。
よく城の中庭に
遊びに来る。

目次

暗殺姫は籠の中

プロローグ

——明日、あの綺麗な城の王をわたしは暗殺するのね。

ビアンカは宿の二階で、窓から夕暮れの外を眺めていた。

夕陽に輝く北国フロッケンベルクの王城は、とても美しい。あんなに綺麗な建物、初めて見た。

城の手前からは城下街が広がり、ビアンカのいる宿もその中にある。

窓から見える街の通りは、旅装をした人や幌馬車《ほろばしゃ》でどこも埋め尽くされ、賑《にぎ》やかだ。

旅人の多くは、剣を下げて兜《かぶと》や篭手《こて》などを身につけた男性だった。彼らは他国の戦に参加して金を稼《かせ》ぎ、故郷であるこの国に帰って来た傭兵《ようへい》だと聞く。

こうした街並みも、傭兵も、幌馬車も、数日前までビアンカは見た事がなかった。

彼女は隣国ロクサリスにて、老師と呼ばれる優れた魔術師たちに育てられ、今まで外の世界には一歩も出る事が許されなかったのだ。

なぜならビアンカは、全身に猛毒を宿した暗殺道具『毒姫』なのだから。

毒姫が外の世界に出られるのは、老師に暗殺を命じられた時のみ。ビアンカは明日、フロッケンベルクの王をその身の毒で殺し、すぐに自害しなければいけない。

死は怖いけれど、老師の命令である以上、仕方のないことだ。

胸中で頷《うなず》いた時、背後から大きなイビキが聞こえた。振り向くと、テーブルに突っ伏して熟睡している中年男の姿がある。その足元には、空《から》の酒瓶が何本も転がっていた。

男は、老師の命を受けた使節団の長《おさ》で、明日はビアンカをこの国の王に献上する役となっている。

起きそうにない使節団長と、窓の外に広がる楽しげな街並みへ、ビアンカは交互に視線を向けた。

勝手に出歩くなと言われているので、初めて外に出られたのに、一歩も自由に歩いていない。物珍しい景色を、馬車や宿の窓からじっと眺めるだけ。

いけないと思いつつ、抗《あらが》いがたい誘惑が、ビアンカの足をそろそろと戸口のほうに歩ませる。

（ほんの少しだけ……すぐに戻るのだから……）

ドキドキと心臓を高鳴らせ、ビアンカは宿の前にある通りに出た。

旅人たちはそれぞれ、自分を歓迎してくれる家を、一目散《いちもくさん》に目指しているらしい。雑踏《ざっとう》の中、道の脇にある家々から、「おかえり！」「待っていたよ！」などと、嬉しそうな声が聞こえる。

賑《にぎ》わいに圧倒されながら、辺りを見物していたビアンカは、ふと一点に視線を留《と》めた。道脇で、右腕と左足にギプスをはめた傭兵《ようへい》らしき男が立ち往生していた。松葉杖《まつばづえ》の先が溝に引っかかってしまったようだ。片腕と片足しか使えなくては、自力で抜くのは難しいだろう。

「……お手伝いしましょうか？」

ビアンカが声をかけると、男が驚いたように顔を上げた。

兜《かぶと》を深くかぶっているうえに、髭《ひげ》が伸び放題なので、男の顔はよく見えない。もじゃもじゃの髭の奥から「すまない。頼む」と微《かす》かに聞こえた。

ビアンカは自身の毒が周囲につかないよう、常に手袋をはめている。思いきって両手で松葉杖をしっかりと握り、男と共に力を込めて引くと、意外に深く食い込んでいた杖はなんとか抜けた。

無事に抜けた松葉杖を男に渡し、ビアンカはホッとして微笑《ほほえ》む。

そのまま素早く踵《きびす》を返して宿に駆け戻ると、幸いにも団長はまだぐっすり寝ていてくれた。

勝手に出歩いたうえ、見知らぬ相手に接触するなんて、もしバレたら大変なところだ。改めて思うと怖くなってきたけれど……死ぬ前に少しでも、誰かの役に立てたことは嬉しい。


翌日の昼。

ビアンカは昨日見た美しい王城の、煌《きら》びやかな謁見《えっけん》の間に入った。

顔を覆《おお》っていたヴェールを静かに取り、玉座にいる若き国王――暗殺対象へ深々と頭を下げる。

「お目にかかれて光栄でございます陛下。私はビアンカと申します。不束者《ふつつかもの》にございますが、どうぞロクサリス国からの献上品の一部に、この身が加わることをお許しください」

1　初めての返答

貴族や国同士のお付き合いには、賄賂《わいろ》とはまた違った意味で、互いへの贈り物が欠かせない。

それは相手に対する敬意の表れだったり、富裕さを見せつける目的だったりするが、とにかく高価な品が行き来する訳だ。

たとえば鳥の卵ほど大きなルビー、箱にずらりと並んだ大粒の真珠、職人が十年がかりで織りあげた見事な絨毯《じゅうたん》、象牙《ぞうげ》に毛皮に金銀細工……

そして中には、生きた贈り物もある。突然変異の珍獣や、美しい魚など。ただ、これは多くの場合、微妙だった。輸送中に死んでしまう可能性が高かったし、その後の管理にも手間がかかる。気に入らなかったからといって、始末してしまうのに抵抗を感じる者もいるだろう。

だから『生きた土産《みやげ》』と言えば、大抵、見た目の美しい奴隷《どれい》を指す事が多かった。

ビアンカは、ロクサリス国から隣国の王へ差し出された、生きた献上品という訳だ。

実際、彼女は一国の王への贈り物として申し分ない美少女だった。

きめこまやかな雪白の肌に、絹糸のように艶《つや》やかな栗色の長い髪。卵型の小さな顔に輝くのは、大きなエメラルド色の印象的な瞳だ。

美しいドレスに包まれた肢体《したい》は、全体的にすらりとしている。ただ胸や腰まわりは、十八歳という年齢相応に十分発達していた。

ロクサリス王家秘蔵の名画や、見事な細工の宝飾品などの横に並べられたビアンカを、謁見《えっけん》の間に同席しているフロッケンベルクの家臣たちがジロジロと眺めてくる。

彼らの胡散臭《うさんくさ》げな視線に、国王暗殺という目的を見透《みす》かされているような気がして、ビアンカは非常に落ち着かない気分だった。

もっとも、こんな立派な場所に立つのは初めてだったから、緊張していた事もある。

フロッケンベルク王宮の謁見の間は、とても煌《きら》びやかで荘厳だった。

精密な彫刻が施《ほどこ》された白い柱に、金と深い青で彩《いろど》られたドーム型の天井。床は磨きぬかれた大理石で、踏んで歩いていいものか躊躇《ためら》いそうになるほどだ。

ビアンカは手袋をはめた両手を握り合わせ、全身の震えを必死で抑える。

ともすれば俯《うつむ》きそうになる顔を正面に固定し、フロッケンベルクの国王ヴェルナーを見つめた。

彼はまだ二十代後半といったところだろう。少しクセのある金茶色の髪に、深い色の青い瞳。顔立ちはどちらかといえば、男らしいというより、線の細い繊細なつくりをしている。

均整のとれた身体に丈の長い立派な上着を羽織《はお》り、風格のあるどっしりした玉座に座る彼は、いかにも高貴な雰囲気をかもしだしていた。

ビアンカがヴェールをとると青い目は軽く見開かれたが、驚いたようなその表情はすぐに消えた。

「ようこそ我が国へ。歓迎する、ビアンカ」

若き王は、ビアンカへゆったり微笑《ほほえ》みかけると、彼女の斜め前に立っているロクサリス国の使節団長へ視線を移す。

「ロクサリス国王からの、素晴らしい贈り物の数々は頂戴した。近く、我が国からも使者を向かわせていただく」

「ありがたき幸せに存じます」

中年の使節団長が丁重に返答をし、格式ばった言葉でしばらくヴェルナーとやりとりを続ける。ビアンカは、みじろぎもせずにそれを聞いていた。

しかし、使節団長は話の途中でにこやかな笑みを引《ひ》き攣《つ》らせる。そして、ビアンカを伴《とも》って謁見《えっけん》の間を出る頃には、額《ひたい》にうっすらと汗まで浮かべていた。

何しろ彼は献上品とビアンカを置いてすぐ去る予定だったのに、言葉巧《たく》みにヴェルナーに誘われ、この城へしばらく逗留《とうりゅう》する事になったのだ。

城の召使いが、使節団員たちを部屋に案内する。

ビアンカも彼らの近くに部屋を与えられるそうだ。城の長い廊下を歩きながら、ビアンカは心の中で首をかしげた。

（どうして、こうなったのかしら……？）

柔らかく流暢《りゅうちょう》なヴェルナーの言葉は、使節団長へ絡《から》みつき、いつの間にか数日の逗留を断れないような話の流れになっていた。

なぜヴェルナーが使節団を引きとめたのか不思議だったが、ビアンカはいつも老師に命じられているとおり、余計な事を考えるのはやめた。

城の内部を眺めつつ、硬い廊下にコツコツと足音を響かせて歩く。

フロッケンベルクの王宮は、彼女が見知った場所とは随分違っていた。

ビアンカが育ったのは、希少な魔法の才を持つ者が多い、ロクサリス王国。その中でも最重要機関である魔術師ギルドだ。彼女は、ギルドの広大な敷地の一部、高い塀に囲まれ、上部を透明な魔法の結界で覆《おお》った『庭園』と呼ばれる場所でずっと暮らしていた。

寒風や雪を結界の屋根が防ぎ、いつも温かく保たれた『庭園』では、薬草がすくすくと育つ。

あの『庭園』はそういう場所だ。生まれつき魔力を持つ魔法使いの中でも、特に高い魔力を持った人間——偉大な、選ばれし存在である『老師』たちが管理する、常春《とこはる》の園。

そこは、老師たちが魔法に使うための薬草を、効率よく育てあげる場所だ。

ビアンカもその薬草の一種だと教えられていた。

だから、『庭園』で育ったビアンカたちは、身体のつくりこそ人間でも、人間ではないと老師たちは言う。『庭園』の管理者で魔術師ギルドの長官でもある老師たちは、ビアンカたちを『庭園』の産物だと見なしていた。言わば、肉でできた植物だ。

ビアンカたち肉植物《にくしょくぶつ》は老師たちが管理する『庭園』のため、様々な用途に使われる。

大抵は、新しい魔法薬を試す時の実験体だが、見た目の良い肉植物は、外の人間へ奉仕するように教育された。

ビアンカは、その中でも『毒姫』と名づけられている品種で、一際《ひときわ》変わった用途に使われる肉植物だ。

育て方は、大変難しい。女の赤子に、ある毒草を毎日、少量ずつ摂取させ、ゆっくりゆっくりとその毒への耐性をつけさせていく。

大多数の赤子が毒に負けすぐに死んでしまい、生き残る者は一割に満たない。けれど、毒に打ち勝ち成長出来た少女は、全身の体液が猛毒と化し、髪にも爪にも強烈な毒を帯《お》びた『毒姫』となる。

彼女たちの指や髪が、ほんの少しでも触れた水は、一口飲んだだけでも、通常の人を三日三晩は苦しめる。水に染み出した毒の量によっては、手足が一生動かなくなる場合もあった。

彼女たちの身体で最も有害なのが体液で、口にすれば、わずか数滴で即、死に至る。

毒姫は、腕力も武芸も持たない。非力なか弱い少女だけれど、口づけ一つで相手の命を摘《つ》みとれる暗殺道具なのだ。

美しく豪華に飾られた彼女たちは、好意を装《よそお》って敵のもとへ献上される。

生きた献上品は大抵の場合、すぐ夜伽《よとぎ》に使われ、触れ合った途端に相手を絶命させるのだ。

そのあとで、あらかじめ自害の方法を教え込まれている毒姫たちは、敵の部下に見つかる前に素早く自らの命も摘みとる。

ビアンカも今夜、ヴェルナーの寝室でそうなるはずだ……

――数日前の夜。

ビアンカはいつものように、『庭園』の草花の手入れに行こうとしていた。

肉植物たちの殆《ほとん》どが、『庭園』の植物を育てるために一日中働かされる。

しかし数人いる毒姫たちは、どこの貴族や王宮に送られても良いようにと、数ヶ国語の読み書きや、踊りに歌などの教養を身につける時間のほうを優先させられていた。

肌荒れや日焼けを避けるために、日中に重い肥料《ひりょう》や水樽《みずたる》を運ぶといった労働も免除されている。

だからビアンカはせめて日没後のわずかな時間だけでも仲間を手伝いたくて、夜になると熱心に働いた。

ところがその日は、宿舎から出ようとしたところを、老師の一人に呼ばれたのだ。

そして、今夜中に『庭園』を出て隣国フロッケンベルクへ行き、国王ヴェルナーの命を枯らせと命じられた。

そのほかの細かい道中の事は同行する使節団長に従え。老師が口にしたのはそれだけ。

ビアンカは驚いたものの、すぐにかしこまりましたと答え、余計な質問はしなかった。

余計な事を考えるのは罪だと教えられている。

たとえば、どうして隣国の王を毒殺しなければいけないのかという疑問も、老師が説明しなかったのならば、ビアンカがそれについて深く考えたり質問したりするべきではないのだ。

どう生き、いつどうやって死ぬのか、全ては自分たちよりずっと優れた老師たちが、間違いのないように定めてくれる。

理由など知らなくても、老師の命令は絶対だから、フロッケンベルク王ヴェルナーの命を毒で枯らさなければ。

役割を果たしたあとで、ビアンカは自害する。万が一失敗した時は、逆にヴェルナーに殺されるだろう。

どちらにしてもビアンカは、数日中に死ぬ。

死ぬのも痛いのも怖いけれど……老師の命令である。

余計な事は考えず、ただ老師様に従うべきなのだ。

そうして、ビアンカは旅立った。


案内された宿泊用の部屋は、いくつもの部屋が続き扉で繋《つな》がっている立派な客室だった。

使節団の男性たちは、数人ごとで一部屋を使い、ビアンカは一番狭い部屋を一人で使用するように言われる。ビアンカの衣類が入った荷物もその部屋に置かれた。

一番狭いと言っても、ビアンカが『庭園』にいた頃、複数で使っていた部屋よりずっと広い。

瀟洒《しょうしゃ》なデザインのテーブルセットや立派な安楽椅子に、そのまま寝転べそうな大きい長椅子。柔らかそうな寝具の揃った寝台などが置かれた、とても豪華な部屋だ。

ビアンカが立ったまま綺麗な天井絵を眺めていると、不意に続き部屋の扉が開いた。

苦々《にがにが》しげな表情の使節団長が入ってくる。

「くそっ、予定は変更だ。今晩、国王がお前を呼んでも、具合が悪くなったふりをして時間を稼《かせ》げ。お前が役目を果たすのは、俺たちが安全にずらかったあとだ」

先ほどまでとは大違いの乱暴な口調と態度で、使節団長はぎろりとビアンカを睨《にら》んだ。

「はい」

ビアンカは頷《うなず》いたが、ふと心配になる。ヴェルナーは彼らの逗留《とうりゅう》期間をはっきりと言わなかった。自分が役目を果たすのは一体、何日後なのだろう?

「ただ……わたしはあれがなくては……」

「念のために数日分の予備を持ってきてある。ほら、今日のだ」

団長が上着のポケットから小さな薬包を取り出し、テーブルの上に載せた。

テーブルには水差しとグラスが用意されている。ビアンカは手袋をした手でコップに水を少量だけ注《そそ》いだ。薬包を開き、中に入っていた茶色い粉薬を口に含む。舌に広がる苦味を堪《こら》えつつ、グラスを顔より高く持ちあげ、グラスの縁に唇が触れないよう、口を大きく開けて、慎重に水を口内へ流し込んだ。

行儀も見た目も悪いやり方だが、庭園の外ではこうしろと教え込まれていた。食器類に口をつければ、唾液《だえき》が付着する。何かの拍子にほかの人間がそれに触ったりすれば、猛毒に苦しめられるだろう。それが騒ぎとなると、目的を果たす前に正体がバレかねない。

慣れない飲み方に苦戦しながら、苦い粉末をようやく喉《のど》に流し込むビアンカを、団長が薄気味悪そうに眺めていた。

この粉末は、アコニトという草を乾燥させたもので、本来ならば致死の毒薬だ。しかし、赤子の頃から時間をかけてこの毒を全身に宿したビアンカは、今では毎日これを呑まなければ生きていけない。

団長が、持参した革袋を広げた。ビアンカは空《から》っぽの薬包をその中へ入れる。

彼女は長袖のドレスを着て、手袋もしているし、自分の毒が辺りに付着しないように気をつけていた。それでも団長は布越しにもビアンカに触れないよう、慎重に避けている。

その時、廊下から複数の足音が近づいてきて、外と繋《つな》がっている扉がノックされた。

「ビアンカ。ヴェルナーだが、君と少し話がしたい。入っても良いだろうか？」

（え⁉）

紛《まぎ》れもない国王自身の声に、ビアンカは驚いて使節団長の顔を仰ぎ見た。

団長にも予想外だったらしく、青ざめて扉を睨《にら》んでいる。

「寝込んだふりをしろ。疲れが出たらしいと俺が言い訳をする」

革袋を上着の中に突っ込んで隠しつつ、団長が小声で囁《ささや》いた。

寝台を顎《あご》で示され、ビアンカは急いでドレスの隠しを探り、極薄の防水布を取り出す。

それを枕の上に広げ、髪が触れないようにした。それから、靴を脱ぎ、掛け布へ潜《もぐ》り込む。目を閉じると同時に、扉を開ける音がした。

「お待たせいたしました、陛下。誠に申し訳ございませんが、ビアンカは急に旅の疲れが出てしまったようで……」

「寝込んでしまったのか？」

「ええ。着いて早々にこの有様《ありさま》で、大変申し訳ないのですが……」

「気にする事はない。それよりもすぐに医者を寄越そう」

「あ、いいえっ！　そのようなお手間をかけるには及びません！」

「遠慮は無用だ。すでに彼女は私が引き取ったのだから、私が気遣うのは当然だろう」

「し、しかし……国から持参した滋養剤《じようざい》を呑ませましたので！　しばらく安静にしていれば、すぐに良くなるかと思います」

ヴェルナーの落ち着いた声と、団長の焦りきった声が交互に聞こえる。時々、金属の擦《こす》れるような音が複数するのは、国王が護衛の兵を連れてきているからだろうか。

謁見《えっけん》時の様子から考えれば、団長がいくら言い訳をしても、医者を呼ばれるかもしれない。そうしたら、すぐに毒姫とばれてしまう。

ビアンカの心臓が不安でドクドクと鳴る。

つい、そっと薄く目を開けると、団長の肩越しにヴェルナーと目が合った。

ギクリと身体が強《こわ》ばる。

急いで目を瞑《つむ》ろうとしたが、ヴェルナーからとても優しそうな声をかけられた。

「やぁ、起こしてしまったかな」

王に、にこやかに微笑《ほほえ》まれ、逆に目を見開いて、彼を凝視してしまった。

「騒がしくしてすまなかったね。食事は部屋に運ばせるから、何も心配せず、ゆっくりと休むが良い」

青ざめて硬直している団長の肩の向こうで、若い国王はヒラヒラと手を振る。

そして、医者を呼ぶと言った先ほどの言葉をあっさりと引っ込め、去っていった。

「……畜生《ちくしょう》っ、なんだありゃ」

扉に耳をつけて足音をうかがっていた団長は、大きなため息とともに悪態《あくたい》をついた。

「こうなりゃすぐにでも逃げ出したほうが良いな。お前はまだしばらく、そのまま寝こんだふりをしていろ」

舌打ちをし、自身にあてがわれた続き部屋に戻っていく。

扉が完全に閉まり、ようやくビアンカも緊張が解けた。ホッと息をつく。

窓から見える初夏の空は、まだまだ明るい。けれど、柔らかい寝具が心地良く、自然と瞼《まぶた》が下りてきた。

ここ数日の旅路と目的に対する緊張で、疲れが溜《た》まっていたようだ。

閉じた瞼の裏に、なぜか先ほど見たヴェルナーの姿が浮かびあがる。

ビアンカが自国ロクサリスの王に会うなど出来るはずもなかったから、国王という人に会うのは彼が初めてだ。

国の支配者は、『庭園』の管理者である老師たちみたいに、周囲を平伏《へいふく》させる恐ろしい人だと思っていた。

けれど、実際に謁見《えっけん》したヴェルナーは、常に柔和な表情で決して声を荒らげない。使節団長を言いくるめた時さえも、老師たちが肉植物を従わせる態度とは随分違った。

手を振って笑いかけてきたヴェルナーの姿をビアンカはさらによく思い出し、瞼の裏に焼きつけようとする。

世話をしていた『庭園』の植物が、とても綺麗に花を咲かせた時みたいに。

肉植物が草花を育てるのは、自分たちが観賞して楽しむためではない。老師たちが薬に使うからだ。それゆえに、見事に育ったものほど、すぐに摘《つ》みとられてしまう。

仕方がない事だけれど、せめてその綺麗な花の記憶を、少しでも長く自分の中に留《とど》めておきたかった。

ビアンカは、素敵だなと思ったヴェルナーの姿を、思い浮かべつづける。

(だってあの人は、もうすぐ……)

彼の命を枯らすのは、ビアンカだ。

「っ！」

ビアンカの心の中でにこやかな笑みを浮かべていたヴェルナーの顔が、たちまち、血を吐き苦しんでいるものに変わった。

ゾワゾワと恐ろしさが込みあげ、止めようもなく身体が震えてくる。

急いでヴェルナーの姿を消そうとするけれど、どうしてだか、ちっとも消えてくれない。

命の期限を決めるのは、老師たち。

もちろん毒姫の命もそうだ。

ビアンカは、幼い毒姫候補たちを何十人も世話し、老師に与えられる毒草に耐えきれず、血を吐いて死んでいく姿を見てきた。

彼女たちの死を悲しむと、老師たちからいつも、運命を受け入れろと一喝《いっかつ》される。

だから、ヴェルナーの命がビアンカの毒で枯れるのも、決められた宿運なのだと受け入れるしかない……

ビアンカはいっそう強く目を瞑《つむ》った。


——あれほど震えつづけていたのに、いつの間にか眠ってしまったらしい。

廊下と繋《つな》がっている扉がノックされる音にビアンカが目を覚ますと、部屋の中はもう真っ暗だった。

「失礼します。夕食をお持ちしました」

女性の声に、ビアンカは寝起きの掠《かす》れた声で返事をする。

すぐに扉が開き、盆を持った侍女が姿を見せた。

彼女が盆を手にしたまま壁際のスイッチを押すと、天井のシャンデリアが輝き、室内が一気に明るくなる。ガラスの球の中で光を放っているのは、ランプのような炎ではなく、魔法の光。

『庭園』では、火事を防ぐためにランプの使用はごく一部に限られ、殆《ほとん》どの灯りは魔法灯火《ともしび》だ。だから、魔力を持たないビアンカたちが自由に灯りをつける事はできなかった。

しかし、このシャンデリアは魔力を持たないものでも使えるらしい。

ここフロッケンベルクは、このような『魔道具』を造る技術――錬金術の国だという。魔道具も錬金術も、『庭園』では聞いた事がなかったから、来る途中の宿で初めてこういった品を見て、ビアンカはたいそう驚いたものだ。

魔力を持たない者でも使用出来る魔法の道具に改めて感心しつつ、ビアンカは慌《あわ》てて寝台の上に身を起こした。

室内が明るくなると、侍女の容姿がよくわかる。

手早くテーブルに皿やカトラリーを並べ、茶を注《つ》いでいる彼女は、二十代の半ばといったところだろうか。リコリスの花のように真っ赤な髪を編んで纏《まと》め、日焼けした頬《ほお》には、うっすらとソバカスが残っている。

彼女は素早く食事の支度を終えると、こげ茶色の鋭い瞳でビアンカを一瞬見つめたあと、一礼をしてすぐに出ていった。

去り際の視線が少し気になったもの、彼女が持ってきてくれた食事を眺め、ビアンカは嬉しくなる。

食事は薄切りのパンに肉や野菜を挟んだものがメインだった。

美味《おい》しそうなシチューやゼリーは残念ながら諦めなければいけないが、フォークやスプーンに口をつけなくて良いパンなら食べられる。それは、おそらく偶然なのだろうが、ビアンカは幸運に感謝しながら、ハムと新鮮な野菜を挟んだパンを手に取った。

食べ終えて少しすると、先ほどの侍女が皿を下げに来る。

シチューやゼリーを食べられなかった理由は言えなかったが、せっかく用意してもらったものを残してしまった事をビアンカは詫《わ》びた。

赤毛の侍女は、特に不審がりもせずに皿を片づけ、浄化魔法を篭《こ》めたという丸薬入りの小瓶を差し出す。

「こちらは陛下よりお預かりしたものです。お加減が悪いのでしたら、湯浴《ゆあ》みは避けたほうがよろしいだろうとのお気遣いでした」

この薬は、錬金術師ギルドが作ったもので、一粒を噛《か》み砕いて呑むだけで、浄化魔法をかけられたのと同じ効果がある、と彼女は説明してくれた。

つまり、身体と着ている衣服の汚れが瞬時に清められるそうだ。

『庭園』で、老師たちが浄化魔法を使っているのをたまに見た事がある。

老師たちが言う事によると、魔法は選ばれし者だけに与えられる特別な才能だ。

だから、『庭園』の維持のために必要な魔法灯火《ともしび》や結界は別として、肉植物ごときに大切な魔法がかけられる事はない。

そんな魔法の薬を、自分のようなものが貰って良いのかとしばし迷ったが、結局ビアンカは小声で礼を言って、薬を受け取った。

毒姫の汗には強い毒素が含まれているので、『庭園』ではビアンカたちの使った湯や衣服を洗った水は、専用の水路へ流している。けれど、『庭園』を出てからは、汚水を流す専用の水路がないので湯浴みも洗濯も出来なかった。さすがに謁見《えっけん》に汗臭いまま臨《のぞ》む訳にはいかなかったので、昨日は王宮近くの宿に泊まり、布で身体を拭《ふ》いたのだ。その布や汚れた衣服は使節団長が全て燃やしてくれた。

今日は緊張しすぎたせいか、汗でドレスがかなり湿っている。寝間着《ねまき》も含めて、替えの衣類は何枚か持ってきているが、このまま着替えても気持ち悪いだけだろうし、服の始末に困る。

ビアンカは小瓶の蓋《ふた》を開けて、小指の爪ほどの丸薬を一粒口に入れた。苦味を覚悟しながら軽く噛むと、意外にも、苺《いちご》に似た甘酸っぱい味が口に広がる。

ところが美味《おい》しい欠片《かけら》を呑み下した瞬間、オレンジ色の炎が全身を包んだ。

「きゃあっ⁉」

ビアンカは驚愕《きょうがく》に悲鳴をあげた。

思い出すと、老師たちが浄化魔法を使う時も、一瞬こんな色の炎に身体を包まれていた。見るのと自分で体験するのとでは、全然違う。

驚いた拍子に、手から小瓶を放り投げてしまい、飛んでいったそれが侍女の額《ひたい》にまともにぶつかった。ガツッと固い音が鳴る。

「ごめんなさい！　痛かったでしょう⁉」

慌てて駆け寄ったが、侍女は表情を変えなかった。何事もなかったように、柔らかな絨毯《じゅうたん》に落ちた瓶を拾いあげる。

「大丈夫です。軽く当たっただけですので」

平然と答えた侍女は、姿勢を正して、ビアンカへ深々と頭を下げる。

「こちらこそ、説明不足で申し訳ございません。ロクサリスからいらっしゃった方なので、浄化魔法には慣れていると思い込んでおりました」

「浄化魔法を見た事はあったけれど、わたしは魔法を使えないから、驚いてしまって……」

「そうでございましたか」

侍女は頷《うなず》き、瓶をテーブルの上に置いた。それからチラリとビアンカへ視線を戻し、引き結んでいた唇を解く。

「この薬も浄化魔法と同じように、汚れが落ちた実感はあまりありませんが、埃《ほこり》や汗などは全て落ちています。一日に一錠で十分ですから、それ以上はお呑みになりませんように」

落ち着いた声で説明され、ビアンカは改めて自分の身体を見下ろす。

侍女に小瓶をぶつけてしまった事ばかりに気を取られていたが、たしかに濡れた布で肌を拭《ふ》いた時のようなさっぱりとした感じはしない。

それなのに、肌に触れるドレスの布は、もう汗ではりついていなかった。

「はい！　ありがとうございます」

意外に親切な侍女に、ビアンカは笑顔で頷《うなず》く。

「それでは失礼いたします」

侍女は淡々と言うと、そのままさっさと退室していった。

＊　＊　＊

「――以上の事から、彼女は間違いなく毒姫と思われます」

執務室で、赤毛の侍女アイリーンからの報告を聞き、ヴェルナーは片手で額を押さえた。

山一つを国境として隣接しているロクサリス国とフロッケンベルク国は、祖先は同じと言われ、言語も同じで文化も似ているが、昔から非常に険悪な間柄だ。

その最たる原因は、魔術師ギルドと錬金術師ギルドにあるのだろう。

ロクサリスの歴史書には、『魔法使いの矜持《きょうじ》を軽んじ、魔術師ギルドを追い出された者たちが、山の北側に集落を作った。それが錬金術師ギルドであり、フロッケンベルク王国の始まりである』と書かれている。

一方、フロッケンベルクの歴史書には、『柔軟な発想を必要とする魔道具造りについていけなかった魔法使いが、錬金術師ギルドから役立たずと解雇され、山の南側で魔法だけを重視するようになった。それが魔術師ギルドであり、ロクサリス王国の始まりである』と正反対の事が書かれている。

どちらが正しいかは謎だ。

ただ一つ確かなのは、魔法を使うのに必須となる魔力は生まれつきの才能である事。

魔力のある者が、努力でより高度な魔法を使いこなせるようになる事はあっても、魔力がない者が魔法を使えるようになる事はない。

世界中を眺めれば、魔力を持たない人間のほうが遥《はる》かに多い。

大陸の主な諸国と比べ魔力持ちが生まれやすく、高い魔力を持つ者が支配者層を占めているロクサリス国において、魔力を持つ人間は持たない者より優れていると考えられている。

一方、二番目に魔力持ちが多いフロッケンベルクでは、やや事情が異なった。

フロッケンベルクは、作物もろくに育たないほど極寒の地。そのうえ、凶暴な人狼族《じんろうぞく》のなわばりに近く、彼らの略奪にも苦しめられていた。

そうした中で、魔法はたしかに重宝されたが、数少ない魔法使いに頼ってばかりでは生き残れない。

魔力を持たない人たちは、魔法を学ぶ代わりに身体を鍛《きた》えて、強靭《きょうじん》な肉体と武力を手に入れた。そうした戦士が魔道具で武装をすれば、危険な雪山でも獲物を狩れたし、ほかにも魔道具を活用する事で、なんとか衣食住の確保を出来たのだ。

錬金術師ギルドの魔道具は、魔法使いの少ないほかの国々でも、便利な品と重宝されるようになってきている。

現在、フロッケンベルクは錬金術師ギルドの輸出品と傭兵《ようへい》の派遣による外貨で、成り立っていた。

それがロクサリスの魔術師ギルドとしては、非常に面白くない。

選民意識の高い彼らからすれば、誰でも魔法を使えるようにする魔道具は、自分たちの存在を軽くする悪魔の道具だ。

魔法使いの矜持《きょうじ》を安売りする恥知らずがと、錬金術師ギルドを罵《ののし》る。対抗して、錬金術師ギルドも頭の固い高慢《こうまん》ちきめと言い返し、見るに耐えない泥仕合《どろじあい》を続けている。

歴史を遡《さかのぼ》れば、これが原因で大小百を超す戦《いくさ》が起こっているのだから笑えない話だ。

ここ数十年は戦が起こっていないが、それはロクサリスがかけてくるちょっかいを、フロッケンベルク王家が受け流しているからにすぎない。

ヴェルナーも先代の王である父も、その前王の祖父も、挑発に乗って不要な争いをするべきではないという考えだった。

錬金術師ギルドとしては面白くないだろうが、この国では王の発言力が強い。それに加え、不要な戦が彼ら自身にも不利益を与えるのは明らかなので、怒りを収めてくれている。

それがロクサリスから突然、長年の亀裂を埋めて友好を深めるため、使節団を寄越したいと連絡が来たのだ。

非常に怪《あや》しいと思うのが普通だろう。

とりあえず角《かど》が立たないように迎え入れ、油断して尻尾を出したら即座に捕まえようと、入念に準備をしておいた。

　城へ来た使節団の中に、どうやら献上される女性がいるらしいと聞き、毒姫ではないかと、謁見《えっけん》前から用心していたのだ。

（どうして、彼女なんだ……）

　ヴェルナーは俯《うつむ》いてアイリーンから表情を隠しつつ、心の中で呻《うめ》く。

　謁見の間で、ヴェールを脱いだ彼女を見た時に、あやうく驚きの声をあげそうになった。

　ビアンカは知らないだろうが、ヴェルナーは彼女と会った事がある。

　互いに名前も告《つ》げないままだった彼女を探し出してもう一度会いたいと思うほど惹《ひ》かれた。一方で、自分の立場を考えれば、もう二度と会わないほうが良いのかもしれないと、ずっと悶々《もんもん》とした気持ちを抱えていたのだ。

　思ってもみない形で、彼女との再会が果たされた。

　毒姫は、この国の錬金術師ギルドでもよく知られている。

　やけに瞳孔が開いて黒目がちに見える瞳、暖かな季節にもかかわらず長袖で襟元《えりもと》の詰まった服、防水加工された薄手袋など、ビアンカからは毒姫の特徴が端々《はしばし》に見えた。おまけに使節団の面々は彼女に決して近づこうとしない。

　そこでアイリーンを、ビアンカの部屋の天井裏に忍び込ませたのだ。彼女は、ビアンカと団長とのやりとりや、ビアンカが粉薬を呑む妙な方法など、全て見ていた。

さらに、夕食のメニューでもビアンカを試した。

もしも彼女が毒姫の正体を上手く隠したいのなら、カトラリーを使うものには一切手をつけないはずだと。……そのとおりの結果が、アイリーンの持ち帰った盆に載っている。

このような作業をあっさりこなすアイリーン・バーグレイは、本来、侍女ではない。

彼女はバーグレイ商会という隊商の首領の一人娘。そしてバーグレイ商会は、代々フロッケンベルク王家に仕える密偵機関である。

表向きは、ごく普通に大陸中を行商しているが、裏ではフロッケンベルク国のために各地で情報収集をし、時には極秘裏《ごくひり》の王命をこなしてきた。

だから本日も、アイリーンは数人の仲間たちと、使節団を見張るために城内に張り込んでいたのだ。

そのアイリーンに、ビアンカが毒姫ではない証拠をどうにか見つけさせたくて、ヴェルナーは確認を命じた。

しかし、なかば覚悟していた結果に唇を噛《か》む。

「彼女を助けたい。国王としてではなく、私の個人的な我《わ》が侭《まま》だ」

ヴェルナーは顔を上げ、ようやく決断を口にした。

念を入れてアイリーンを天井裏に潜《ひそ》ませたものの、彼とてビアンカと使節団が、黒だと思ったからこそ、兵を率いて彼女の部屋を訪ねたのだ。

仮病を使われるのも予想済みで、それを逆手《さかて》にとって医者に見せ正体を明かそうとした。

……しかし、困りきった顔でこちらを見るビアンカと目が合った瞬間、心に定めたはずの覚悟が霧散《むさん》した。

フロッケンベルク国王の立場からは、そうすべきだとわかっていても、彼女を暗殺者の一員だと追い詰める事が出来なくなってしまったのだ。

だってビアンカはあの時、困っていた見ず知らずの自分を助けてくれたのだから。

ヴェルナーの正体を知らない彼女は、見返りを求めず、彼に手を貸し、名前も告《つ》げずにふわりと微笑《ほほえ》んで去っていった。

ヴェルナーは苦渋の表情を浮かべる。そんな彼を眺め、アイリーンは頭につけた侍女用のレース飾りを剥《は》ぎとると、困ったように眉をひそめた。

「助けたいって……あんたを暗殺しにきた子だよ？」

アイリーンはヴェルナーと年の近い幼馴染《おさななじみ》で、身分の差こそあれ親友でもある。

国王ではなく、あくまで個人としてヴェルナーが話しているのに気がついたのだろう、アイリーンは幼馴染と話す遠慮のない口調になった。

「わかっている。だが……彼女が自ら望んで暗殺をたくらむ訳がない」

「そりゃそうさ。毒姫は、事情なんか何も知らされない。使い捨ての毒針なんだから」

アイリーンは素《そ》っ気《け》なく言ったものの、気まずそうに咳《せき》払いをした。

「まさかロクサリスじゃ、毒姫なんて、まだ造っていたとはね。あたしだって、そんな環境に育った彼女に同情はするし……うん、話した感じじゃたしかに、悪い子ではないとも思うよ」

ビアンカが浄化魔法に驚いて瓶を放り投げ、それがアイリーンにぶつかった時の事を、ヴェルナーに話す。

実は、瓶が倍の速さで飛んできてもアイリーンなら掴《つか》み取れたのだが、普通の侍女を演じきるため、あえてそのまま動かなかったのだ。

「あたしが痛かっただろうって、えらく心配してくれちゃってさ。優しい子なんだろうね」

「やはりそうだろう！」

意気込んで、ヴェルナーはつい机越しに身を乗り出す。アイリーンが胡散臭《うさんくさ》そうに半眼で彼を見た。

しかし彼女は首を横に振り、それ以上ヴェルナーを深く追及しない事にしてくれたらしい。賢い猟犬を思わせるような鋭い視線で、ヴェルナーをじっと見据《みす》える。

「それでもさ、あの子は毒姫だよ。しかももう、それなりの年齢に育っちまってる」

「ああ」

「あんたの言う『助ける』が、安楽死の薬を呑ませる事じゃなく、あたしの考えるのと同じ方法だとしたら、あの子にとってそれが救いだと断言するのは、ちと傲慢《ごうまん》だと思うよ。余計、苦しませるだけに終わるかもしれない」

「君と同じ考えだと思うよ。これは私の我侭《わがまま》だとわかっている。だから、彼女が私の手を取ってくれるよう、最大限の努力をするつもりだ」

ヴェルナーが答えると、アイリーンは軽く肩を竦《すく》めて「やっぱりね」と小さく呟《つぶや》いた。

そして再び侍女の飾りを頭につけ、改まった口調に戻る。

「それでは、使節団の見張りに戻ります。彼らは城を抜け出す計画を立てておりましたので、明日の早朝にわざと逃がします。城外で捕獲するのが最適かと」

「ああ、頼む」

ヴェルナーは頷《うなず》いた。

彼らをこのまま城内で捕獲し、ビアンカへ呑ませていた毒薬を証拠に暗殺者と認定するのは容易《たやす》い。

当初はその予定だった。

だが、ビアンカが仲間だと糾弾《きゅうだん》されないためには、視察団を密《ひそ》かに捕《と》らえなくてはならない。

ヴェルナーは右手の指にはめた、青い石の指輪を弄《いじ》った。指輪の石の部分は蓋《ふた》になっており、開くと中には銀色の粉薬が入っている。

水差しからコップに水を注《つ》ぎ、ヴェルナーはその薬を一息に呑み干した。

＊　＊　＊

翌朝。

ビアンカはかなり早い時間に目を覚ました。

昨日は夕方から眠ってしまったせいかもしれない。

カーテンの隙間《すきま》から、少し青白い陽光が差し込んでいる。三階にあるこの部屋の厚いカーテンをそっと開くと、朝もやが薄くかかる外の景色が見えた。

手入れされた庭を高い石塀が囲み、その向こうに王都の町並みが広がっている。

大きな両開きの窓ガラスは二重になっていたが、掛け金を外せば簡単に開いた。部屋は三階にあるとはいえ、下にちょうど良さそうな植え込みがある。

ここから飛び降りても、怪我するだけで済むかもしれない。

ビアンカは窓を閉めた。

荷物を開けて着替え、いつも『庭園』でやっていたように髪を簡単に結い、髪飾りをつける。

隣の部屋はやけに静かだ。団長たちは昨夜遅くまで何か話していたようだったから、まだ眠っているのだろう。

ほどなく昨日とは別の侍女が朝食を運んできた。盆に載せられているのは一口大の小さなタルトにチーズ、大粒のブルーベリーなど、そのまま摘《つま》んで食べられるものばかりだ。

朝食を終えてから、しばらく部屋で大人しくしていた。けれど、続き部屋のほうは相変わらず静かで、使節団長が指示をしに来ない。

『庭園』にいる時は、いつも何をすればいいのか老師から指示があった。この道中では、使節団長に従うよう命じられていたから、彼が来ないとどうしたら良いのかわからない。

迷ったものの、思いきってビアンカは続き部屋の扉をノックした。

しかし、返事がない。

何度ノックしても同じで、しまいにそっと扉を開けてみると……誰もいなかった。

（え……？）

寝台は寝乱れたままで、荷物は一つも残ってない。さらに向こうの部屋に繋《つな》がる扉も開けっ放しになっていて、無人の室内が見える。

すぐに逃げ出すつもりだと団長は言っていた。もうすでに旅立ったのだろうか？

廊下のほうの扉を恐る恐る開けた途端、物々《ものもの》しい槍《やり》の金属音とともにビアンカの前に大きな影が立ち塞《ふさ》がった。

扉の脇に立っていた大柄な兵士が、生真面目《きまじめ》そうな顔でビアンカを見下ろす。

「視察団の方々は早朝に発《た》たれました。後ほど陛下がお見えになりますので、申し訳ございませんが、外出は控《ひか》えていただきたく存じます」

「はい……」

ビアンカは大柄な兵士の圧迫感に、小さく震えながら頷《うなず》いた。いつからここに見張りが立っていたのか、気がつかなかった。

「必要なものがあればご用意しますので、お申しつけください」

そう言って兵士は扉を閉めてしまった。ビアンカは朝日の差し込む部屋の中で立ち尽くす。

視察団が去ったなら、ビアンカはすぐに役目を果たさなければならない。すなわちヴェルナーの暗殺だ。

（あ……っ！）

不意に重大な事に気づき、ビアンカは続き部屋へ駆け込む。

棚や引き出しを探してみたが、あの薬は見つからない。やはり団長は残りの薬を持ったまま逃げてしまったようだ。

毒薬を呑まなければ、三日とたたずに毒姫は死んでしまう。

薬が切れて死ぬ時は、凄《すさ》まじい苦痛が伴《ともな》うと、老師から聞かされている。

敵を殺して、使命を果たし自らの手で死を迎えるのが、唯一、苦しまない方法だとも……。

（薬は残っていないほうがいいのよ。もし見つけられたら毒姫だとバレてしまうもの。ヴェルナー様とは、すぐにお会い出来るようだし、そうすれば……）

ドクドクと激しく暴れる心臓を押さえ、必死に自分へ言い聞かせる。

本来ならば昨夜には全て終わっていたはずなのに、予想外の出来事が続いたせいか、不安でたまらない。

そのうち、侍女が掃除をしに来て、続き部屋から締め出されてしまい、ビアンカはひたすら落ち着かない気分のまま自室で過ごした。

部屋の安楽椅子は座り心地が良いし、退屈しないようにと、ヴェルナーが数冊の本ま

で届けてくれた。

どれも面白そうなタイトルで、綺麗な挿絵がついていたが、不安が大きすぎてまったく頭に入ってこない。

昼食は、カトラリーを使わずに済む魚と野菜を挟んだパンで、なんの心配もなく食べられるはずだったが、一切れを呑み込むのが精一杯だった。

椅子や寝台に、座ったり立ったりし、部屋をうろうろと歩き回る。

部屋の置時計が午後の三時をさす頃、不意に扉が叩かれた。

「陛下がお見えになりました」

扉の外から聞こえた兵士の声に、ビアンカは椅子から飛びあがり、直立不動になる。

「はい！」

上擦《うわず》った声をあげると同時に、扉が開きヴェルナーが姿を現した。彼の横には、扉を見張っていた兵士がいるものの、ほかに護衛などは連れていないようだ。

「なるべく早く来たかったんだが、こんな時間になってしまった」

ヴェルナーはそう言いながら部屋に入ると、正面に立ってニコリと微笑《ほほえ》む。

「政務の休憩時間が取れたから、少し城内を散歩でもしないか？」

意外な言葉に、ビアンカは思わず目を見開く。けれど、服従しか教えられてこなかっ

た口が、返答に詰まる事はなかった。

「はい」

すぐにそう答え、ヴェルナーのあとに続いて部屋を出る。

「夏は特に忙しくてね。聞いているかもしれないが、ここは雪が深いので、夏しか外との通行が出来ないのだよ」

ヴェルナーの後ろにつき従うべきかと思い、一歩下がろうとしたのだが、彼はビアンカと並んで歩きながら、きさくに話しかけてくる。

そんな国王に、どう対応していいものか戸惑《とまど》うものの、次第に彼の話に引き込まれ、気がつけば楽しく聞き入っていた。

それに、ヴェルナーが案内してくれる城の内部は素晴らしい。

手入れされた温室に、途方もない量の本を納めた図書室、見事な天井画の描かれた廊下など。これでも城のほんの一角だというから、迷子になりそうな広さだ。

使節団の人たちは、ヴェルナーやフロッケンベルクの国情にも詳しいようだったが、ビアンカには殆《ほとん》ど何も知らされていない。

道中で聞きかじったのは、ヴェルナーが早くに両親を亡くし、十四歳という若さで即位した事と、国民からとても人気があるらしいという事くらいだ。

そのせいか、国内の景色を描いた絵画の並ぶ廊下を案内されながら、ヴェルナーから聞く話はどれも興味深いものばかりだった。

大陸の最北に位置するフロッケンベルクは、一年の内に七ヶ月間が冬という極寒の地で、記録では最長で九ヶ月間も雪が降り続いた事があるそうだ。

深い森林に囲まれた王都は、夏の一時期しか外界に開かれないという。

冬の森には、大人の背丈よりも高く雪が積もるし、突発的な吹雪《ふぶき》が多いため道に迷いやすい。

さらに、飢《う》えた狼がうろつくうえに、恐ろしく凶暴な人狼族《じんろうぞく》が、獲物を求めて高山地帯からよく下りてくるそうだ。

雪解けの春も油断は出来ない。溶け始めた氷雪が雪崩《なだれ》を起こす危険性が高くなるからだ。

だから、長い雪による閉鎖期間を耐え抜いた民にとって、夏は待ち焦《こ》がれていた開放の季節。

安全になった森林の街道を通って、物資を大量に積んだ隊商が続々とやってくるし、傭兵《ようへい》や錬金術師として他国へ出稼《でかせ》ぎに出ていた者も帰ってくる……。

ヴェルナーからそんな話を聞きながら、ビアンカは美しい絵画の数々を眺めていく。

各々《おのおの》の季節を描いた絵が、数枚ずつあった。

真冬の雪景色の中、満月に吼《ほ》える狼たちの絵。短い秋に色づく木々と、獲物を狩る猟師の絵。残雪の合間から小さな緑の芽が息吹く春の絵。

そして、夏の王都を描いた絵には、ひしめく幌馬車《ほろばしゃ》の列や、出稼ぎから帰った人々と待っていた家族が喜び抱き合う姿が明るい色彩で描かれている。

ビアンカは特に、家族の絵が気に入った。

家族がどんなものか知らないけれど、描かれている人々はとても嬉しそうな顔をしていたから。

肉植物にだって親兄弟という存在はいるとは思うのだが、『庭園』ではどの肉植物も、まったくそういった関係になかった。

夜伽《よとぎ》をするために育てられ、外へ送り出される肉植物もいるが、彼らは不要に子を孕《はら》まないよう身体を作り変えられている。それに、肉植物同士が親しくする事や、勝手な交配は固く禁じられていた。

そのような真似をすれば厳罰として、即座に『庭園』の最下層にある地獄へ落とされる。

だから、誰もそんな関係を持とうとしなかったし、新しい肉植物が生まれる瞬間を見た事はない。

きっと、老師たちに交配を許された者たちが、あの広い『庭園』のどこかで、新たな実を育《はぐく》んでいたのだろう。新しい肉植物の赤子はいつも、老師たちがどこからか必要な数を連れてきた。

彼らがどこから来たのか尋ねたり、自分の家族について考えたりする事は、許されなかった。

肉植物は肉植物であり、家族という存在が必要ないと老師が判断したなら必要ないのだ。

そんな事を思い出しているうちに、風景画の列は終わった。

「――と、まぁフロッケンベルク王都の一年はこのようなものだ。王都は長く雪に閉ざされるから、ここに住むと非常に大変で不便な生活を強《し》いられると、他所《よそ》の人間には思われがちだがね」

おどけるように軽く肩を竦《すく》めたあと、ヴェルナーはすぐ快活に笑った。

「たしかに大変な部分も多いのだが、厚く氷が張るからこそ、夏も十分な氷が確保出来るし、この城は雪に囲まれた姿が一番美しいと私は思う。王都に住む者だけが見られる姿だ」

楽しそうに言う彼につられてビアンカも微笑《ほほえ》んでしまった。

「そろそろ部屋に戻ろうか」

ヴェルナーが踵《きびす》を返し、ビアンカもそれに従う。

部屋に戻ると、兵士が敬礼をして扉を開け、ヴェルナーは先立って部屋に入る。二人の背後で、扉が静かに閉められた。

ヴェルナーは立ったまま、しばらく窓の外の傾《かたむ》きかけた夏の陽を眺めていたが、ゆっくりと振り向く。

「君が、冬の王都やこの城を気に入ってくれれば嬉しい」

ひときわ穏やかな声音とともに微笑まれ……その瞬間、冷水を浴びせかけられたように、ビアンカは我に返った。

クリーム色の壁と青銀の屋根をしたフロッケンベルクの王城を、ここに来る時にとても綺麗だと思っていた。それが、冬にはもっと綺麗になるらしい。

ヴェルナーがあんまり楽しそうに話すから、ビアンカもつい聞き入り、その素敵な景色がいずれ、自分の前にも訪れるような気になっていた。

——どんなに素敵でも、それを見る事など出来る訳がない。だって、もうすぐに……

「……はい」

声は、消えそうなほど小さく震えてしまった。

部屋に二人でいる今が、絶好の機会だ。しかもヴェルナーは、ビアンカと身体が触れ合いそうなほど近くにいる。

教えられたように、このまま手を伸ばして首筋に抱きつき、死の口づけをすれば良い。やらなければと思うのに、足がどうしようもなく戦慄《わなな》く。

昨日、瞼《まぶた》の裏に浮かんだヴェルナーの苦しむ顔が、チラチラと見えるような気さえしてきた。

必死で笑顔を保とうとするビアンカを、ヴェルナーはじっと眺めていたが、ふとその表情が真剣なものになる。

「君は、毒姫だな？」

「――っ!!」

ビアンカは総毛立ち、ハクハクと唇を震わせた。

(どうして!?　なぜ見破られたの!?)

頭の中が恐怖でいっぱいになって息が出来ず、喉《のど》がヒッ、ヒッと変に鳴る。

(もうだめ！　見破られたら、捕まって、死んだほうがましなほど、痛くて苦しい目にあわされる!!)

「ビアンカ、落ち着いてくれ。私は君を……」

ヴェルナーが何を言っているのかよく聞きとれない。

ただ、老師たちに繰り返し教えこまれた声が、頭に鳴り響いた。

『万が一暗殺に失敗しても、絶対に捕まるな。その前に死ね！　自分で死ね！　死ね!! 死ね!!!』

無意識に、ビアンカは自分の髪飾りを引き抜く。

その拍子に足がもつれて、無様《ぶざま》に絨毯《じゅうたん》へ尻餅《しりもち》をついてしまったが、花を象《かたど》った飾りを握り締めたまま離さずに済んだ。するどく尖《とが》らせた飾りの先端で自らの喉を突こうと振りあげる。

「待て！」

ヴェルナーが叫び、ビアンカに飛びかかった。髪飾りを握った手首を掴《つか》む。

振りほどこうとビアンカは暴れたが、もう片方の手首も押さえられた。

恐怖に声も出ないまま、もがきつづけたが、床へ仰向《あおむ》けに倒れた身体にのしかかられて、完全に動きを封じられてしまう。

「陛下！　いかがなさいましたか！」

激しい音が、外にまで聞こえたのだろうか。兵の焦り声とともに、扉が開く音がした。

その瞬間。ヴェルナーはビアンカの両手首を片手で纏《まと》めあげると、もう片方の手で彼女の顎《あご》を掴《つか》んで自分のほうに向けさせる。

そして、ビアンカの唇を自分の唇で塞《ふさ》いだ。

「んんっ!?」

(この人、何を、しているの?)

頭の中が、驚愕《きょうがく》で真っ白になった。

「しっ、失礼いたしましたっ!!」

兵が慌《あわ》てて扉を閉めると、ようやくヴェルナーが口を離した。

「すまない。そこまで追い詰めてしまっていたとは……」

驚いて動きを止めたビアンカを組み敷いたまま、彼は深いため息をつく。

「約束する。君を暗殺者として捕《と》らえはしない。どうか落ち着いて、話を聞いてほしい」

「ど、うして……どう……して……」

混乱しきったまま、震える小さな声でビアンカは繰り返した。

「君を捕らえない事が不思議か? それとも、私が君に口づけても生きている事か?」

穏やかに問いかえされても、ビアンカは「どうして」と繰り返すしか出来なかった。

半開きになっていた口に、唇をピタリと隙間《すきま》なく合わせられたのだ。猛毒の唾液《だえき》が彼の唇にも触れたはず。

毒姫は年齢が高くなるほど、強力な毒を帯《お》びる。

ビアンカの体内に蓄積された十八年分の猛毒は、唇など皮膚《ひふ》の薄い部分に触れれば、そこから吸収され、数十秒で死に至る。

「捕《と》らえないのは、君自身に罪がない事を知っているからだ。暗殺の理由もその首謀者《しゅぼうしゃ》も聞かされず、私をただ殺せと送り込まれただけだろう……嘆《なげ》かわしい事に、我が国でもかつては毒姫を造っていた。すでに禁じてはいるが、錬金術師ギルドにはその罪の記録が残されている」

苦々《にがにが》しげな声で言うと、ヴェルナーは空《あ》いている片手で口元を押さえ、少し咳《せ》き込んだ。

「っ……しかし、おかげでこうして解毒剤を呑んでおく事が出来た」

「……げどくざい？」

魔法薬用の薬草を育てる『庭園』では、聞きなれた単語だ。

なのにまったく現実感がなくて、初めて聞いた言葉のように、鸚鵡《おうむ》返しにしてしまった。

「ああ。半日以上前に呑んでおけば、何種類かの強力な毒に対抗出来……ッ！」

ヴェルナーがまた咳き込んだ。その頬《ほお》は赤く火照《ほて》りはじめ、額《ひたい》に大粒の汗が滲《にじ》んでいる。

「ハ、ァ……毒を分解するために一晩ほど高熱が出るが、効果は確かだよ。大昔に、私の最も信頼する人が作った薬だ」

苦しげに顔をしかめつつ、ヴェルナーはビアンカに真摯《しんし》な視線を向ける。

「その人は、毒姫の身体を無毒に戻す方法も考え出した。ただ、毒が抜けるまで何日も、高熱と全身の痛みに苦しまなければならず……耐えられなかった毒姫のほうが、多かったそうだが……」

「ひっ」

恐ろしい言葉に、ビアンカの喉《のど》からまた引《ひ》き攣《つ》った声が漏《も》れた。

「怖がらせてすまないが、最初に全ての事実を話しておくべきだと思う。君が解毒治療に耐えられるか、正直に言えばわからない。この場で自害したほうが楽だったと、恨《うら》まれるかもしれないとも思う。それでも……私は君に、解毒治療を受けてほしい。君を本来の身体に戻したい」

荒い呼吸とともに吐き出された言葉に、ビアンカは耳を疑った。

（わたしに、解毒を……？　毒を持たない……本来の身体……？）

頭がグチャグチャに混乱して、身震いが止まらない。目の端が熱くなって視界が滲《にじ》みはじめるが、瞬《まばた》きを必死に繰り返して、猛毒の涙が零《こぼ》れるのを堪《こら》えた。

ビアンカは毒姫。老師がそう定めたのだから、ほかの存在になどなれるはずがない。

雛菊《ひなぎく》がどんなに頑張ろうと、薔薇《ばら》の花を咲かせられないように、運命や身分は、最初から決められている。

ずっと、そう教え込まれて生きてきたし、疑いもしなかった。

（でも……でも……もし、ほかのものになれたとしたら……？）

老師に背《そむ》く考えは、思い描くだけでも重罪だ。こんな思いが頭の中にチラつくなど……

（わ、わたし、なんて恐ろしい……だめ、だめよ！　こんな事、考えては……）

恐怖で歯がガチガチ鳴った。

それが死であろうとも、優れた存在である老師がそう命じるならば、最良の道。

老師たちは恐ろしいけれど寛大で、下等な肉植物たちでは手に負えぬ命運を把握し、いつも最良の場所に導くのだから。それに背けば、酷《ひど》い結果になるだけ。

「毒姫でいるのが、わたしのため……老師様たちが、そうおっしゃるのだから……」

ようやく声を絞《しぼ》り出した。顔は背けたまま視線だけ動かし、恐る恐るヴェルナーの表情をうかがう。

毒の分解に伴《ともな》う苦しみなのか、彼は苦悶《くもん》に耐えるよう眉根をきつく寄せ、ビアンカを眺めていた。

「君が毒姫のままでいたいと望むなら、解毒治療を施《ほどこ》さず、適量のアコニトを与えつづけて密《ひそ》かに匿《かくま》う事も出来る」

「え……？」

「しかし、このまま毒姫でありつづけたら、君の身体はもう長く持たない。抗体を持っていても、毎日呑み続ける毒で内臓に負荷がかかりすぎている。二十歳まで生き延びた毒姫を、君は見た事があるか？」

その問いかけに、ビアンカは震えながら黙って首を振った。

彼女は今の毒姫で最年長だ。

幼い頃には自分より年上の毒姫が数人いたが、彼女たちはいずれも、今のビアンカくらいの年までにはどこかへ連れ出されてしまうか、内臓が耐えきれなくなったかのように、突然血を吐き死んでしまった。

「ビアンカ」

黙りこくっているビアンカに、ヴェルナーがニコリと笑いかけた。

「私は君に、この王都の冬を見せたい。ああ、でもその前には秋があるし、その景色だって良いものだ。冬の次には春もある。全部、見せたい。それを見る君を、私は見たい」

とても苦しそうに汗を滲《にじ》ませているのに、ヴェルナーの笑みは思わず見惚《みほ》れてしまうような、柔らかなものだった。

「だから、君に命じはしないし、君のためなどとは言わない。私のために、解毒治療に耐えてくれないだろうか？」

「…………」

ヴェルナーの言葉がビアンカの心に絡《から》みつき、誘惑する。

許されない道を歩いてごらんよ。苦しくて痛い道かもしれないけれど、その先に素敵なものがあるよと、囁《ささや》く。

強《こわ》ばりきって動かせなくなっていた手から、自然と力が抜けた。

髪飾りがポトリと絨毯《じゅうたん》に落ちる。

赤く塗られた木製の花部分は、強く握りすぎたせいで砕けていた。震えの止まらない手の中で、細かな破片《はへん》が一緒に揺れる。

「……………はい」

何度も唾《つば》を呑んだ末、ようやく掠《かす》れた声でビアンカは答えた。

『庭園』で、毎日毎日何も悩まずにしていた返答と、同じ言葉のはず。けれどそれは、初めて勇気を奮い起こして口にした『はい』だった。

2　初めての感情

二日後。

万年雪を載せた山麓《さんろく》の合間から、太陽が眩《まぶ》しい光を投げかけ、フロッケンベルクの王都に素晴らしい夏の朝を告《つ》げる。

王宮に程近い老舗《しにせ》商店街は、早朝から朝市の準備や店の掃除に忙しく、誰もが楽しそうに働いていた。

商店街を王宮とは逆方向に抜けると、錬金術師ギルドや王立図書館があり、王都で最も賑《にぎ》わう中心街になる。

『フロッケンベルク王都の夏は、昼間に働き夜は遊ぶ。眠るのは冬になってから』と大陸諸国では揶揄《やゆ》されるが、あながち間違いでもない。

商店は外国からの客を相手に商売へ勤《いそ》しみ、炭鉱では猛烈な勢いで採掘を行《おこな》う。農夫は短い夏に出来るだけ作物を育て、猟師は森に獲物を求める。

そして夜は、久しぶりに帰還した旧友と大いに酒を酌《く》み交わしたり、家族団欒《だんらん》のささやかな宴《うたげ》を楽しんだりするのだ。

学校も二ヶ月間の夏季休みに入る。子どもたちは熱心に家の手伝いをするが、その合間に山菜やきのこを採りに野山を回り、川で魚を漁《あさ》りながら水遊びをしては、夏を存分に楽しむ。

そんな活気溢《あふ》れる早朝の商店街を、一人の紳士が歩いていた。

細身ですらりとした体格に、赤毛ともっさりしたヒゲが特徴的だが、そのヒゲが顔の下半分を覆《おお》っているので、にわかには年齢がわからない。

そこそこ品のいい身なりをしているが、供の一人もつけておらず、ステッキでコツコツと石畳を鳴らしながら歩いていく。

はりきって店先を掃いているおかみさんや、釣竿とバケツを持ってかけていく子どもたちを楽しそうに眺めながら、その紳士は商店街近くの細い小路《こみち》へ向かった。

小路の両脇には、古い小さな家がひしめき、商店街とは打って変わって静かだ。いくつかの煙突《えんとつ》から煙が出ているが、こちらの住民はまだ殆《ほとん》ど眠っているらしい。

肩を寄せ合うように並ぶ家々は、どれも似通っていた。北風に耐える頑強な赤いレンガ作りで、屋根は積雪を防ぐために切妻《きりづま》となっている。

紳士が目当ての家の呼び鈴を鳴らすと、ほどなく扉が開き、背の高い少年が顔を突き出した。

年頃は十七、八といったところだろうか。暗灰色《あんかいしょく》の髪はツンツン硬そうで、明るい琥《こ》珀色《はくいろ》の瞳をしている。

整った顔立ちだが、線が細いヴェルナーとはまるでタイプが違い、野性味と知性がほどよく同居していた。

必要なだけの筋肉が綺麗についた無駄のない体格で、着崩したシャツの襟《えり》に、見習い錬金術師の身分を示す青いブローチがなかったら、士官候補生だと思われるかもしれない。

少年は、紳士を見ると、怪訝《けげん》な顔をした。

「おはよう、ルーディ。私だよ」

赤毛の紳士に扮《ふん》していたヴェルナーが、片手を挙げて挨拶《あいさつ》すると、目を丸くしていたルーディはブハッと盛大に噴き出した。

「いくら変装しても、俺の鼻は誤魔化せないさ！　その変なヒゲに、ビックリしただけだっての！」

「似合わないか？　なかなか良いと思うんだが」

ヴェルナーは窓に映った自分を眺めて、つけヒゲを弄《いじ》る。ルーディはもう一度、噴き出した。

「元の顔が一番だよ。ほら、さっさと入れってば」

背中を押して中に促《うなが》され、ヴェルナーはつけヒゲと赤いカツラを取りながら笑う。

ヴェルナーの幼い頃からの趣味はチェスだが、十四歳の時に父が逝去《せいきょ》して王位を継いでから、趣味が一つ増えた。

執務の合間に、変装して城を抜け出しては、束《つか》の間のお忍びを楽しんでいるのだ。

物売り、松葉杖《まつばづえ》をついた老人、傭兵《ようへい》、貴族、旅の吟遊詩人《ぎんゆうしじん》……変装のレパートリーは実に幅広く、今のところ殆《ほとん》どバレた事はない。

「しっかし、もう趣味ってより生き甲斐《がい》なんじゃないか？　その妙な変装」

ルーディが軽口を叩く。

十歳も年長の、しかも国王相手に大層不敬な言葉遣いだが、ここにいる時のヴェルナーは、フロッケンベルク国王ではなく彼の親友なのだ。

飾らない空気が心地良く、ヴェルナーも存分に砕けた口調になる。

「いやいや、これも国王の義務だよ。お忍びで出歩く王がこの世にいなくなったら、誰がお伽話《とぎばなし》を面白くする？　味けないものばかりになるだろう？」

「お伽話の主役なら、いつでも狼が変わってやるさ。可愛い女の子だって、たまには王子様だけじゃなく……あー、ところで何か食う？　ちょっと顔色悪いぞ」

「実は徹夜あけでな。薬草茶を一杯貰えるとありがたい」

お忍び中の国王は勝手知ったる居間で、お気に入りの椅子に座り、寛《くつろ》ぐ。

ビアンカの毒を解毒するための高熱で一晩寝込んだのは、一昨日の事だ。そのあと、ただでさえ忙しい夏の政務が溜《た》まってしまったのを徹夜で片づけ、ようやく友人に会いに来た。

この家は小さく古い建物とはいえ、家具はどれも品の良い上質なもので、カーテンと絨毯《じゅうたん》の色が、白壁とダークブラウンの柱によく調和している。

ただ、読みかけの本や脱いだ上着、薬草の瓶などがあちこちに置きっぱなしで、散《ち》らかり放題。せっかく上品な室内の内装を台無しにしていた。

「寝込んだって聞いたけど、元気そうじゃん」

ルーディがキッチンから湯気の立つマグを二つ持ってきて、片方をヴェルナーに押しやる。

「国王がいつまでも寝込んでいる訳にはいかないさ。それにしても情報が早いな」

疲れた身体に染み渡る薬草茶を啜《すす》りながら、ヴェルナーは頷《うなず》く。

高熱で寝込んだ事は、あまり公《おおやけ》にしないように言ってあるが、人の口に戸は立てられない。

ヴェルナーは、ふぅっとため息をついた。行儀悪くテーブルに腰かけたルーディがそれを眺めて、ニヤリと口の端を上げる。

「錬金術師ギルドはその話でもちきりだよ。ヴェルナー陛下が、憎らしいロクサリスから献上された女に夢中だって、お偉いさんたちはカンカンさ。陛下と会う時以外は部屋からも出さないほどの執着ぶりで、忙しくて疲れてるのに、ヤりすぎてぶっ倒れたって？」

「ゴフッ!?」

あんまりな表現に、ヴェルナーは盛大にむせ返ってしまった。

「おいおい、落ち着けって！」

ルーディに背をさすられてなんとか息を整え、零《こぼ》した茶を拭《ふ》くと、ぐったりとテーブルに突っ伏した。

随分と無節操《むせっそう》な男のような言われ方だ。けれど、何かほかの理由が……など、変に勘ぐられるよりマシかと、もう一度ため息をつく。

ヴェルナーの熱の原因がビアンカの毒と知られないため、アイリーンに協力してもらって色々と小細工をした。

その結果、ヴェルナーは献上されたビアンカを大層気に入り、彼女と休憩時間を過ごしつづけたところ、忙しさからの過労で倒れた事になっている。

だからまぁ、多少は大袈裟《おおげさ》に噂《うわさ》が膨《ふく》らんでいても仕方あるまい。

「……でも、俺はこの話を、ちょっと信じられないね」

淹《い》れなおした茶を寄越しつつ、ルーディが鼻に少し皺《しわ》を寄せた。

「いくら気に入ったからって、何も悪い事してない女を、玩具《がんぐ》みたいに部屋へ閉じ込めるなんてさ。献上品の女はそう扱われるのが普通だって聞くけど、ヴェルナーは絶対やらないだろ」

きっぱりと断言する彼に、ヴェルナーは自然と口元をほころばせる。

「実はな……」

自分を理解し信じてくれる親友へ、ビアンカが毒姫である事も含めて全てを話した。

「まさか、俺に会いに来たのは……」

聞き終わると、察しの良い少年はとても嫌そうな顔になり、身構える。

「ああ。ビアンカへ解毒治療を施《ほどこ》してほしい」

ヴェルナーが知りうる限り、彼が一番の適任者だった。

ルーディは錬金術を習い始めてからまだ数年で、魔力も弱いために、魔道具は殆《ほとん》ど作れない。

だが、薬草学には一人前以上に精通しており、薬草の調合だけで魔法を必要としない薬ならば、相当に難しいものでも作れた。

もはや毒姫はフロッケンベルク国内にいないので、その解毒治療は古い記録が残るのみだ。幸い、解毒薬は調合が非常に難しいとはいえ、特に魔法は必要ない。

ルーディは、そういった類《たぐい》の薬は全て試作済みだ。毒姫の身体を元に戻す薬の調合も錬金術師ギルドに残されていた毒姫の髪を使った解毒試験では成功している。

それでも彼が嫌そうな顔をしているのは、せっかく薬を調合しても根気のいる長い治療に毒姫が耐えられず、それが無駄になってしまうかもしれないと思っているからだろう。

「出来れば俺、後味の悪い思いはあんまりしたくないんだけど。だってさぁ……」

その毒姫を解毒治療で苦しめただけに終わるかもしれないと、彼の呆れたような視線が語ってくる。

「頼む。ルーディ」

しばらくの間、居間に沈黙が降り積もった。

「……降参」

しかめっ面《つら》で腕組みしていたルーディが、ため息をついて両手を上げ、テーブルから下りる。

「わかったよ。国王命令なら、ほかに頼んでくれって断るけど、親友の頼みじゃ仕方ない。その子がやるって言ってるのなら、どんな結果になったってその時はその時だ」

「ありがとう」

非公式の親友に、ヴェルナーは心から礼を言った。

「俺って良い奴だな。でも、礼は成功してからにしてくれ」

ルーディは犬歯を見せて笑った。

彼は、複雑な事情から故郷を離れ、この街で薬草学を学んでいる。生粋《きっすい》のフロッケンベルク人でないゆえ、国王に過剰な遠慮をしない。また、彼自身の気質から、言いたい事をはっきり言う。だから、ヴェルナーはルーディを信頼していた。

それに彼が、とても思いやりがあり、弱った人間を助けるために骨身を惜しまない性格なのも知っている。

「ところで、毒姫を連れてきた奴らは捕まえたのか？」

あちこち放り出されていたペンやノートを拾い集めながら、ルーディが顔を上げた。

「いや。残念だが生きては捕《と》らえられなかった」

ヴェルナーは首を振る。

ビアンカを連れてきた視察団一行は、誘導されているとも知らずに一昨日の早朝、まんまと城から逃亡した。アイリーンを含めたバーグレイ商会は、彼らを捕獲するべく、すぐに追いかけたのだが……一足遅かった。

彼らは逃走中に仲間割れを起こしたらしく、見つけた時にはほぼ全員が死んでおり、息のあったわずかな者も追っ手に気づくと、隠し持っていた毒で自殺してしまったのだ。

誠に面目ないと、バーグレイ商会の首領とアイリーンは悔《く》いていたが、ヴェルナーのほうこそ申し訳ない気持ちだった。

当初のバーグレイ商会の予定どおりに城内で視察団を追い詰めていれば、確実に生きたまま捕《と》らえられていたはずだ。ビアンカから視察団を引き離すために、それを変更させたのはヴェルナーだ。

「ふうん。それなら、邪魔が入る心配は少ないか。あの治療中に逃げ回るのは、とても無理だからな」

ルーディが頷《うなず》き、必要な薬草を呟《つぶや》きながらノートに書き込んでいく。

彼はこういう部分もまったく抜かりがない。

ビアンカが暗殺に失敗し、自害すらしていないと知れば、使節団の連中が殺しに戻ってくる可能性が高いと懸念《けねん》したのだろう。

「ああ。それに念を入れて、アイリーン・バーグレイをビアンカの護衛につけてある」

その名を聞くと、ルーディは琥珀色《こはくいろ》の瞳を真ん丸くしたあと、口笛を吹いた。

「姐《ねえ》さんの城勤め姿が見られるなんて、それだけでもやる価値があるな」

「からかったら、その場で射殺されるぞ。特別近衛《このえ》兵として城内での武器の携帯を許している」

「素手でも勝てる気はしないね。世界で一番、敵に回したくない女だ」

ルーディが肩を竦《すく》めるので、ヴェルナーはたまらず噴き出した。そして散《ち》らかり放題の室内を親指で示す。

「それからついでに、この部屋を少し片づけておいたほうが良い。家主に説教を食らう羽目《はめ》になるぞ」

「いっ!?」

途端に、今度は目を剥《む》いてルーディが顔を引《ひ》き攣《つ》らせる。この家は、彼の持ちものではなく、長期留守にしている彼の師匠の家なのだ。

「どうやらロクサリス王家で、色々と揉め事が起きているようだ。ビアンカが贈られたのも関係があるかもしれないな。これを機に、本格的な調査を開始する事にした。場合によっては君の師にも、帰国して存分に動いてもらう」

ヴェルナーはにこやかに目を細めて言い放つ。

今回は、持ちうるかぎり全ての人脈を駆使するつもりだ。

自分はとても周囲に恵まれている。

両親とは早くに死別したが、若すぎる年齢で就《つ》いた王座は、様々な人物を引き寄せた。

その中には危険な相手や不快な人物も大勢いたけれど、こうして心強い味方もいるのだ。

「う……これは散《ち》らかってるんじゃなくて、俺にとって使い勝手が良い配置なんだけど。お師様《しさま》、わかってくれないんだよな」

頭を掻《か》きながら室内を見渡し、ブツブツ小声で言い訳をしつつも、ルーディは少し嬉しそうだった。なんだかんだで、彼は風変わりな師匠を慕《した》っている。

彼はヴェルナーへ視線を向け、犬歯の目立つ口元でニヤリと笑う。

「ま、この部屋の掃除よりも、毒掃除のほうが先だ。午後一番には用意して行くから」

＊　＊　＊

クリーム色の石壁に青銀の屋根をしたフロッケンベルク王城は、外見の美しさが有名だが、真価はもちろん内部にある。

無駄を省《はぶ》き効率を重視する、質実剛健《しつじつごうけん》な国民の気質のもと、各所に発達した技術が惜しみなく組み込まれていた。

壁に組み込んだパイプに煙を流して城内を効率よく暖めるなど、回廊の造りや部屋の配置にも緻密《ちみつ》な計算がなされている。

先日、ロクサリスからの使節団とビアンカが案内された部屋は、廊下の壁が一部動くようになっており、簡単にその階ごと封鎖出来るようになっていた。

そこにいる者を守ったり閉じ込めたりと、過去の用途は様々だが、今はヴェルナーの命により、ビアンカの部屋に余計な使用人や兵士が近づけないようにされている。

――そのような事情を知るよしもなかったが、あの日から二日間、ビアンカはヴェルナーに言われたとおりに室内で大人しく過ごしていた。

解毒治療の用意が整うまで、彼はビアンカの命を繋《つな》ぐアコニトの粉末を用意してくれた。

ビアンカが望めば毒姫のまま匿《かくま》い、アコニトも与えてくれると言ったのは、本当だったのだろう。

今日の昼過ぎには、ヴェルナーは解毒治療のための錬金術師を連れてくるそうだ。

指示されたとおり、用意された脱ぎ着の簡単な寝間着《ねまき》に着替えて、薄いガウンを羽《は》織《お》ったものの、特にする事もないのでビアンカは椅子に腰をかけていた。

（解毒治療は、どのくらい苦しいのかしら……）

やっぱり今からでも断るべきか、それとも不安なまま耐えるべきか、相反する気持ちに交互に襲われ、どうすれば良いのかわからない。

『庭園』でも、辛《つら》い事や悲しい事があったけれど、こんなに気持ちが揺れた事はなかった。

毎日どのような仕事をし、どう死ぬかさえも、老師たちが決めた。常に用意された一本道で迷う事もない。

あの守られた緑の園でも、小さな喜びはあった。

毒が周りにつかないように注意さえ払えば、ビアンカもほかの肉植物と交流は出来た。許される範囲で彼らと会話をし、一緒に働き、常春《とこはる》の庭で植物の育つ姿を楽しんだ。

それが幸せというものだと、老師たちからは繰り返し説《と》かれている。

肉植物はそれ以上を求めてはいけない。決められた運命から逃れようとしても、惨《みじ》めな結果に終わるだけと、繰り返し繰り返し教え込まれた。

それでも掟《おきて》に逆らい、ほかの道を走ろうとした肉植物も時には出てきたが、彼らは庭園から抜け出す事すら叶わなかったのだ。すぐに老師たちに捕まって凄惨《せいさん》な末路をたどった。

（……でもここはもう、『庭園』じゃないわ）

視線を窓の外に向ければ、そこからフロッケンベルク王宮の一部が見える。

ビアンカは揺れる気持ちを『庭園』の掟とは逆のほうに傾《かたむ》けた。

夏の陽に照らされているとても綺麗な青銀とクリーム色の城は、ヴェルナーが一番綺麗だという冬の雪の中で、どんなふうに見えるのだろうか……

不意に扉がノックされ、ビアンカは弾かれたように顔を上げる。

返事をすると、青い近衛《このえ》兵の制服を着た赤毛の女性――アイリーンが扉を開けた。

最初に会った時は侍女の姿をしていた彼女を、ヴェルナーから護衛だと紹介された時は、驚いたものだ。

ヴェルナーが言うに、『剣は一流で、弓矢は神業《かみわざ》』だそうで、剣と一緒に短弓《たんきゅう》をさげ、背中に矢筒を背負う姿は、侍女の姿よりもしっくりくるような気がした。

彼女は常に扉の外で見張りをし、食事やヴェルナーからの伝言なども、全て届けてくれる。

休憩を取る間だけ、知り合いらしい大柄な初老の男性に代わる事もあったが、その時間はほんのわずかだった。

「陛下がお見えになりました。治療役も一緒です」

アイリーンが生真面目《きまじめ》な声で言い、ヴェルナーと大きな鞄《かばん》を抱えた少年が部屋に入ってくる。

「ビアンカ、待たせたね」

穏やかに微笑《ほほえ》んだヴェルナーは、解毒の高熱で体力を消耗したせいだろうか、目の下の隈《くま》が濃く、かなり疲れているように見えた。

「……いえ」

自分の毒が彼を苦しめたのだと思うと、心臓がズキリと痛み、ビアンカは俯《うつむ》き加減のまま小声で返答をする。

「解毒治療は、彼の指示に従ってもらう。若いが腕は確かだから信用してくれ」

ヴェルナーが言うと、斜め後ろに控《ひか》えていた少年が一歩進み出た。暗灰色《あんかいしょく》の髪をした背の高い少年で、青いブローチを襟元《えりもと》につけたシャツの上に白衣を羽織《はお》っていたが、部屋に入るなり白衣と襟元のタイを脱ぎ捨てる。

「こういう窮屈《きゅうくつ》な格好しなきゃならないから、王宮は苦手だよ」

少年はホッとしたように首を振り、快活な笑みを浮かべた。

「見習い錬金術師のルーディ・ラインダースだ。宜《よろ》しく！」

「はい……宜しくお願いいたします」

少々呆気にとられつつ、ビアンカは丁重にお辞儀《じぎ》をする。

毒姫を造るのは老師だ。それを解毒出来るのだから、やはり老師のように厳格な人を想像していたけれど、ヴェルナーの時と同じく、ルーディもまるで予想と違う。

「じゃ、さっそく取りかかろうか」

ルーディは鞄を開くと、テーブルの上にガラスの器や小瓶を何種類も取り出す。

ついに始まるのだと、ビアンカの背筋を恐怖が伝わった。

「ひ……」

乾いた喉《のど》から引《ひ》き攣《つ》った声が漏《も》れ、知らずに一歩後ずさりする。

怖くて怖くてたまらない。ならば引き返すべきだと、内から囁《ささや》く声がした。

『庭園』で無数に育っていた蔓薔薇《つるばら》のように、恐怖がビアンカの心に絡《から》みついて棘《とげ》を刺す。

とっさに、ヴェルナーのほうを振り返った。

「っ!!」

やっぱりやめてくださいと叫ぶつもりだったのに、口を半開きにしたまま固まる。疲《ひ》弊《へい》の残る顔に穏やかな笑みを見た途端、ビアンカの喉から声が出なくなってしまったのだ。

「どうかしたのか？」

「……いえ」

尋ねるヴェルナーに、また俯《うつむ》いて首を振った。

ビアンカの治療を、彼は自分のためと言うけれど、それなら命令するだけで済んだはず。

彼はこの国の王であり、献上品としてビアンカを貰い受けたのだから。

それなのに彼はビアンカへ口づけ、高熱に苦しんでまで解毒薬の効果を示してみせた。

ビアンカを、死の崖に続いていた本来の道から、自分の示す道へと誘《いざな》うために。

彼が誘った道は、先が真っ暗で何も見えないし、茨《いばら》の棘《とげ》で覆《おお》われたように苦難を伴《ともな》うものらしい。

ヴェルナーは、その道を進めと命じるのでも、突き飛ばして無理やり押し込むのでもなく、先に立って歩いてみせたのだ。

そんな彼に、自分は耐えられそうにないなどと、伝えられなかった。

「ビアンカ、薬の分量を決めるから、こっちに来てくれるかな」

何種類かの液体を混ぜ合わせていたルーディが、顔を上げて声をかけてきた。

ビアンカの肩がまたビクリと震える。喉《のど》からせりあがってくる恐怖を、なんとか呑み込んだ。

深く息を吸い、ビアンカは思いきってテーブルのほうへ足を踏み出した。

——数日後。

厚いカーテンを引いた室内で、ビアンカは寝台に横たわっていた。

治療を始めてから何日目なのか、今が昼か夜なのかもわからない。

発熱で頭が朦朧《もうろう》とし、震えるくらい寒いのに頭だけは燃えそうなほど暑い。

全身を絶《た》え間なく襲う激痛に、掠《かす》れた喉から苦痛の呻《うめ》きが漏《も》れた。

ルーディの説明によると、単純に解毒剤を呑んだりすれば、ビアンカは即死してしまうという。

ビアンカが毎日呑んでいた毒を極少量加えた中和剤を摂取し、身体を徐々に解毒していくしか方法はないそうだ。

中和剤に加える毒の量はビアンカの体内に残る毒量によって決めねばならず、ルーディは並外れた嗅覚《きゅうかく》で、それを量《はか》っていた。

薄青い中和剤の薬液は、ほんの一口分の量だったが、効果は凄《すさ》まじい。薬を呑んで一時間もすると、ビアンカを高熱が襲い、目眩《めまい》がして立っていられなくなった。

それからもう、ずっと起きあがれていない。大量の発熱と汗のせいか、身体中が干からびてしまいそうで、手洗いに行く気にもならなかった。

アイリーンとルーディが、交代しながら看病と警護をしてくれ、時おり抱えあげられて、汗でぐしょ濡れになった寝間着《ねまき》や防水の敷布を取り替える。

投薬から最初の数日間は、大量に汗が出るけれど、それは毒姫の汗でも無害なものらしい。

全ての毒が中和剤に抵抗しようと、本来ならば表皮に浮かんでくる毒素まで、内側に溜《た》めるためだそうだ。

ただ、その期間は熱と激痛が最も大きく、時には意識を失う場合もあると説明された。

ビアンカの身体は強力な毒を帯《お》びていた分、その拒否反応も大きいのだろう。

いっそ完全に意識を失ってしまえば楽なのかもしれないが、波のように強弱を繰り返す全身の痛みに、気絶する事が出来ない。

激痛に目が眩《くら》み続ける合間に、切れ切れに意識が飛ぶような感じだ。

自分の傍《そば》にいるのが、ルーディなのかアイリーンなのかもわからない有様《ありさま》で、時おり吸い飲みで水を与えられるけれど、上手く飲めずに大半は零《こぼ》してしまう。

何度か腕を取られ、注射もされたように思う。

中和剤を呑めそうにない時は、注射で投薬をするそうだ。食事代わりの栄養剤も注射されたのだろうけれど、何度されたかは覚えていない。

「う……ぅ……」

眉をきつく寄せ、肺腑《はいふ》から熱い息とともに苦悶《くもん》の呻《うめ》きをあげる。

目の裏がチカチカ瞬《またた》くほど痛いのは、強く瞑《つむ》りすぎたのか、それとも薬のせいだろうか。

耐えかねて薄く目を開けると、暗く歪《ゆが》んでよく見えない視界の中に、ゆらりと誰かの影が映った。

熱に焼かれた視界には、黒いぼやけた塊《かたまり》にしか見えず、やはりアイリーンかルーディの、どちらなのかわからない。

影の人は、少しぬるくなっていた額《ひたい》のタオルを冷水にひたしてくれた。それから火《ほ》照《て》ったビアンカの頬《ほお》に、そっと手のひらを触れさせる。

水で冷たくなった手の温度は、思いがけず気持ち良かった。一時《ひととき》の心地良さに、ふぅっとビアンカは息をつく。

「ビアンカ……私がわかるか？」

影の人が何か言ったが、頭痛と耳鳴りが酷《ひど》くて聞きとれない。干からびた唇を動かそうとしても、出るのは言葉にならない呻き声だけ。

あなたの手が気持ちいい、ありがとう。と言いたいのだけれど……

普通の人間はもちろん、同じ毒姫同士でも体内に宿す毒の分量が違うので、互いに素肌を触れ合わせたりはしない。

だからビアンカは、人肌の感触を知らなかった。

ヴェルナーにされた口づけが、初めて知った他人の温度だ。

まだビアンカの身体には猛毒が残っているとはいえ、今ならほかの者に触れてもらえる。

そう思うと、辛《つら》くて仕方がないはずなのに、ほんのわずかに嬉しいから不思議だ。

――それから、また少し意識を失っていたようだ。

いつの間にか、ビアンカの頬《ほお》に触れていた手はなくなっていた。

ほのかに明るい部屋の中を、ビアンカはぼんやりと見渡す。

まだ熱は高いようで、寒気や全身の激痛も続いているけれど、少なくとも目はしっかり見えていた。

半分開かれた部屋の窓から、カーテンが爽《さわ》やかな風にそよいでいるのも、その隙間《すきま》から薄白い陽光が差し込んでいるのもちゃんとわかる。

今は、朝のようだ。小鳥のさえずりもきちんと聞こえた。

ゆっくりと首を回して反対を向くと、なんと安楽椅子に腰かけたまま眠っているヴェルナーがいた。その後ろにある長椅子では、ルーディが眠っている。

「へいか……？」

思わず呟《つぶや》くと、自分でも驚くほどガラガラに掠《かす》れた声が出た。

「ん……？」

パチリと青い目が開く。目を覚ましたヴェルナーは、数回瞬《まばた》きをしてビアンカを見ると、勢いよく立ちあがった。

「ビアンカ！」

ヴェルナーは少しよろけつつ、寝台の脇にしゃがみ込む。

「良かった！　四日ぶりにきちんと目を開けたな。気分は……良い訳がないな。辛いだろうが……」

ヴェルナーは初めて会った時から、とても話し上手に思えた。

なのに、今、屈《かが》み込んでビアンカと視線を合わせた彼は、まるでかける言葉を探すように戸惑《とまど》った表情で、声を詰まらせる。

「ずっと……ついていてくれたのですか……？」

「いや、ずっとはいられなかったが、せめて夜くらいは付き合いたくてな。特に昨日は酷《ひど》く苦しんでいたようだし……」

ビアンカの頬《ほお》へ、ヴェルナーがそっと手を伸ばす。

しかし、指先が頬へ触れる寸前、鋭い声が飛んできた。

「ヴェルナー！　触っちゃだめだ！」

長椅子で眠っていたはずのルーディが、信じられないほどの俊敏《しゅんびん》さで飛びかかるように駆け寄り、ヴェルナーの腕を掴《つか》んでビアンカから引き離す。

「今は解毒剤も呑んでないんだぞ！　少しでも触ってないな⁉」

「ああ……」

指先を眺めて確認するルーディに、ビアンカも痛む頭を無理に振って頷《うなず》いた。

「はぁ……危ないとこだった」

ルーディがほっとしたように息をつき、ビアンカに気まずそうな顔を向ける。

「ごめん。気を悪くさせたかもしれないけど、その黒い汗は猛毒なんだ。治療の第二段階に入ったから」

「黒？」

ビアンカは驚いて、自分の手や腕を眺めたが、汗で気味悪く湿っているものの、黒くは見えない。

「今はまだ色は目立たないけど、汗から毒の匂いがしてきてる。少しすれば、もっと色が濃くなってくるはずだ」

「……ありがとうございます、ルーディさん。陛下を止めてくれて……」

横たわったまま、両腕を震える身体に強く巻きつけて、ビアンカは礼を言った。

身震いが止まらないのは発熱の悪寒《おかん》だけではない。

(もう少しで、また陛下を毒に冒《おか》してしまうところだった!)

『庭園』にいた頃から、この身の毒が危険だと自覚していた。

周囲に触れないよう常に注意を払っていたし、それを怠《おこた》ればどうなるかも知っている。

それでも、毒姫の毒は、老師がしかるべき用途に使う大切なものだと教わり、この身体が恐ろしいなんて今まで考えた事もなかった。

ここに来た晩に瞼《まぶた》の裏に浮かんだ、血を吐いてもがき苦しむヴェルナーの顔が、また浮かぶ。

ルーディが止めるのが一瞬遅れていたら、ヴェルナーは死んでいた……いや、解毒作用の高熱で苦しむヴェルナーだって、二度と見たくない。

(こんなにも、嫌な、怖いものだったの……わたしの身体は……)

ひび割れた唇を噛《か》んでビアンカは嗚咽《おえつ》を堪《こら》える。ヴェルナーが辛《つら》そうな視線を向けた。

「……二人とも！」

いきなり、ルーディがパンと両手を大きく叩いた。

ビアンカが驚いて見あげると、彼は苛立ったように声を張りあげる。

「今、触れないのは当たり前じゃないか。なんのために俺がここに来たんだよ。治療が終わったら、好きなだけ触れば良いだろうが！」

「あ、ああ……そうだな。すまない、ルーディ」

ヴェルナーは呆気にとられたように目を見開くと苦笑した。ビアンカも、毛布で顔を半分隠してコクコクと頷《うなず》く。

ルーディはそんな二人を眺め、鋭い犬歯を覗《のぞ》かせて満足そうな笑みを作った。

「そんじゃまず、もうこれからヴェルナーは泊まり込み禁止な」

「え……だめなのか？」

あからさまに落胆した様子を見せるヴェルナーへ、ルーディが指を振った。

「たとえ陛下でも、治療中は薬師の指示に従ってもらいます」

そして不意におどけた調子を引っ込め、彼は真面目《まじめ》な顔つきになる。

「ヴェルナー、鏡で自分の酷《ひど》い顔色を見ろよ。無理しつづけて相当に疲れてるだろ。これでお前が倒れたりしたら、立場が悪くなるのはビアンカだぞ。場合によっちゃ責任を追及される。見舞いに来るなら、自分の身体を治してからだ」

ルーディの厳しい声に、ビアンカはようやくヴェルナーの顔色も酷く悪い事に気づいた。

（陛下のお顔、本当に真っ青だわ）

どうしてすぐに、気がつけなかったのだろうか。

ヴェルナーの目の周りは少し窪《くぼ》んで隈《くま》が濃く、ビアンカが治療を始める前よりやつれているかもしれない。

元々が線の細い秀麗《しゅうれい》な顔立ちをしているだけに、疲労が強く滲《にじ》む青ざめた顔は、今にも倒れてしまいそうに見えた。

（さっき、夜くらいは、とおっしゃっていたけれど、もしかして毎晩……）

たしか城を案内してくれた時、夏は特に政務が忙しいと言っていたはず。

ビアンカが治療を始めてから、昼間は政務をこなしつつ、夜は毎晩泊まり込んでくれていたのだろうか。

（陛下……）

ビアンカはつい開きかけた唇を、慌《あわ》てて引き結ぶ。

不思議な気分だ。

国王である彼の行動に対して、自分のような者が何か余計な口を挟むなど、きっと許されないはずなのに、彼へ告《つ》げたい言葉が次々と浮かんでくる。

『昨夜も、その前もずっと、励ましてくださったのですね。ありがとうございます』とか、『でも、ルーディさんのおっしゃるとおり、とても疲れているように見えます』とか、『わたしの見舞いよりも、休息をとってほしいのです』とか……

戸惑《とまど》いながらじっとヴェルナーを見あげていると、彼の青い目と視線が合った。

「わかった。たしかにルーディの言うとおり、私が倒れては本末転倒《ほんまつてんとう》だな」

ヴェルナーがふぅっと息を吐き、ルーディに頷《うなず》く。それからまた、ビアンカへ向き直った。

「ビアンカ。なるべく早く、また見舞いに来る」

「……はい」

ビアンカは毛布から目元だけ覗《のぞ》かせたまま、やっと小さく答える事が出来た。

——それからさらに、六日が経った。

一人きりになった部屋で、寝台に上体を起こしたビアンカは、震える手をゆっくり動かす。指がなかなか上手く動かない。苦戦しながら、黒く染まった寝間着《ねまき》を脱いだ。

ルーディの言ったとおり、全身に浮き出る汗は、インクを薄めたような黒い色になっていた。

この黒い汗が、ビアンカの身体から追い出された毒素だという。

発汗を促《うなが》すために、夏だが部屋の炉には火が焚《た》かれていた。パチパチと音を立てて良い香りの薪《まき》が燃え、オレンジの火がビアンカの虚《うつ》ろな瞳に映る。

寝台脇に置かれたテーブルには、小さく切った古布をたくさん載せた盆と、薬湯を張った木のたらいがあった。

ビアンカは布きれを一枚取って、ちょうど良い温度の湯にひたす。

最初に中和剤を呑んだ時のような、意識もはっきりしないほどの高熱にまでは至らないが、相変わらず熱は高く、昼夜を問わずに激痛と寒気が全身を襲いつづけている。

痛みに眠れず、苦しみながらまどろむだけの日々は、着実にビアンカの体力を奪っていった。

衰弱《すいじゃく》と疲労からげっそりと頬《ほお》がこけ、もともと細い身体はあちこちに骨が浮いて見える。

指一本も動かしたくないくらい疲弊《ひへい》していたが、ビアンカは時間をかけて丁寧に、黒い汗を拭《ぬぐ》った。

毒素に染まり、布はたちまち黒ずんでいく。布が真っ黒になるまで、丹念《たんねん》に自分の身体を拭《ふ》き、次の布も同じように使いきる。

使い終えた布は、テーブルの足元に置いた深くて大きい木の桶《おけ》へ入れた。

この布はもう使えない。水ですすげば毒液が川や土を汚染してしまう。『庭園』のように毒姫が使った水を捨てる廃水路は、ここにないのだ。

荒い呼吸を繰り返し、時おり休憩を入れながら、髪や顔を拭き、乳房や肩、腕と、丁寧に拭《ぬぐ》っていく。毒汗に浄化魔法は効かず、薬湯だけが有効らしい。

また、いくら苦しくても、これはビアンカ自身でやらねばいけなかった。

淡い金色がかった薬湯は、カモミールに似た良い香りだが、黒い汗を拭き取ると、少しの間ツンと鼻を突く刺激臭がする。

薬湯と黒い汗が混じり合うと、とても有害な気体が出るそうだ。

有害な空気は数分で無毒となるが、抗体を有している毒姫以外は、近くにいるだけでも危険だ。

そのため、ルーディやアイリーンにも部屋から出てもらい、一人で拭くしか方法がない。

「……はぁっ」

グラリと目眩《めまい》がし、ビアンカは大きく息を吐いて手を休めた。

暖かな火の燃える、美しいタイルで縁を飾られた立派な暖炉を、ぼんやりと眺める。

毒が抜け出ていくのと一緒に、自分の中身も空《から》っぽになっていく気がした。

（毒姫でなくなったら、わたしはなんになるの？　これから、何をすればいいのかしら？）

暗殺者だったとはいえ、自分はヴェルナーに献上された身だ。

『庭園』には戻れないし、この先は彼に示された道を進むしかないのだけれど……

先の見えない不安が、しつこく胸にくすぶりつづけている。

この苦しく辛《つら》い治療も、いつまで続くのかわからない。

その毒姫が宿す毒量や体力によっても違うので、ルーディにも正確な治療期間は言えないそうだ。

胸を喘《あえ》がせるのすら辛く、息が苦しいし頭も身体も痛くて仕方がない。

今すぐ、治療もわたしの命も何もかも終わりにしてほしいと、泣き叫んで訴えたくなる。

それでも、口に出す寸前で言葉を呑み込めているのは、ルーディとアイリーンがとても親切につきそってくれるからだった。

ルーディは面白い冗談を言っては、明るく励ましてくれるし、アイリーンは生真面目《きまじめ》な態度を崩さないものの、ビアンカが少しでも楽になるようにと、細やかに気を配ってくれる。

そして何よりも、ヴェルナーの存在が大きかった。

彼は約束どおり、ここへ泊まり込む事はなくなったが、それでも忙しい政務の隙間《すきま》を縫って、見舞いに来てくれる。

ちゃんと眠っているから平気だとルーディに言い張り、実際に顔色も良くなってきた。

彼はいつも、新鮮な果物を搾《しぼ》ったものに蜂蜜《はちみつ》を加えて持ってきてくれる。

意識を取り戻してから、中和剤はなんとか呑めるようになったものの、胃が衰弱《すいじゃく》して、とても食事はとれなかった。

栄養剤の注射を続けるしかなく、ビアンカの腕は無数の針痕《はりあと》で青黒く腫《は》れあがっている。

けれど、『庭園』でも馴染《なじ》みだった果汁なら少しだけ飲めたし、ヴェルナーがわざわざ持ってきてくれたものだと思うと、飲みなれていた味よりもいっそう美味《おい》しく感じた。

彼がここにいるのは、そう長い時間ではなかったが、それは大した問題ではなかった。

ヴェルナーが目の前にいなくても、彼の事を考えるだけで、なぜか嬉しいような心臓が締めつけられるような、不思議な気分になるのだ。

こんな気持ちになるのは初めてだった。

ビアンカにとって人間は、支配者の老師、仲間の肉植物、外の人間、の三種類しかいなかった。

彼らにも個体差はあったし、相性の良い悪いも感じたが、誰に対しても、こんな奇妙な感覚を受けた事はない。

不安に押しつぶされそうなビアンカを、その奇妙な感覚が支えてくれている。

ぼんやりと考え込んでいると、不意に扉が開いてヴェルナーが顔を覗《のぞ》かせた。

「ビアンカ！　大丈夫か……っ!?」

まだ裸のままだったビアンカは、寝台に座り込んだ格好で、ヴェルナーとまともに目が合う。

「キャア!!」

「わっ、すまない!!」

ビアンカが裸身を隠すのと同時に、ヴェルナーが慌《あわ》てて扉を閉める。

「ヴェルナー、慌てすぎだよ！　ビアンカ様。焦らなくて宜《よろ》しいですからね！」

アイリーンが怒鳴る声が扉越しに聞こえた。

「は、はい……」

ビアンカは答え、一生懸命に手を動かし再び身体を拭《ふ》き始めた。随分と長くぼうっとしていたらしく、薬湯がだいぶ冷めてきてしまっている。

焦らなくて良いと言われても、ヴェルナーが待っているのだと思うと、ビアンカの手は自然に、先ほどより格段に速くなっていた。

大きく身体を動かすたびに感じる痛みに顔をしかめつつ、足先まですっかり毒素を拭《ぬぐ》う。黒く染まった寝間着《ねまき》や毛布も、全て桶《おけ》に捨てた。

防水加工された敷布は、幾重にも重ねて敷かれており、弱りきった身体でも端に縫いつけられた紐を引くだけで簡単に剥《は》がせる。

それも桶に入れ、薄く濁《にご》った薬湯の残りを注《そそ》ぐと、じゅっと焼け石に水をかけたような音とともに、刺激臭が立ち上った。

ケホケホとむせながら、新しい寝間着を着る間に、刺激臭は消える。空《から》になったたらいも桶に入れ、大きな蓋《ふた》を慎重に閉めた。

これで、ようやく完了だ。

「――身体を拭《ふ》くのに、やけに時間がかかっていると聞いてな。一応ノックはしたのだが……返事がないので、何かあったのかと……」

入室したヴェルナーは、寝台脇の椅子に腰をかけ、しどろもどろに言う。

「い、いいえ……申し訳ありません。ぼんやりしていて……」

ビアンカも気まずい感じで答えたが、考えてみれば、これも妙な事だ。

肉植物たちに個室などなく、部屋の顔ぶれは頻繁《ひんぱん》に入れ替わったものの、着替えなどはいつも仲間と一緒だった。

老師たちからの身体検査もたびたびあったし、そもそも植物は服など着ない。

肉植物の身分で衣服を提供されるのは、体温調整やほかの植物の棘《とげ》などから皮膚《ひふ》を保護するためだと聞かされたし、毒姫はもちろん、毒を周囲に撒《ま》き散《ち》らさないためだ。

だから裸を見られても、何も感じなかったのに……なぜか、ヴェルナーに見られたのは、恥ずかしくてたまらなかった。

「そうそう。今日は少し、変わったものを持ってきた」

ヴェルナーが気を取り直したように微笑《ほほえ》み、持ってきたバスケットを開けた。

いつもなら果汁を搾《しぼ》ったガラス瓶が出てくるのだが、今日は金属製の筒が取り出される。

ヴェルナーが蓋を外すと、微《かす》かに甘い香りのする蒸気がほわりと中から出てきた。

一緒に出した陶器のマグカップに注《そそ》がれる中身を、ビアンカはじっとみつめる。水気のとても多いミルク粥《がゆ》のような、トロトロした白くて細かい粒の交じった液体だ。

「ライスを発酵させた大陸東方の飲み物で、身体が弱っている時には良いらしい。子どもの頃に寝込んだ時、一度だけ飲んだ事がある。飲みなれない味だろうから、無理はしなくていいが……ちょうど、これを仕入れていた隊商を見つけたのでな」

ビアンカはゆっくりと上体を起こし、手渡されたマグカップの中をまじまじと覗《のぞ》き込んだ。

(ライスの飲み物なら、やっぱりミルク粥《がゆ》を薄めたようなものかしら)

しかし、苦手なミルク粥の匂いとは、随分違う気がする。

思いきって一口飲むと、温かくて甘くて少しだけ酸っぱいような、今までに経験した事のない味がした。

(……美味《おい》しい)

ヒリヒリと痛んでいた喉《のど》に、甘くて温かい液体がゆっくり流れ込んでいく。コクコクと喉を鳴らし、瞬《また》く間に飲み干した。

「ありがとうございます……とても美味しかったです」

カップが空《から》になってから、お礼を言うのも忘れていたのに気づき、急いでビアンカは頭を下げる。

「良かった」

「あ……」

ふわりと、身体に甘いものが染み渡り、あのくすぐったいような感覚が強くなる。

「陛下は、強い魔法が使えるのですね？」

思わず、そんな事を口にしてしまった。

ヴェルナーはとても優しいが、ルーディやアイリーンだって優しい。でも、上手く表現出来ないような気持ちが……彼と接している時だけ何かチラつくような気がするのだ。

ビアンカの心を操《あやつ》って不思議な思いを植えつけるなんて、魔法としか考えられない。

もしかしたらヴェルナーは、老師たちよりも偉大な魔法使いではないのだろうか。

「強い魔法……？」

ヴェルナーは少し驚いたようだったが、すぐに首を振った。

「いや。ロクサリス王家なら魔力の強い者ばかりだろうが、フロッケンベルク王家は違う。魔力を持たない者も多く、私もさほど魔力量は多くなくてね。どうしてそう思ったのだ？」

意外な返答とともに問い返されて、ビアンカは言葉に詰まる。

「それは……わたしに、何か魔法をかけてくださっているのかと……」

「君に？」

「陛下の事を考えると、とても嬉しいような気持ちになります。それがなければ、もうとっくにわたしは……殺してほしいと言っていたかもしれません。治療の苦痛と不安に耐えられるよう、魔法をかけてくださっているのだと思っていました」

自分でもなぜこうなるのかまったくわからないので、なんとか表現出来る範囲で説明するが、ヴェルナーは完全に面食らったような顔をしていた。

「いや、私は別に、何も……」

困惑の滲《にじ》む声で言われてしまい、ビアンカは慌《あわ》ててまた頭を下げた。

「申し訳ございません。余計な事を申しあげてしまいました」

これが老師相手ならば、すぐさま懲罰房《ちょうばつぼう》行きだ。

だが、ヴェルナーはとても優しいので、特に咎《とが》めもせず、バスケットを持って椅子から立ちあがった。

「そろそろ政務に戻らなくては……その魔法はよくわからないが、この先も君がかかりつづけてくれたら、私もありがたいな」

そう言った彼の頬《ほお》は微《かす》かに赤く、無理をしてヴェルナーもまた熱を出したのではないかと、少し心配になった。

しかしヴェルナーはしっかりとした足取りで歩き、部屋を出る間際に振り返って手を振る。

その口元には柔らかな微笑《ほほえ》みが浮かんでいて、ビアンカの心臓が大きく跳ねた。

中和剤の作用で、心臓もギシギシと痛み続けているが、一瞬だけその痛みも吹き飛んでしまう。

（やっぱり、魔法としか思えないのだけれど……）

ビアンカが首をかしげていると、ルーディとアイリーンが部屋に入ってきた。

「今日のはヴェルナーらしくない失敗だけど、許してやってよ。アマザケを見つけて大喜びだったんだ」

鞄《かばん》から薬品類を取り出しながら、ルーディが陽気な笑い声をあげる。

「あのライス粥《がゆ》は、アマザケというのですか？」

「うん。遠くの国なら、そう高価なものでもないらしいんだけど、ここじゃ滅多《めった》に手に入らなくてね。その辺は隊商で各地を旅しているアイリーン姐《ねえ》さんのほうが詳しいよ」

ルーディの視線を受け、水差しの中身を入れ替えたりとテキパキ動いていたアイリーンが顔を上げた。

ビアンカは最初、アイリーンはずっとヴェルナーの傍《そば》に仕えて暮らしていると思っていたのだが、そうではないと説明される。

彼女は、今はヴェルナーの頼みでここにいるけれど、本来は隊商の一団を率いる首領の娘で、大陸中を行商して回る旅生活をし、夏だけこの王都に来るという。

フロッケンベルク王都に着いた時、幌《ほろ》をつけた馬車がとても多いのだなと感じたが、城内で一年の景色の画を見せてもらい、ビアンカは隊商という存在を初めて知った。

アイリーンは、ビアンカがまったく世界の事を知らないので驚いたみたいだったが、ここに来るまで『庭園』から一歩も出なかったと言うと、納得したようだ。

『それなら、遠慮せずなんでもお聞きください。ただ、私たち以外の者には、『庭園』の事を言わないほうが宜《よろ》しいでしょう』と言ってくれた。

夏にこの王都へ来る多くの隊商は、作物に乏《とぼ》しいこの地の人々に必要な食料や生活用品を持ってきて売る。そうして、荷台が空《から》になると、今度は錬金術師ギルドから仕入れた品物をいっぱいに積んで、それを欲しがる国々で売るそうだ。

常に旅をして、根づくところを持たない生活なんてビアンカには想像もつかなかったが、アイリーンにしてみれば一ヶ所に生涯留《とど》まる自分など、考えたくもないという。

彼女は、ビアンカの知らない世界の事を丁寧に説明してくれる。

「隊商が荷台へ積める量には限りがありますので、取り引きするのは確実に需要のある品ばかりです。たとえば嗜好品《しこうひん》ならば、煙草《たばこ》に酒、砂糖やカカオ豆などが主になり、アマザケのようにあまり有名でない品は、好きな者が自分用に少量持つくらいです」

そして彼女は、少し肩を竦《すく》めた。

「陛下は変装して城下にお忍びする困った趣味がありますが、今回はそれが役に立ったようですね。隊商は街の者に愛想よく商売はしても、本当に親しくはしません。公《おおやけ》の商品のほかに、こういった珍しい品を持っていたとしても、街の者に教えたり売ったりはしないのです。たとえ王家の使いでも、よほど金銭に困っていなければあしらいます。……もっとも、相手が同じ流浪の民なら話は別ですが。違う隊に所属している者同士でも助け合うのが隊商の鉄則です」

「では、陛下は……」

ヴェルナーに風変わりな趣味があるとは知らなかった。

ビアンカはアイリーンの言葉を頭の中で組み立て、彼が隊商の隠し持つ品を手に入れた方法を思いつく。

「我が家の隊にこれはありませんので、おそらく隊商の人間になりすまして、どこかほかの隊から買い入れたのでしょう。探し出すのには根気がいったのではと思いますよ」

わずかに口元をほころばせたアイリーンが、ビアンカにはとても魅力的に思えた。

頬《ほお》にソバカスがうっすらと残る赤毛の彼女は、薔薇《ばら》のような華やかさとも、百合《ゆり》のような優美さとも違うけれど、思わず引き寄せられてしまうような力強い魅力を持っている。

「アイリーンさんは隊商の方だけれど、陛下と仲良くしていらっしゃるのですね」

ビアンカは素直に、感じた事を言った。

基本的に生真面目《きまじめ》な態度と丁寧な口調を崩さぬアイリーンだが、先ほど廊下で怒鳴っていたように、ヴェルナーには遠慮の欠片《かけら》もない声をかける事もあるようだ。

隊商の人間は街の者と本当には親しくしないと聞いたばかりだけれど、ヴェルナーと親しいからこそ、こんなふうにビアンカの解毒治療にまで付き合ってくれるのではないだろうか。

そんな関係が素敵だなと思って言ったのに、アイリーンは、やけに困ったような表情になってしまった。

そして小さなため息をつくと、かっちりした青い近衛兵《このえ》の上着を脱いで片手に持つ。

「……あたしのところは、ちっとばかりほかと事情が違うってだけさ。ヴェルナーの親父さんとあたしの親父、祖父《じい》さん同士だって親友だった」

シャツに黒いピッタリしたズボンだけという身軽な格好になった彼女は、上着と一緒に堅苦しさも脱いでしまったように口調が変わった。

生真面目に口元を引き結んでいた表情も豊かに変化し、アイリーンはニヤリと笑って片目を瞑《つむ》る。

「ヴェルナーの事は好きに決まっているけどね、特別な関係って訳じゃないし、これからもそうはならないと断言するよ」

「……そうですか」

アイリーンの言ったような間柄は特別じゃないのかなと、ビアンカは内心で少し首をかしげたものの、大人しく頷《うなず》いた。

今日はかなり長く起きあがって、たくさん話したせいか、さすがに頭が朦朧《もうろう》としてきている。

「出来たっと！　ビアンカ、薬の量を量《はか》るよ」

不意に、ルーディがぬっと顔を近づけてきた。

彼はアイリーンが話している間も、せっせと薬の調合をしていたらしい。

夕暮れに染まる月のようにも見える、金色がかった琥珀《こはく》の瞳をした少年は、犬がするように、ビアンカの首筋を嗅《か》いだあと、真剣な顔で薬品を一滴ずつ混ぜる。

「今日の分だ」

ルーディは小鉢に入った一口分の薄青い液体を差し出してきた。

「……ありがとう」

中和剤を呑む瞬間は、いつも身体が緊張で強《こわ》ばる。

少し苦味のあるサラサラした薬を、目を瞑《つむ》って一息に呑み干した。

喉《のど》を滑《すべ》り落ち、胃に到着した中和剤が、じんわり吸収され、ビアンカの身体から毒素を追い出し始める。

再び黒い汗が、じわじわと肌に浮かび、身体中の痛みが強まった。

やっとの思いで身体を横たえる。

苦悶《くもん》に眉を寄せるビアンカを、ルーディは黙って眺めていたが、しばらくして口を開いた。

「ごめん。白状するけど……黒い汗が出始めた時、ヴェルナーをここから追い出したのは、ビアンカがもうじき音《ね》をあげると思ったからなんだ。ビアンカに死を望まれて、あいつが悲しむ顔を見たくなかった。もしそうなったら、あいつが立ち直れないかもしれないと思って、怖かったんだ」

ポツリと、彼は神妙に呟《つぶや》いた。

「記録では、十五歳以上の毒姫で解毒治療にここまで耐えた子はいないんだ。黒い汗に苦しみ出して二日目までには、全員が安楽死を望んだらしい。だから、安楽死のための毒は用意してたけど、それを使ってもアイツには、治療に失敗したって言うつもりだった」

「陛下が……それほどに、悲しむのですか……？」

薬の痛みで視界に火花が散《ち》っていたが、ビアンカはなんとか薄く目を開く。

「は？　何言ってるんだよ。当たり前じゃないか」

ルーディが目を見開き、少し怒ったような声を出す。けれどそれよりも、ビアンカは彼の言った事にたいそう驚いた。

ビアンカを解毒させるために、ヴェルナーがとても苦労してくれていることは重々承知している。それでも今までずっと、下等な存在として扱われていたビアンカには、今一つ若い王の気持ちが理解しがたかったのだ。

毒姫は、肉植物の中でも希少な部類ではあるけれど、それでも自分の代わりは常にいるし、新たな毒姫もそのうちに育つ。

ヴェルナーは優しいから、ビアンカが死ねば一時は悲しんでくれるかもしれないが、すぐに忘れて元気になれると思っていた。

『庭園』に住む肉植物たちは、丹精《たんせい》込めて育てた薬草が途中で枯れてしまっても、仲間が死んでも、運命を受け入れろと老師に言われていたから。

一時は悲しくとも、それが運命なのだと諦められた。

ビアンカだって、そうだったはずなのに。

「わたし……絶対に、最後まで続けます……っ」

苦しい息の合間に、精一杯の声を吐き出した。

なぜヴェルナーがそんなに悲しんでくれるのか、まだしっかりと理解は出来ない。

けれど、初めて自分の身体の毒を怖いと思ったように、彼が悲しむのも耐えがたいほど嫌だ。

「うん。そうこなきゃ！」

ルーディが琥珀《こはくいろ》色の目を細め、口の端から犬歯を覗《のぞ》かせて笑う。すっかり、いつもの陽気な声に戻っていた。

「ビアンカはさ、ちょっとまだ欠けてる部分があるみたいだけど、大丈夫！　解毒が済んだら、好きなだけ色んなものに触って、欲しいものを掴《つか》み取れば良い！」


さらに一週間が経つと、随分と痛みが減って熱も下がり、身体が楽になってきた。その数日後にはもっと楽になり、少しずつ普通の食事もとれるようになってきた。

毎日拭《ふ》き取る汗の色も、次第にドス黒い色素が薄れつつある。

毒素を拭き取った布や毒液となった残り湯を入れた桶《おけ》は、厳重に蓋《ふた》をされて、ルーディが運び出していた。

その行き先がどこなのか、以前のビアンカならばきっと、何も考えず、質問もしなかっただろう。

『庭園』で、毒液用の水路がどこに続いているのか気にならなかったように。

でも、ヴェルナーもルーディもアイリーンも、知りたい事はなんでも聞いて良いと言ってくれた。

答えられない事もあるけれど、絶対に怒らないからと言って。

だからある日の午後、桶を運び出そうとしていたルーディに、思いきって聞いてみた。

自分がそれに対して何か出来る訳でないと承知だけれど……自分の毒がどんなに嫌なものか知ってしまったから、なんだか妙に気になったのだ。

「ルーディさん。この国ではもう毒姫を造っていないそうですが、その桶の中身を流す、毒液用の水路は残っているのですか？」

「毒液の水路？　ロクサリスじゃ、そんなもんがあるの？」

逆に目を丸くして尋ね返されてしまい、ビアンカは頷《うなず》く。

「はい。毒の付着した廃棄物は、固形のものでも強酸で溶かして、そこに流す規則でした」

へぇー、とルーディは思案深げな表情で、しばし首筋を掻《か》いていたが、ビアンカから された質問を思い出したらしい。

「これは錬金術師ギルドで飼ってる、特別な蟲《むし》に食わせるんだよ。そいつらなんでも食べるし、どんな毒も体内で分解して、無害な土にしちまうんだ」

「そんな生物が……？」

「ああ。見た目は気味悪いけど、偉い蟲だよ……っても、うっかりそいつらの巣に落ちたら、感謝する前に食われちまうけどな。餌《えさ》が生きててもお構いなしだから」

ルーディは呑気《のんき》に言うが、暗い穴の奥に蠢《うごめ》く不気味な蟲と、そこに落ちた自分をつい想像してしまい、ビアンカは小さく震えた。

そんな彼女に気づかなかったのか、ルーディはぼんやり天井を眺めながら、独り言のように呟《つぶや》く。

「俺のお師様《しさま》が、前に言ってたんだ。『何かを作るより、それを完璧に破棄するほうが、遥《はる》かに手間がかかるものですよ』って。あの時はわかんなかったけど、今なら納得出来るね」

しばし、彼はそのまま何か考え込んでいたようだが、唐突にビアンカのほうを向いた。

「ま、ともかくこれは、蟲さんが美味《おい》しくいただいてくれるって事さ」

そう言うと、ルーディは重いであろう桶《おけ》を片手で軽々と持ちあげ、中身を零《こぼ》さないよう運んでいった。

3　初めての欲しいもの

治療を始めてから一ヶ月あまり一室に篭《こ》もって、ほぼ寝たきりの生活のまま、フロッケンベルクの夏が半分ほど過ぎた。

ビアンカはルーディとアイリーンに見守られ、テーブルに置かれた小さな桶《おけ》の脇に立つ。

桶には綺麗な水が張られ、大きさも種類も違う三匹の川魚が泳いでいる。

ビアンカが両手をひたし、数分経ったが、魚は変わらず元気に泳いでいた。

「よし、もう出していいよ」

ルーディに言われ、ビアンカは濡れた手を古布で拭《ぬぐ》った。

次に、テーブルの上に置かれた箱から、針を一本取り、自分の指先をつつく。

チクンとわずかな痛みが走り、赤い球がぷくりと浮かびあがる。ビアンカは、緊張とともに血の滲《にじ》む指先を桶の水に浸《つ》けた。五分ほどひたしてから手を引きあげる。

三日前はここで失敗した。血液にまだ毒素が残っていて、一番小さな魚が死んでしまったのだ。

しかし今日は、一時間経っても魚は元気に泳いでいた。

「やった！　おめでとうビアンカ、もう毒素は完全に抜けた！」

ルーディがビアンカに飛びついて歓声をあげる。

「よくがんばったね!!」

アイリーンまで仕事用の口調を忘れ、反対側からビアンカを抱き締めた。

当のビアンカは、突っ立ってぽかんと口を開けたまま、二人から揉みくちゃにされていた。

（わたしは、嬉しい……のだろう。きっと……嬉しくないはずがない）

あんなに苦しかった治療が終わり、ルーディやアイリーンと、こうして平気で触れ合えている。

ヴェルナーも、この日を待ち望んでくれていた。

もうこの身体は、誰も害さなくて済むのだ。

けれど、自分が安全だという実感は、まだ湧《わ》いてこないようだ。戸惑《とまど》いを抱えたまま、両側からギュウギュウ抱き締められる。

「抜け駆けはずるいぞ。頼むから私も入れてくれ」

不意に戸口のほうから、笑いを含んだ声がした。見れば、いつの間にかヴェルナーが来ている。

仕事を済ませてすぐに来ると言っていたから、白い手袋や立派な飾りつきの上着を身につけていた。

ルーディとアイリーンが顔を見合わせて笑い、ビアンカを離して彼のほうへと押しやる。

「陛下。本当にありがとうございました……アイリーンさんも、ルーディさんも……」

ビアンカは深々と頭を下げ、彼らに感謝を告《つ》げる。

たとえまだ、心の奥底には不安が燻《くすぶ》っていようとも、ビアンカの身体は無毒となり、それはこの三人のおかげなのだ。

「おめでとう、ビアンカ。それに……私の願いを聞き遂《と》げてくれて、ありがとう」

ヴェルナーが上着を脱いで手袋を外し、素手を差し伸べる。大きくて少し表皮の硬そうな手のひらを前に、ビアンカの喉《のど》がコクリと鳴る。

ドキドキと心臓を高鳴らせ、恐る恐る自分の手を差し出すと、温かな手にしっかりと握られた。

「ルーディ。彼女を散歩に連れ出す許可をいただきたいのだが、宜《よろ》しいかな？」

ヴェルナーが尋ねると、ルーディは満面の笑みで魚の泳ぐ桶《おけ》を指した。

「もう俺はお役ごめんだよ。散歩でもデートでも自分で好きにしろって！」

「では、今度は本人の承諾《しょうだく》をいただきたい。ビアンカ」

不意に自分のほうを振り向かれ、ビアンカの声が跳ねあがる。

「はい！」

「少し、中庭まで散歩出来そうだろうか？」

「陛下がお望みでしたら……」

「私ではなく、君の希望を聞きたい。まだ出歩くのが辛《つら》ければ、このまま休んでも構わない」

「あっ」

またやってしまったと、ビアンカは赤面する。

治療の後半になる頃には、毎日ここに来てくれるヴェルナーと、だいぶ長い間しゃべっていられるようになった。

自分の所有者であるヴェルナーに、あまり気安く声をかけたり話しかけたりするべきではないかと思っていたのだが、彼は話をしてくれたほうが良いと言う。

『庭園』の中で、肉植物がどのような暮らしをしていたか聞いた彼は、こうやってたびたび、ビアンカに自分の意思を問うようになった。

それでも唐突に尋ねられると、動揺してしまう。

思うように言葉が出なくて、もどかしい気持ちのまま必死に頷《うなず》いた。

「ビアンカは、陛下と、散歩に、い、いきたいのでございますっ！」

緊張のあまり、変な言葉遣いになってしまったが、ヴェルナーはにこやかに頷いてくれた。

「では、ご案内しよう」

「陛下、少々お待ちを。今日は少し涼しいですから、何か羽織《はお》ったほうが宜《よろ》しいでしょう」

アイリーンがビアンカを引き止め、薄いドレスの肩に、自分の着ていた近衛《このえ》兵の上着をかけてくれた。

「ヴェルナー、アンタらしくもないじゃないか。こんな事に気づかないなんて、よっぽど浮かれてるんだね」

近衛兵の役を脱ぎ捨てたアイリーンが、豪快に笑う。

「そうだな。相当浮かれていたようだ」

ヴェルナーが苦笑し、ルーディが背後で大笑いする中、今度こそビアンカを連れ出してくれた。

徐々に調子をとり戻すべく、数日前から昼間は靴を履《は》いて部屋の中を歩き回るなどしている。

それでもまだ、時おりよろけそうになってしまうビアンカを気遣いながら、ヴェルナーは手を繋《つな》いでゆっくり歩いてくれた。

凝《こ》った意匠《いしょう》の柱が並ぶ回廊を歩く途中、幾人かの使用人とすれ違う。

人数は多いが若い者は少なく、中年女性や年配の男性が多い。

この国では働き場が少ないので、殆《ほとん》どの者が国に雇《やと》われて生計を立てているらしい。

錬金術師ギルドや派遣傭《よう》兵《へい》軍も、国営事業の一端だという。

錬金術師ギルドには議会もあり、傭兵軍を仕切る将軍たちもいる。政治の各分野に大臣もいて、ヴェルナー一人で全ての国政を担《にな》っている訳ではない。だが、とある事情から、この国の命運は、代々の国王が背負っているようなものだとアイリーンから聞いていた。

使用人たちは、ヴェルナーに対して、非常に敬意を払っているものの、誰一人として畏《い》怖《ふ》は抱いていないようだ。

『庭園』で老師たちにひれ伏し、常に緊張と怯《おび》えを抱いていた肉植物のビアンカには、その違いが歴然と感じとれた。

(陛下はやはり、とても立派な支配者なのね)

そんな信じられない光景を作り出しているヴェルナーを、ビアンカは改めて尊敬し、心の中で頷《うなず》く。

彼に案内されたのは、城の奥まった場所にある小さな中庭だった。

短い芝生が青々と茂り、花壇はなく、可愛い実をつけたすぐりの低い茂みが、庭を彩《いろど》っている。

夏のフロッケンベルク王宮には、諸外国からの使者や国内各地の領主が数多く訪問する。

だが、外部から訪れた者は、こんな奥までは立ち入らないようだ。ほかに使用人や衛兵の姿も見えず、静かな庭にいるのはビアンカたちだけだった。

部屋を出た時に窓から見えていた空は、晴天だったのに、いつの間にか空一面を厚い鉛色《なまりいろ》の雲が覆《おお》っている。

「さっきまで晴れていたのに……夏はこうして、天気が変わりやすい」

ヴェルナーが今にも雨の降り出しそうな空を見あげ、残念そうに呟《つぶや》いた。

ビアンカもつられて上を向くと、ポツンと頬《ほお》に冷たい感触が当たる。

（あめ……）

その瞬間、思わずヴェルナーの手を振り解き、駆け出していた。羽織《はお》っていた近衛兵《このえ》の上着だけを、ヴェルナーのもとに残す。

糸のように細い雨が、たちまち無数の仲間を引き連れて天から降り落ちてきた。

「ビアンカ!?」

ヴェルナーが駆け寄ってくるのにも気づかず、ビアンカは両手をいっぱいに広げ、生まれて初めての雨を全身に浴びた。

声も出ないほどの歓喜が湧《わ》きあがってくる。

『庭園』でも、張られていた透明な魔法の屋根を通し、空はいつでも見えていた。太陽も星空も見えた。春も夏も秋も冬も。雨も嵐も雪も、見る事は出来た。

しかし、一滴の雨も、結界を突き抜けはしなかった。

それに、もし雨が『庭園』の中に降り注《そそ》いでいたとしても、決して触れる事は許されなかっただろう。

ビアンカは雨のたびに、遥《はる》か頭上で、透明な結界に弾かれる雫《しずく》を、うっとりと眺めあげたものだ。

あの雫たちは結界の外から樋《とい》を伝い、広い広い『庭園』の各所にある貯水樽《たる》へ送られていく。『庭園』内には井戸もあったが、殆《ほとん》どの水やりはそれで賄《まかな》っている。雨は直接降らなくても、なくてはならぬ、とても重要なものだと感じた。

もし毒液に変わってしまっても廃棄出来る、桶《おけ》の水とはまったく違う。

「わたし、雨に触っている……外の世界で……流れる水に……触って良いのね……」

ビアンカの身体を滑《すべ》り落ちていく水は、芝生を枯らしもせず、その下の土を不浄の毒土にも変えない。

嬉しいはずなのに、なぜか両目から自然と涙が溢《あふ》れた。でも、それが頰《ほお》を伝って雨水に混ざっても良いのだ。

『庭園』の掟《おきて》から逃げ伸び、世界の一部に受け入れられた喜びを、ビアンカはようやく心から実感した。

夢中で雨を浴びていると、後ろから腕がそっと巻きつく。

「喜ぶのは良いが、身体が冷えてしまう」

ビアンカの肩に上着を羽織《はお》らせ、覆《おお》いかぶさるようにして、ヴェルナーが言う。

いつもより少し低い、囁《ささや》くような声音に一瞬ドキリと心臓が跳ねたものの、まだ覚めぬ感激のままビアンカは訴えた。

「申し訳ありません……あの、あの……わたし、毒が抜けたのが、嬉しくて……」

感激をなんとかして伝えようとするビアンカを、ヴェルナーが自分のほうに向き直らせる。

濡れたドレスの張りついている背中に腕を回され、顎《あご》に添えたもう片手で上を向かされた。

「陛……？」

見あげたヴェルナーはやけに神妙な顔をしていて、そのまま唇を塞《ふさ》がれる。

「――」

ビアンカは大きく目を見開いたまま、ヴェルナーの腕の中で硬直した。

至近距離にある深い青の瞳がとても綺麗で、どうしてこうなっているのか混乱しているのに、目を瞑《つむ》る事も逸《そ》らす事も出来ない。

どのくらい、そうしていたのだろう。

実際はほんのわずかな間だったのかもしれないが、時間が止まったみたいに長く感じた。

不意に、ヴェルナーが弾かれたように身を離した。

「きゃっ」

唐突に口づけと抱擁《ほうよう》から解放され、ビアンカはよろけてしまったが、慌《あわ》ててヴェルナーが抱きかかえるように支えてくれる。

「突然、すまなかった」

「いえ……とんでもない事でございます」

彼の胸に押しつけられたまま、頭上から降ってくる声に、ビアンカは小さく返事をして首を振った。

こうして、ヴェルナーに触れられても彼を害さないのだと、改めて幸せな気分がじんわりと広がってくる。

「ビアンカ、辛《つら》い治療に耐えてくれてありがとう。私はこうして君に触れられて嬉しいし、もっと触れたいと思う……愛している」

続けて降り注《そそ》がれた言葉に、ビアンカは思わず目を見開いて顔を上げる。

金髪の前髪から水滴を滴《したた》らせるヴェルナーを、まじまじと凝視してしまった。

(愛している?)

——どこかで聞いた覚えがあるけれど、どういう意味だったろうか?

＊　＊　＊

腕の中で困惑の表情を浮かべているビアンカを前に、ヴェルナーは自分の顔に熱が集まっていくのを感じた。

雨の中、びしょ濡れになって泣き笑いを浮かべ、全身で歓喜を表現するビアンカを見ていたら、抱き締めずにいられなくなった。

彼女に惹《ひ》かれているのはとうに承知でも、これほどまで心を奪われていたとは。

自分がこんなになりふり構わない愛情を抱いてしまうなんて、想像もしていなかった。

急に降ってきた雨は、夏によくあるようにすぐに降りやみ、雲の切れた空から陽光が降り注ぎ始める。

「愛して、いる……？」

ビアンカが小首をかしげ、まるで不可解な異国の言葉でも紡《つむ》ぐように、ゆっくり繰り返した。

戸惑《とまど》いを浮かべていたビアンカの顔が、すぐにぱっと輝く。

「かしこまりました！」

もぞもぞとヴェルナーの腕から抜け出すと、彼女は丁寧にお辞儀《じぎ》をする。

「わたしは毒姫でしたので、まだ交配用途の教育も身体の造り替えも受けてはおりませんが、精一杯努めさせていただきます。どうぞご指導をお願いいたします」

「――は？」

思わず、ヴェルナーは間の抜けた声をあげてしまった。どう考えても、会話が噛《か》み合っていない気がする。

「交配……？」

「はい。男女の交わりを『庭園』ではそう呼び、その用途に育てられる者もおりました。ただ、外の方々がわたしども肉植物に望まれるのは、繁殖目的ではなく娯楽という事ですので、その目的の技巧を教育されます」

こうして『庭園』の事を説明するビアンカは、ヴェルナーたちに自分の意思を尋ねられた時の、ぎこちない不安げな様子とはまったく違う。

背筋はピンと伸びて、まるでよく訓練された兵士が上官に報告をするかのごとく、必要な事を率直に告《つ》げる。

今も、睦言《むつごと》に関する事など、普通の女性は口にしにくいだろうに、ビアンカはまるで苗木の種類でも説明しているように、淡々と言葉を紡《つむ》ぎつづけた。

「交配用途の教育を、わたしは実際に受けた事はありません。ですが『愛している』というのは夜伽《よとぎ》で使う合言葉のようなものと、その教育を受けた一人から、聞いております」

「そ、そうか……」

ヴェルナーは頷《うなず》き、ひとまず彼女から顔を逸《そ》らした。そうでもしなければ、とても気を落ち着けられそうにない。

不安でバクバクと脈打つ胸を押さえ、何度か深呼吸をして息を整える。

――もの凄《すご》～く嫌な予感がする。聞きたくない……が、聞かない訳にもいかない。

意を決し、こちらの指示を待つように、ビシッと姿勢を正しているビアンカに向き直った。

「念のためにきちんと確認しておこう……私が君に、これからどうするように望んでいると思っている？」

懸命に声の震えを抑えて尋ねると、ビアンカはまたハキハキと答えた。

「はい。わたしの毒が抜け、触れても安全な身となりましたので、これからは交配のご奉仕役となるようにご希望されたのかと」

見事にあたった嫌な予感が、鈍器で殴られたごとき衝撃となってヴェルナーを襲った。

（やっぱり!!）

こめかみを押さえ、よろめく足を踏みしめた。

「陛下!?」

「いや、大丈夫……だ、多分……」

ビアンカを片手で制しつつ、つい涙目になってしまった。

気を落ち着けようと、また大きく深呼吸を繰り返す。

どうやらビアンカの中で、『愛している』という言葉が『抱かせろ』と訳されたようだ。それはそれである意味、間違ってはいないが、もうちょっと間に何かあるだろうと言いたい。

むしろ、間が一番重要な部分だろうと、全力で問い詰めたい！

（ビアンカ！　君には私が、身体だけ目当てのそんなにがっついた男に見えるのか!?）

つい、恨《うら》みがましく心の中で訴えてしまう。

（それはまぁ、私とて健全な成人男性！　その手の欲望も皆無ではないが……少なくとも、そこまであからさまに、下世話な欲求剥《む》き出しで接してはいないはず！）

しかし、ヴェルナーは素早く己の行動を振り返り……青ざめた。

――謁見《えっけん》の翌日。ビアンカの自害を止め、なおかつ兵に怪《あや》しまれないためだったとはいえ、押し倒して無理やり口づけたぞ、私。

（い、いやいや！　あれは、解毒効果を示すためもあったと、ビアンカはわかってくれているはず！）

目を丸くしているビアンカの前で、一人うろたえているヴェルナーは、ブンブンと必死で首を振り……

――あ。全裸で毒汗を拭《ふ》いている最中に、うっかり部屋を覗《のぞ》いた事もあったな、私。

もう一段階、青ざめた。

（くっ……だが、あれは事故だったと、きちんと説明したのだし……っ！）

苦悩の渦《うず》に呑まれながら、必死に胸中で言い訳を叫ぶ。

誓っても良いが、さっきの告白は、今までの人生で最も純粋な愛の告白だったと言っても過言ではない！　そう、さっきは……

――ビアンカが夢中で雨に感動していたところを、後ろからいきなり抱きついて、強引に……以下略。

「うわああっ！　私という奴はっっ!!」

堪《こら》えきれず、ヴェルナーは頭を抱えてしゃがみ込んでしまう。

「あの……陛下、いかがなさいました？」

ビアンカがビクっと身を竦《すく》ませたあと、恐る恐る声をかけてきた。

ヴェルナーはぜーはーと息を荒らげつつ、よろよろと身を起こす。自己嫌悪で倒れそうになりながら、彼女に向き直った。

「す、すまない……改めて振り返ると、私の行動も、君に誤解を植えつけるようなものが多数あった……しかし……しかし、だ！」

思わず、握りこぶしまで作って語気を強くしてしまう。

「私は決して、そのようなっ！　身体だけだのご奉仕だの、不埒《ふらち》な事を強《し》いるつもりで、愛していると言ったのではないと、信じてほしい！」

「はい……申し訳ございませんでした」

落ち込んだ小さな子どものように、しゅんと項垂《うなだ》れてしまったビアンカを、ヴェルナーは改めて眺め……ふと、背筋を冷たい悪寒《おかん》が走る。

彼女と話していて、常にどこか違和感があった。

その正体に薄々気づきながら、認めたくなくて、目を背《そむ》けてしまっていたのかもしれない。

あれほど常に周囲の人を気遣い、優しく接しているのだから、そんなはずはないと思い込もうとした。

——彼女の中に、愛や恋という概念が、まったく存在しないのではないか、なんて。

ビアンカはきっと、単なる好意以上の気持ちが、存在する事を知らない。家族の愛情も、淡い恋心さえも知らないのではないだろうか。

男女の交わりは、種の存続に必要な単なる手段。それと肉欲を満たすための行為だと教わったのだろう。

そこに付随する、特別な気持ちがある事は、教えられなかったのだ。

……おそらくは、意図的に。

（もっと早く気づけたはず。ビアンカから、あれだけ『庭園』の秘密を聞きながら……）

自分の不甲斐なさに、ヴェルナーは歯噛《はが》みをした。

ロクサリスの『庭園』は、魔術師ギルドの中でも極秘施設で、内部の情報は容易に得られない。

肉植物などという名目で、昔から奴隷《どれい》たちを酷使《こくし》しているようだという噂《うわさ》が、ヴェルナーの耳にもかろうじて届くくらいだった。

ビアンカは、ただ自分のしていた暮らしを話しているだけのつもりだろうが、彼女から聞く『庭園』の様子は、途方もなく重要な情報だった。

『庭園』では、肉植物は男女別棟の宿舎に暮らし、同性でも同じ人間と何年も同室になる事はないと、ビアンカは語った。

親兄弟の関係もわからず、老師がどこからか連れてくる赤子を、持ち回りで世話するらしい。

特定の相手と必要以上に親しくなる事は老師に咎《とが》められており、うっかり誰かと仲良くなりすぎると、すぐ厳重処罰のうえに配置換えをされる。

だから肉植物たちは、命じられた仕事をこなすために協力はするものの、必要以上の雑談などはあまりしなかったそうだ。

昨日まで一緒に苗を育てていた相手が急に姿を消し、別の者が配置されている事もよくあるが、その時は前の相手は忘れて、新しい者と協力するだけだという。

（だから、ビアンカは……何も知らない……）

吐きけを催《もよお》すような手段に、ヴェルナーは背筋を震わせた。

奴隷《どれい》制度をまだ続けている国では、逃亡を防ぐため、彼らに枷《かせ》をつけ鎖に繋《つな》ぐ。

だが『庭園』の老師たちは、その閉ざされた環境を利用し、奴隷の心を、自分たちに都合よく作り変えているのだ。

肉植物たちへ、彼らが育てている大量の草花のように、一本一本の個体差などない存在だと教え込む。

特別な相手を持たせず、愛情を教えず、絶対的なのは老師たちの存在のみ。だからこそ、肉植物たちを鎖よりも固く捕《と》らえ、無条件で従わせる事が出来たのだ。

「陛下？　お顔が真っ青です」

気づくと、ビアンカが心配そうな顔で見つめている。

「すぐに、誰かを呼んできますか……ら!?」

駆け出そうとしたビアンカを、反射的に抱き締めていた。

（ビアンカ。君はもう、毒姫でも肉植物でもないのに……っ!!）

彼女がヴェルナーの意図を理解出来なかったのは、『庭園』が彼女に植えつけた価値観のせいだ。

解毒が完了し、ルーディやアイリーン、ヴェルナーに触れられても、まだ不安そうだった彼女が、雨に触れてあんなにも歓喜した理由が、今だからこそよくわかる。

きっと『庭園』の洗脳はビアンカだけでなく人間全般の価値を低くさせた。

彼女は老師たちを畏怖《いふ》し、特別視している。外の人間は自分たちより上位に見ているけれど、同時に肉植物と同じ人間種であるとも認識しているのだろう。

そう考えれば、誰であれ最終的には、枯れてしまえばそれまでの存在になるのだ。

それよりも、何度降ってやもうと決してなくならない、全ての植物や生物が生きるのに必要な雨は、無意識下で遥《はる》かに偉大な存在と認識されたに違いない。

だからこそ『いくらでも代わりのいる存在』ではなく、かけがえのない雨に触れられて、初めて、安心出来たのだ。

「愛している」

もう一度、血を吐くような想いで心底から告《つ》げる。

ビアンカはヴェルナーに好意を抱いてくれている。それは確かだ。

あの壮絶な苦しみを伴《ともな》う解毒治療を、彼の存在を支えに耐えたとまで言ってくれた。

けれど、なぜ自分がそう感じるのか、彼女は理解出来なかったから、ヴェルナーがかけた魔法だと思った。

そして今もまだ、そう信じている。

「愛している。ビアンカ……」

フロッケンベルクでもロクサリスでも、同じ意味を持つ言葉。ビアンカはそれを聞きとれているのに……彼女の心には通じない。

「君を、愛しているんだ……」

雨でびしょ濡れだったヴェルナーの頬《ほお》に、雨とは異なる水が伝っていた。

最後に泣いたのはいつだったかなんて、忘れてしまった。

個人の感情は押し殺すのが当たり前で、常に周囲を安心させるのが王の役目。本音を話せる相手なんか、片手で数えられるほどだ。

それを辛《つら》いと思う気持ちすら、もうとっく忘れたはずだった。

気づかれないように嗚咽《おえつ》を噛《か》み殺し、ビアンカの顔を自分の胸に押しつける。

抱き締めた腕の中で、歪《ゆが》んだ緑の園から来た植物の乙女が、おずおずと呟《つぶや》いた。

「陛下のおっしゃる事は……わたしの思っていた意味とは、違うのですね……」

「ああ。だが、これから全部私が教えるから……私に教えさせてくれ」

抱き締めたビアンカに囁《ささや》きつつ、やり直せるはずだと、ヴェルナーは自分にも言い聞かせる。

黒い汗にヴェルナーが触れそうになった時、初めて自分の毒をおぞましく思ったと、彼女は教えてくれた。

それまで特別な感情を知らず、誰かと触れ合いたいと思った事すらなかったから、ビアンカは他者に触れられぬ毒姫という身に、悲観しなかったのだろう。

その欠けた心が完全に修復不能だったら、こんな変化すら起きなかったはず。

(今は理解出来なくとも、全部ここから始めればいい)

＊　＊　＊

ビアンカはヴェルナーに連れられ、中庭をあとにした。

やや硬い表情をした彼は、とにかく雨で冷えきった身体をすぐ温めるようにと言う。

近くを通りかかった使用人へ湯浴《ゆあ》みの支度を頼み、別の者にも分厚くて大きいタオルを持ってきてもらった。

靴底を拭《ぬぐ》う雑巾も用意してもらい、ビアンカはひとまずホッと息を吐く。

雨は素晴らしかったけれど、ぐしょ濡れになった自分のせいで、ほかの人がせっかく綺麗にした廊下を泥だらけの水びたしにしてしまうのは申し訳ない。

だが、ヴェルナーに対するもっと申し訳ない気分は、とてもタオルでは拭えなかった。

同じくびしょ濡れになっていた彼は、ビアンカを部屋に送り届けると、着替えるために自分の部屋に戻っていく。

「……ルーディはもう帰ったそうだし、アイリーンも今夜で隊に戻るが、心配はいらない」

去り際にそう言った彼は、微笑んでくれていたけれど、どこか悲しそうに見えた。

とっさに追いかけたくなったものの、ビアンカはアイリーンに腕を取られ、部屋の浴室に引っ張られる。

そこではたっぷり湯の張られた浴槽と、ふくよかな年配の侍女が待っていた。

「まぁ！　ずっと寝込んでいたというのに、こんなにびしょ濡れになるなんて」

侍女はビアンカの有様《ありさま》を見て盛大に顔をしかめる。

「も、申し訳……」

「私に謝らずとも宜《よろ》しいですから」

反射的に謝ろうとするビアンカを、侍女は呆れたように止めた。

彼女はマグダと名乗り、濡れて身体に張りつく衣服を、見事な手際で脱がせると、温かな湯の中に促《うなが》した。

「ふ、わ……気持ち良いです」

毒姫の頃は、たらいに湯を張って身体を拭《ふ》き、髪もそこに頭をつけて洗うことしか出来なかった。温かな大量の湯につかる心地良さに、ビアンカは思わず感嘆の声を漏《も》らす。

そのあと、マグダは泡をたっぷりつけたスポンジでビアンカの身体をゴシゴシこすり、髪もこれでもかというほど念入りに洗った。

最初のうち、マグダの口調は少し素《そ》っ気《け》なかったが、けっこう気の良い人だったらしい。

ビアンカが珍しそうに浴室を見渡しているのに気づくと「これをひねると、地下水が汲みあがるのですよ」とか「この魔道具で、浴槽に張った水を湯にするんです」など、丁寧に教えてくれる。

素晴らしい設備の数々に、ビアンカがすっかり感心して耳を傾《かたむ》けていると、やがてマグダが気まずそうに咳《せき》払いをした。

「この城がお気に召したようで、ようございました。ロクサリスの人間は、高慢《こうまん》ちきだと思っていましたけど、アイリーン・バーグレイの言うとおり、私も見解を改めたほうが良さそうですね」

それから彼女は、ビアンカを乾いたタオルで丁寧に拭《ふ》き、柔らかな生地のドレスを着せると、部屋に備えつけた鏡台の前で、さらに身なりを整えてくれた。

長く臥《ふ》せっていたせいで、鏡に映るビアンカの顔に、やつれた感じはまだ残っている。それでも、湯上がりで頬《ほお》が上気して顔色はマシになり、香油を塗ってもらった栗色の髪も、見違えるほど艶《つや》やかになった。

「さ、これでようございます。どこから見ても文句なしにお綺麗ですよ」

マグダは満足そうにビアンカを眺めたあと、一礼して部屋を出ていった。

静かになった部屋で、長椅子に腰かけ、ビアンカは暖炉の火をぼんやりと眺める。

ヴェルナーと一度目に唇を合わせた時と、今日ではまるで違っていた。

抱き締められた腕や、重ねられた唇の温かさが、湯浴《ゆあ》みを終えたあとでも特別な温《ぬく》もりとして残っている。

優しく不思議な魔法を使う彼が望むなら、なんでも頑張るつもりだった。

交配用途の肉植物は、子を孕《はら》ませたり、逆に孕まないように男女それぞれの手術を施《ほどこ》されるらしい。老師にその手術を施《ほどこ》された女の肉植物は、腹の縫い痕《あと》を見せて、とても痛かったと言っていた。だから、ヴェルナーに「愛している」と告《つ》げられた時、本当はかなり怖かった。けれど、彼のためならば、痛みや苦痛のある手術もまた耐えようと思った。

だが……ビアンカの思い込みは大間違いで、しかもどうやら、ヴェルナーを酷《ひど》くがっかりさせてしまったようだ。

そっと指先で、自分の唇に触れてみる。

特に何も感じない。皮膚《ひふ》の薄い部分で、ほかの箇所より幾分か敏感なだけ。

あの脳髄《のうずい》が痺《しび》れるような感覚も、胸が締めつけられるような苦しさも感じない。

口づけというのは、交配の時間を楽しくする技巧の一部だと思っていた。

『愛している』も、使いどころは難しいが、相手によっては非常に喜んでもらえる閨《ねや》での合言葉みたいなものだと聞いた。

『庭園』で娯楽の交配専用に教育される少年少女たちは美しく、それらの技巧に卓越するよう訓練される。

そうした美しい花に紛《まぎ》れ、命を奪う毒草が、ビアンカの正体だった。

もし自分が、最初から娯楽交配用途に教育されていれば、ヴェルナーを失望させる事はなかったのだろうか……？

考え込んでいると、不意に扉がノックされた。

「失礼します」

入室したアイリーンは近衛《このえ》兵の上着をきちんと着て、口調も改まったものに戻っていた。

「アイリーンさん……」

ビアンカは思わず、すがるように彼女を見てしまった。

「わたし……陛下をとても失望させてしまったようです……陛下が、わたしに『ヴィオレッラ』となるようにお望みかと思ったのですが……」

俯《うつむ》きながら、小さな声で告白した。

彼女が『アイリーン・バーグレイ』と時おり長く呼ばれるのは、アイリーンという名が隊商の間でごくありふれているからだそうだ。

『アイリーンは知人だけでも五人いますが、アイリーン・バーグレイは私だけですので』

そう教わり、ビアンカはその画期的な方法に感心したものだ。

すなわち、同じ名前の者が大勢いるのなら、もう一つの名前を後ろにくっつけて、ほかと区別するという方法に。

なぜなら、毒姫は皆『ビアンカ』という名だったから。

個別の名を許されるのは、老師や外の人間だけで、肉植物は男女や役割によって呼び名を統一されていた。

『ロッソ』、『ヴィオレッラ』、『ローザ』、『ゲルプ』……といった調子で。
一概に薔薇《ばら》といっても多様な品種があるが、それでも花の一輪ごとに個別の名前など
つけはしない。
よって、肉植物ごときが個別の名を持つなどおこがましいと、老師たちは言うのだ。
それでも自分だけを表す名前がないのは、案外不便だった。
『老師様たちは、わたしたちをきちんと見分けて使っていらしたようですが、わたした
ちには誰が誰かさっぱりわかりませんでした。もう一つ名前があれば、随分と便利だっ
たでしょうに』と話したら、アイリーンは大層驚いていた。
それはともかく、毒姫の『ビアンカ』でなくなったのだから、娯楽交配奉仕用途の女
性『ヴィオレッラ』になれば、ヴェルナーに喜んでもらえると思ったけれど、違ったようだ。
ビアンカが、ヴェルナーの言葉の意味をきちんと理解出来なかった経緯を説明すると、
アイリーンは深いため息をついた。
「こういった話は、職務外にしたほうが宜《よろ》しいでしょうね」
扉がきちんと閉まっているか確認し、彼女は近衛兵の上着を脱ぐ。床に片膝《かたひざ》をついて
しゃがみ込み、ビアンカと視線を合わせて優しく尋ねた。
「ヴェルナーがもし、あんたをただ夜伽《よとぎ》に使いたいと言ったら、そうしたいと思うかね？」

「はい」

躊躇《ためら》わず頷《うなず》いた。ヴェルナーの望みならば、なんでも叶えたい。

「じゃあ、ヴェルナー以外の人間が、同じ事を言ってきたら、そうしたいと思うかね?」

「……そう決められていれば従います」

少し考えた末に言った。

「なるほどね」

アイリーンは頷き、ビアンカの両手を取って握り締めた。

「ヴェルナーは、あんたにとって特別な存在になりたいんだ。あんたを独り占めしたいんだよ」

「わたしは献上された身ですから、もう陛下のものですが?」

ビアンカが首をかしげて尋ねると、アイリーンが握る手に少しだけ力を込めた。

「それは身体と社会的な形式だけの問題さ。どんな身分だって、自分の心を誰にあげるかは自由なんだよ」

「わたしの心、ですか?」

「あんたは良い子だし、周りの教える事を素直に聞くってのは、立派な美点だよ。でも、ここは『庭園』じゃないんだ。誰かに従うだけじゃなく、大事な事は自分で決めなきゃいけない。ヴェルナーはあんたを自分の言いなりにしたいんじゃなくて、あんたに自分を欲しがってもらいたいんだ。それに応《こた》えるかどうかは、あんた自身で決めるのさ」

ニコリと微笑《ほほえ》んで告《つ》げられた言葉に、ビアンカは目を丸くした。

ヴェルナーは、ビアンカに溢《あふ》れるほど色々なものを与えてくれた。

これ以上を欲しがるなんて、よくない気がするし、ヴェルナーがビアンカの心を欲しいというなら、ビアンカが欲しがるのはやっぱりおかしい気もする。

床に視線を落とし、黙りこくってしまったビアンカを眺め、アイリーンは立ちあがる。

そして上着を着込みながら、彼女は一瞬、舌打ちでもしそうな表情になった。

「この話を先に聞けた事に感謝します。ビアンカ様に、今夜からは陛下の寝室で一緒にお休みになるようにと通達が参りましたが……陛下に今一つ、確認してまいります」

＊　＊　＊

「――引っぱたいて目を覚まさせる必要があるかと思ったけど、どうやら大丈夫そうだね」

ヴェルナーの執務机の前で、アイリーンが肩を竦《すく》める。

「君の幼馴染《おさななじみ》は、そんなに信用のおけない男かな」

ヴェルナーは苦笑する。

ここに入ってきた時アイリーンは、怒り心頭で今にも片腕に引っかけた近衛兵《このえ》の上着を投げつけそうな剣幕だった。

今日で彼女の、臨時近衛兵の任務も終わりだ。

ビアンカが生きているとわかれば、ロクサリス本国から刺客《しかく》が差し向けられる危険性がある。

頼もしい護衛がいるに越した事はないが、アイリーンに頼む重要な仕事はほかにもあり、いつまでもここに留《とど》めておく訳にはいかなかった。

ビアンカの毒も無事に抜けたし、何かあればこれからは本職の兵に護衛を頼める。

ビアンカに寝所をともにするよう命じたのは、彼女を抱く気からではない。

ロクサリスから贈られたビアンカは、現在のところ城内でかなり立場が悪いためだ。

長く引き篭《こ》もって治療を受けていたのは、毒虫に刺されたからだという事にしているが、着くなり長期間床に臥《ふ》せっていた寵姫《ちょうき》など、送り返せば良いと陰口を叩いている者も多い。

錬金術師ギルドのお偉方はもちろん、まだ独身であるヴェルナーに、以前から娘を嫁《とつ》がせたがっている貴族や家臣の嫉妬は特に凄《すご》かった。

いきなり現れた献上品に国王を寝取られたと、彼らは怒りくるっているのだが、そもそもヴェルナーは誰かと婚約していた訳ではない。

それに、王妃になりたいと思っている相手やその親には、下手な期待を与えないよう注意も払っていた。

ビアンカが誰かの権利を横取りしたような言い方は、まったく筋違いというものだ。だが、頭に血が上った輩《やから》に正論を申し立てても無駄である。

彼らがビアンカに何かを仕掛ける可能性も高く、最も安全なのはヴェルナーと一緒の部屋で寝起きさせる事なのだ。

「いつものあんたなら、そんな馬鹿な真似しないって信用してるさ。でもね……」

一度言葉を切り、アイリーンは少し悲しそうな顔をした。

「ビアンカの欠けた部分に、あんたが今日まで気づいてなかったなら、ショックを受けて、自棄《やけ》でも起こしたんじゃないかと心配でね。特にあの子は、あんたの初恋相手なんだから」

「随分と初心《うぶ》に見てくれるじゃないか。私だって今まで、恋愛くらいした事はある」

少々拗《す》ねた口調で、ヴェルナーは言い返した。

「ああ。いつも見事なお手並みだったよ。綺麗なお遊びに付き合ってくれる相手を慎重に選んで、終わったあとも相手に不満は一切与えない。……少なくともそうした遊び相手に、捕《と》らえるべきだった暗殺者を選ばないだろ」

アイリーンの鋭い視線を、ヴェルナーは真っ向から受け止め、ため息をついた。

「まぁな……こんなに好きになった相手は初めてだ。たしかに初恋だよ。アイリーンには昔から、心配をかけさせっぱなしだな」

十四歳の即位時から使っている、歴代国王の重厚な執務机を、ヴェルナーはそっと手のひらで撫《な》でる。

彼より数ヶ月だけ早く生まれたアイリーンは、昔から頼りになる姉のような存在だった。

彼女のほうでも子ども時代から、ヴェルナーを未来の主君というより、放っておけない弟のように思っていただろう。

父が亡くなり、十四歳の少年王にならざるを得なかった時も、彼女はヴェルナーを威勢良く励ましつつ、一番心配してくれた。

「……ねぇ、ヴェルナー。贔屓《ひいき》抜きに断言するけど、あたしが見て回った大陸中の国の中で、あんたは最高の国王だ」

唐突に話題を変えられ、ヴェルナーは目を瞬《しばたた》かせた。

「なんだ？　今度は急に大絶賛してくれるな」

「誰もが知っている事さ。あんたは、フロッケンベルクの歴代最高の名君だってね。でも『王妃は政略結婚で選び、恋愛は側妃《そくひ》とする』っていう、殆《ほとん》どの王が平気でやってる事を、あんたが出来ないと知ってる人間は、そう多くない」

「政略結婚も国王の義務の一部だと、私も理屈ではわかっているのだがなぁ」

わざとおどけた調子でヴェルナーは言い、部屋の隅《すみ》に積みあげられている肖像画の山を指した。

どれも全て、国内各地の貴族から寄せられた、見合い用に描かれた貴族令嬢の絵画だ。

国王として、いずれはヴェルナーも正式に王妃を娶《めと》り、世継ぎをつくる義務がある。

しかし、寄せられる縁談を無視して、なぜ未だに独身を貫いているかといえば、どうしても政略結婚というものが受け入れがたいからだった。

正確に言えば単に、互いに愛のある結婚がしたいだけだ。

特に貴族との婚姻を忌避している訳ではない。心から結婚したいと思うほどの相手と出会えれば、相手が貴族だって求婚していただろう。

ただそういう相手が、今まで会った貴族令嬢の中にも、変装して歩きまわった市井《しせい》の娘の中にも、いなかっただけ。

ビアンカほどに、心を惹《ひ》かれた相手はいなかった。

王妃の公務はさほど難しくも多くもないし、幸か不幸かビアンカは、献上品として敵国に潜《もぐ》りこませるために、宮廷でも十分に通用する教養を身につけている。

生来の美貌《びぼう》だけでなく、立ち居振る舞いにも気品が備わっており、少し学べば、立派に王妃の政務をこなせるだろう。

ただし、一国の正式な王妃に、周囲は個人の才覚以上のものを要求する。

王妃に相応《ふさわ》しい家柄……少なくとも貴族階級の女性であれと、求められるのだ。

献上品の女はどれほど美しく、豪華に飾り立てて贈られてこようと、身分は奴隷《どれい》階級。

フロッケンベルク国では奴隷制度を廃止して久しく、ビアンカもここではすでに自由な一平民の身だが、それでも王妃に相応しい階級とはとても見なされない。

献上品は、献上先で相手の寵愛《ちょうあい》を得られなければ、別の人間に下賜《かし》されるか下働きになる。運良く寵愛され、最高に恵まれた待遇を受けても側妃《そくひ》止まりだ。

それが大陸各国での常識で、フロッケンベルクでもそれは変わらなかった。

もちろん、相手が庶民であろうと献上品であろうと、王がその女性を王妃だと宣言すれば、それは通る。

だがその結果、事あるごとに相応しくないと陰口を叩かれ苦しむのはその女性だ。どんなに夫が庇《かば》い慈《いつく》しもうと、心身ともに疲れ果ててしまうだろう。

「ビアンカを愛しているし、いずれ正式に求婚したいとも思っていた。だが……今はもう、わからないいんだ。彼女にとって何が一番幸せなのか……」

机に両肘《りょうひじ》をつき、組んだ手に額《ひたい》を乗せて表情を隠したまま、ヴェルナーは呟《つぶや》く。

ビアンカに強く惹かれているからこそ、アイリーンたちまで巻き込んで、無謀な解毒治療に踏みきった。

治療中のビアンカは、ヴェルナーの存在が支えになっていると告げ、剥《む》き出しの好意を示してくれた。

だから、問題が起こるのは承知のうえで、献上されてきた彼女に求婚し、想いを告《つ》げたのだ。

今日の庭でビアンカと本当に想いが通じ合っていれば、それこそ大張りきりで解決策を練り始めていただろう。

何も知らないのは彼女の罪ではなく、これから自分が感情を教えていこうと思ったのに……その直後、最低な考えが頭を掠《かす》めたのだ。

――ビアンカに、外の常識と価値観を改めて教え込むのが最良だと、なぜ言える？

愛の存在など認識していなくても、彼女はヴェルナーへ、大いに好意を向けてくれている。

同時に、彼女は愛を知らないからこそ、自分の事を愛してくれとも、特別な存在にしてくれとも望まない。

それを悲しいと思ったけれど、割りきって考えれば、非常に都合の良い事態だ。

ビアンカに新しい価値観を押しつけ、身分差の問題を強引に解決し、無理に王妃とするのは酷《ひど》く難しい。けれど、彼女が喜んで側妃《そくひ》になってくれるならば、簡単に丸く収まる。

従順な彼女を言いくるめるのは、赤子の手をひねるより簡単だ。『こういうものだ』と、言いさえすれば、深く考えもせず従ってくれる。

深い愛情など知らなくても、ビアンカは十分に優しく魅力的ではないか。

もともと、価値観など人それぞれな部分もある。世間の常識がどうであれ、彼女が幸せと感じるならば、それで良いじゃないか……と。

アイリーンの危惧《きぐ》したとおり、自棄《やけ》になりかけていたのかもしれない。

そんな怖い考えに誘われそうになり、すんでのところで、とりあえず自分の思考に全て蓋《ふた》をした。今は、彼女を手元に置き、周囲から守るくらいしか考えられなくなっている。

「……ビアンカも、あんたに恋をしているよ」

ヴェルナーのぐちゃぐちゃな心境を察したように、アイリーンが少し声をやわらげた。

「でも、あの子はまだそれを理解出来ないから、ただあんたに尽くしたいと思ってる。これ以上何も教えず、側妃になってくれと頼めば、大喜びでそうするはずさ。あんたが政略結婚で王妃を娶《めと》っても、笑顔で二人に尽くしてくれるだろうさ」

「そうだろうな。私が小細工を練り、無理に王妃としても、そのあとで苦労させないという保証はない。それよりも、何も知らないままのほうが、彼女は幸せなのかもしれない……」

まだ表情を隠したまま、ヴェルナーは我ながら情けない声で返事をする。

つつましく日陰にいて、常に王妃に敬意を払い協力する側妃になら、今のビアンカは簡単になれるだろう。

周囲はそんな都合の良い側妃を軽く見る事はあっても、敵意は向けまい。

積極的にヴェルナーに自分を売り込んでくる貴族令嬢の中にも、ヴェルナー自身ではなく王妃の座へ愛を向けている者はいる……

彼女たちから王妃を選べば、ビアンカともめる事もないだろう。

ヴェルナーがさらに強く眉を寄せると、アイリーンが執務机に一歩近づき、日焼けした両手を力強く卓上に置いた。

「何言ってんのさ。それじゃ、あんたは幸せになれないだろう？　建て前の王妃にされる令嬢だって、とんだ迷惑だよ。それより、誰にも文句を言わせずビアンカを王妃にする方法を見つければいい」

「そう簡単に言ってくれるが……」

「あんたが正攻法しか考えられない石頭だなんて、言わせないよ。どんな手段でも良いから考えな。あたしはあんたもビアンカも大好きだから協力は惜しまないし、フロッケンベルク王家のためなら、バーグレイ商会はなんだってやるさ」

「……さすが、バーグレイ商会の次期首領だ。いつだって成功を運んでくる大陸一の運び屋は、フロッケンベルク国王の尻の叩き方も心得ている」

ようやく顔を上げ、ヴェルナーはいつもの笑顔になる。

「そうさ。あたしたちが組めば、なんだって出来たじゃないか」

豪快に破顔《はがん》したあと、アイリーンは、「ところでずっと気になってたんだけどね……」

と、切り出した。

「ビアンカはたしかに良い子だし、人を惹《ひ》きつける魅力がある。けど、あの子が献上された直後から、解毒させせようとあんなに頑張るなんて、何かあったのかい？」

「うっ、どうしても言わなきゃだめか？」

「この堅苦しい上着を着て、一ヶ月も城勤めに耐えたんだ。追加報酬《ほうしゅう》くらいおくれ」

「わかった、わかった」

ひそひそとヴェルナーが囁《ささや》く彼らの秘密の出会いを聞き、アイリーンはニンマリ口元を緩《ゆる》めた。

「お伽話《とぎばなし》にでもなりそうな出会いだ。フロッケンベルクの民話に書き加えてもらいなよ」

「全て上手くいったら、私の死後にでもそうしてもらおう。しかし、王妃云々《うんぬん》の前に……」

片肘《かたひじ》をついて顎《あご》を乗せ、ヴェルナーは情けなさそうな顔になった。

「私の恋が無事実るかどうかだな。何しろビアンカに、どう説明したら理解してもらえるか……」

「そこまで協力出来ないよ。自分でなんとかしな」

アイリーンは容赦《ようしゃ》ない。

「それじゃ、あたしは隊商に戻るよ。夏が終わるまでは広場にいるから、何かあったら声をかけておくれ」

「ああ、ちょっと待ってくれ。これを渡すのを忘れていた」

踵《きびす》を返した彼女を、ヴェルナーは呼び止めた。机の引き出しから、一通の白い封筒を取り出して差し出す。

金色の瀟洒《しょうしゃ》な飾り文字の印刷と、王家の封蝋《ふうろう》がされたそれを見た途端、アイリーンの顔が見事なまでに引《ひ》き攣《つ》る。

「アイリーン・バーグレイ伯爵令嬢。夏の最後に王宮で開く舞踏会へ、参加していただきたい」

今度は、ヴェルナーがニンマリする番だった。

バーグレイ商会は隊商であるが、国の密偵機関として、時に身分が必要な事もある。よって領地もなく、その名が使われる事も滅多《めった》にないものの、一応は伯爵位を授かっていた。

アイリーンはその気になれば、堂々たる貴婦人の真似事が十分出来るのを、ヴェルナーはよく知っている。

——そのくせ、コルセットやドレスが死ぬほど嫌いだという事も。

「幸い、マグダもビアンカを気に入ってくれたようだ。普段は彼女を侍女につければ問題ないだろうが、舞踏会にはそれなりに心強い貴婦人を伴《ともな》わせたいのでな」

「ちょ、待っておくれよ！　ヴェルナーッ！」

「協力は惜しまないでくれるのだろう？　いやぁ、持つべきは頼もしい幼馴染《おさななじみ》だな」

アイリーンは、ヴェルナーをジト目で睨《にら》んだあと、がっくり肩を落とした。

「はぁー。まぁ良いさ、すっかり調子を取り戻したみたいだしね。その根性の悪さを思う存分発揮すりゃ、誰を王妃にするのだって可能だろ」

＊　＊　＊

その日の夜、ビアンカは部屋を訪れたアイリーンに、短く別れを告げられた。

侍女の次は近衛《このえ》兵と、忙しく姿を変えていた彼女は今、草木染のチュニックを着て頭に布を巻きつけた隊商の装《よそお》いになっており、一番生き生きとして見えた。

「元気でね。また近いうちに来るよ。ルーディもそのうち顔を見せるさ」

彼女が「また来る」と言ってくれて嬉しかった。

『庭園』では、一度配置換えで別れた仲間と再び一緒に働く事はなかったし、こんなふうに先の約束をするなんて有り得なかったから。

そしてアイリーンは出ていき、先ほど湯浴《ゆあ》みをしてくれたマグダが入れ替わりに入ってきた。

これからは彼女が、専属侍女としてビアンカにつきそってくれるそうだ。

部屋も変わると言われ、ヴェルナーの寝室と扉で続いている広い部屋に案内された。

突然の環境変化に、ビアンカは少し不安を覚えたものの、マグダが親しげに世話をしてくれるのに救われた。

聞けば彼女は昔、ヴェルナーの乳母《うば》を務めていたという。

マグダはその頃の話を色々と聞かせてくれ、ヴェルナーが立派な国王となってくれて本当に鼻が高いと涙ぐむ。

もちろん、侍女としても非常に有能らしい彼女は、口ばかり動かしてはいなかった。

ビアンカに滋養《じよう》のある夕食をとらせ、新しい寝間着《ねまき》を用意するなど、てきぱき世話をしてくれる。

そして最後に、隣の寝室へとビアンカを促《うなが》した。

ヴェルナーはまだ執務を終えていないようで、マグダが退室すると、ビアンカは一人寝室に取り残される。

静寂が降り積もる室内で、ビアンカは身じろぎすら出来ないほど緊張に身体を強《こわ》ばらせ、寝台の傍《そば》に立ち尽くした。

またヴェルナーを失望させたくなかったので、どうにか努力したいけれど、アイリーンの不思議な教えも、今回ばかりはいくら考えても理解出来ない。

どれほど待っただろうか。小さく音を立てて扉が開き、ヴェルナーが姿を見せた。

「先に寝ていても良かったのに。待っていてくれたのか？」

穏やかに微笑《ほほえ》む彼を見ていると、心臓がきゅんと締めつけられたように苦しくなり、ビアンカは寝間着の胸元を握り締める。

「はい。陛下と床《とこ》に入ったらどうすれば宜《よろ》しいか、教えていただきたかったものですから……」

もう早合点はせずに、きちんとヴェルナーの意向を聞くべきだと思って尋ねると、なぜかヴェルナーは「うぐっ」と呻《うめ》き、片腕を上げて口元を覆《おお》い隠してしまう。

「申し訳ございません！　わたし、また何か……」

「いや、気にしなくても良い。そうだな……とりあえずしばらくは、普通に眠ればいい！　私は向こうの端で寝るから、ビアンカはこちら側でっ!!」

やけに強く放たれた語尾とともに、広い寝台の端をヴェルナーはバシバシと手で叩く。

「はい！」

その勢いに若干気圧《けお》されつつ、ビアンカは背筋を伸ばして返事をする。肌触りの良い敷布の寝台に上がり、ふと隣を向くと、ヴェルナーの顔がすぐそこにあった。

「おやすみ」

穏やかな声とともに、額《ひたい》へ軽く口づけられた。

ビアンカは目を見開いて硬直した。そこから幸せな温かさが、じわりと身体中に染み渡っていく。

唇が触れたのは一瞬で、ヴェルナーは素早く身体を離すと、ビアンカに背を向けて横たわる。ほどなく、微《かす》かな寝息が聞こえ始めた。

ビアンカも柔らかな羽根枕に頭を乗せたものの、内心に戸惑《とまど》いを渦巻《うずま》かせていた。

(わたし、どうしてかしら……?)

ヴェルナーが来る前は、さらに彼を失望させてしまうのではないかと、そればかり気がかりだったのに……なぜか今、少々落胆しているのはビアンカ自身だった。

一体、自分は何を期待していたのか、しばらく考えてみてから、不意に気づいた。

——もっといっぱい、ヴェルナーに触れてほしかったと思っていたのだ。

＊　＊　＊

一方で、ヴェルナーは。

(いや、覚悟はしていたが……。これは、予想以上に辛《つら》い!)

健《すこ》やかな寝息っぽい呼吸をしながら、彼は必死に寝たふりをしていた。

普段なら寝つきはそう悪くないほうだが、さすがにこの状況で、あっさりぐーぐー眠れるはずもない。

寝台は広いとはいえ、好きでたまらない相手が、手を伸ばせば触れられる距離にいるのだ。

しかも、自分が抱きたいと言えば、彼女は絶対に拒まないという確信つき。

ちょっとだけなら……などと、不埒《ふらち》な考えが浮かびそうになる。

――というか、もはやとっくに浮かびっぱなしだ。

マグダを通じて、ビアンカには自分が来なくても好きに寝ているように告《つ》げておいたし、あえて遅く寝室に来たのに、彼女が律儀に待っていて驚いた。

そのうえ、やはり一般的な女性と認識がずれているビアンカは『陛下と床《とこ》に入ったら、どうすれば宜《よろ》しいか、教えていただきたかった』などと、可愛い殺し文句を無自覚に吐くのだ。

（はぁ……私は自分で思っていたよりも、遥《はる》かに節操《せっそう》なしな性格だったのだな……）

それなりに紳士的だという自己評価が、ボロボロ崩れていく。

ため息を呑み込み、ヴェルナーはがっくりと落ち込んだ。

先ほど寝台に上がった時は、猛烈にビアンカを押し倒したい衝動に駆られた。

思わず手を伸ばしかけたところに、急に彼女が振り返らなければ、そのまま抱き締めて事に及んでしまったかもしれない。

何も理解せずに、キョトンと自分を見つめる大きな瞳を前に、ようやく理性が戻った。慌《あわ》てて、額《ひたい》に軽く口づけだけをして、なんとか堪《こら》えたのだ。

(だめだ、ダメダメ！　事情があったとはいえ、私もさんざん無節操《むせっそう》な振る舞いをして、ビアンカに誤解を与えたんだ！　彼女がしっかりと愛情を認識するまで、絶対に手出しはしない！)

眉間が痛くなるほど強く目を瞑《つむ》り、ヴェルナーは己に言い聞かせる。

(しかし、愛情を認識といっても……どうやって教えたものか……)

ヴェルナーとて愛情など、数学や歴史とは違い、誰かにはっきり教えられたものではない。気づいたら自然と抱いていたものだし、大抵の人はそうでないかと思う。

悩む合間にも、悶々《もんもん》とする想いは強くなるばかりで、とても寝つけそうにない。

背後で動く気配はしないから、ビアンカはもう眠ってしまったのだろうか……無防備に。

(――限界だっ！　しばらく隣の部屋に行こう！)

極度に眠くなるまで、変装用の衣装制作でもして気を紛《まぎ》らわせようと、ヴェルナーはガバッと起きあがる。

「……陛下？」

背後から、小さな声が聞こえた。ヴェルナーが振り向くと、薄暗い中で目を見開いているビアンカと視線が合う。

灯りを全て消しても、この部屋は完全な暗闇にはならない。城の内外では、警備用の魔道具が一晩中灯りを放っているし、廊下の明かりをとる小さな窓があるから、眠りを妨《さまた》げない程度にほの暗くなるだけだ。

「すまない。起こしてしまったか」

気まずくて頭を掻《か》くと、ビアンカはフルフルと首を振った。

「いいえ。ずっと起きていましたから」

「眠れないのか？」

今日は解毒に成功したり、寝室も変わったりで、彼女もなかなか寝つけなかったのだろうか。

そう思い尋ねると、今度はコクンと素直に頷《うなず》いた。

「はい。陛下は、お眠りになっていると思ったので、少し驚いてしまって……」

「いや、それは……、さっき急に目が覚めてしまったんだ。それで、また寝つけそうにはなくて……」

実は、ずっと寝たふりで悶々《もんもん》としていましたとも言えず、しどろもどろにヴェルナーは言い訳をした。

すると、ビアンカが身を起こして小首をかしげる。

「マグダさんから、本を借りてきたほうが宜《よろ》しいでしょうか？」

「本？」

「はい。マグダさんから、陛下のお世話をしていた頃の話をお聞きしました。陛下が眠る時には、いつも本を読み聞かせたと……」

非常に真剣な表情のビアンカには悪かったが、ヴェルナーは思わず噴き出してしまった。

マグダに毎晩、お伽話《とぎばなし》の本を読んでもらっていたのは、せいぜい五、六歳の頃までの話だ。

どうやらビアンカは、未だに寝つけない時は、ヴェルナーがそうしてもらっていると思い込んだらしい。

「それは……」

さすがにもう不必要だと言いかけて、ヴェルナーは声を止めた。

（そうか。ビアンカは、こういった経験もないのだろうな）

それどころか彼女はどうやら、お伽話や童話の類《たぐい》なども、いっさい読んだ事がないらしい。

『庭園』で読んだのは、読み書きなどを学ぶのに必要最低限のものだけだったという。

そして厳しい教育を施《ほどこ》されただけに、彼女は自分の知識が、不自然にところどころ欠けているのに気づけないのだろう。不憫《ふびん》な事だと、ヴェルナーはビアンカを見つめ……ふと、閃《ひらめ》いた。

「では、私がビアンカに何か、お話を聞かせようか。本を見なくても覚えている短い話はいくつもある」

満面の笑みを浮かべ、ヴェルナーは提案した。

「陛下が……わたしに、ですか？」

「そうだ。良ければ……いや、ぜひとも、させてくれないか！」

戸惑《とまど》った様子のビアンカへ、身を乗り出さんばかりの熱心さで懇願してしまった。

幼児向けのお伽話など、もう読まなくなって久しい。

だが、よくよく考えれば、お伽話には、王子様やお姫様の恋愛がつきものではないか。

それも、生々しい男女の睦言《むつごと》は上手く伏せてある、実に純粋で綺麗な恋物語。

（そうそう、これだ！　基本中の基本から行ってみよう！）

ヴェルナーは大いに張りきり、さっそくビアンカを再び横たわらせる。

「はい……」

戸惑《とまど》いと期待の混ざったような表情をしている彼女へ、懐かしいお伽話《とぎばなし》を語り始めた。

「――と、そこで……眠ってしまったか」

三つ目の話が終盤にさしかかった頃、ビアンカは眠りに落ちてしまった。

それでも、一つ目、二つ目のお話を、彼女はワクワクとした顔で聞き入り、三つ目の話が始まると、とても嬉しそうに瞳を輝かせていたから、どうやら気に入ってくれたようだ。

すぅすぅと寝入る彼女を眺め、ヴェルナーは微笑《ほほえ》んでから大きな欠伸《あくび》をする。

（おかげで、私もどうやら眠れそうだ）

穏やかな一時《ひととき》を過ごしたせいか、ヴェルナーの気分もすっかり落ち着いた。

「……愛している、ビアンカ」

彼女を起こさないように、そっと小声で囁《ささや》く。

そしてヴェルナーも横たわり、すぐに深い眠りに落ちていった。

翌日から、ヴェルナーは幾人かの教師をビアンカに引き合わせ、体調に無理のない範囲で教育を始めさせた。

とはいえ、ビアンカは語学や作法などの教養面は、すでに申し分なく習得している。教師たちが教えるのは、フロッケンベルクの歴史や王宮の祭事、国内貴族の顔ぶれなどだ。

いずれも人柄を重視して選んだ、信頼の置ける教師で、『庭園』の事は伏せたうえで、ビアンカが随分と閉塞的な生活を強いられていたようだと告《つ》げていた。

教師も、侍女のマグダも、そういった面を考慮してビアンカに様々な事を教えてくれた。

ビアンカもまた、水を与えられた新芽みたいに彼らの教えをよく吸収したし、解毒治療直後のやつれきっていた身体も、日に日に回復していく。

毎晩、寝る前に、一日の出来事を楽しそうに話してくれるのを、ヴェルナーも嬉しく思いながら聞いた。

それに教師やマグダが、ビアンカが素直で呑み込みも早いと褒《ほ》めるのも、非常に満足だった。

特にマグダは古参の侍女で、ヴェルナーの乳母《うば》を務めていた事もあり、ほかの使用人への影響力も強い。

すっかりビアンカを気に入ったマグダが、あちこちで彼女を褒《ほ》めそやすので、ロクサリスから来たというだけで嫌っていた周囲の目も、徐々に変わってきた。

当のビアンカは、そもそも下に見られるのに慣れているので、周囲の冷たい視線はあまり気にしていなかったようだが、好意を示されればやはり嬉しそうだ。

使用人や兵に挨拶《あいさつ》されれば、ビアンカは必ず丁寧に挨拶を返す。さらに、添えられるふわりとした笑顔がたまらなく愛らしいので、相手に与える好感度はいやおうなしに高くなっていくのだ。


——そして数日後。

廷臣たちとともに会議用の広間に向かっていたヴェルナーは、開け放たれた回廊の窓から、楽しそうな声が聞こえてくるのに気づいた。

窓から外を覗《のぞ》くと、中庭の一つに使用人の子どもたちが集まっているのが見える。

夫婦で勤める使用人も多く、王宮の一角には使用人棟もある。子どもと一緒に一家で住む事も認められているのだ。

芝生の上で、年齢のまちまちな数人の子どもたちが楽しそうに遊んでいる。やっているのは、動物の皮を張ったボールを、皆で落とさないように弾き合うものだ。

その子どもたちの輪の中に、ビアンカが交ざっていた。

「ビアンカ様、落とさないでよ！」

威勢良くそう叫んでボールを弾いた男の子は、衛兵の息子のロットンだ。使用人の子どもたちの中で一番元気が良い。

飛んできたボールを、ビアンカは「えいっ」と見事に両手で弾いた。ボールは緩《ゆる》やかな弧を描いて浮く。それを、近くにいた女の子がまた嬉しそうに弾いた。

「……陛下の寵愛《ちょうあい》を良い事に、少々自由な振る舞いがすぎるのではありませんかな。あのような場所で下賎《げせん》な遊びをするのは、どうかと思いますが」

壮年の廷臣から苦々《にがにが》しげな声で囁《ささや》かれ、ヴェルナーは苦笑した。

「あの庭は、来客が静かに散策する場所ではない。子どもも大人も好きに遊んで良い場所と決められているはずだし、ビアンカは長く臥《ふ》せっていたからな。療養のために子どもたちと少し身体を動かすように、医者が勧めた」

「そ、そうでしたか……」

「ああ。だから彼女は医者の勧めに従っているだけだ。……ところで、あの茂みの陰に誰かいるようだが」

ヴェルナーは笑いを必死に堪《こら》えながら、庭の隅《すみ》を見た。ラズベリーの茂みの向こうから、ロットンと同じ年くらいの男の子が顔を覗《のぞ》かせている。

ただし、チラリと見えるその子の身なりは、明らかに貴族の子息とわかる高価なものだった。

「っ⁉」

いかにもお行儀の良さそうな男の子を見た途端、廷臣が顔色を変える。

「たしかあの子は、貴殿《きでん》の孫だったな。去年の夏も、領地から両親と挨拶《あいさつ》に来てくれた」

ヴェルナーが見つめる先で、隠れて見ている子にビアンカが気づき、笑顔で何か話しかけている。

ロットンを始めとして、ほかの子どもたちが手招きすると、廷臣の孫は嬉しそうに上着を脱ぎ捨てて、遊びの輪の中に駆け込んでいった。

「な、なんと……っ！　勝手に我が家の孫を……っ」

ブルブルと震えている廷臣の肩を、ヴェルナーは笑って軽く叩いた。

「結構な事ではないか、我が国を支えているのは錬金術師と、子どものうちから大いに駆け回って身体を鍛えあげた者たちだ。貴殿も幼少の頃は、領地の子どもたちと野山を駆け回って遊んだのだろう？　私が幼い頃に話してくれた数々の武勇伝を、全部覚えて

「いるぞ」

トドメを刺された廷臣は、喉に何か詰まらせたように呻いたあと、がっくりと肩を落とした。

「……そうですな。私も久しぶりに見る孫の姿が、一人で塞《ふさ》ぎ込んでいるものではなくて幸いでした」

そう言って目を細めた廷臣からは、すっかり刺々《とげとげ》しい雰囲気が消えている。

ヴェルナーは微笑《ほほえ》み、会議室に向かって再び歩き出す。だが一瞬だけ振り返り、陽の光の中で子どもたちと笑いあっているビアンカを、もう一度よく目に焼きつけた。

＊　＊　＊

「――大分、皆に馴染《なじ》めてきたようだな」

夜。寝台で隣に座るヴェルナーから微笑まれ、ビアンカの心臓がドキリと跳ねた。

もちろん、怖くて縮こまったのではなく、いつもの魔法のような甘くて幸せな跳ね方だ。

「はい。マグダさんたちも親切ですし」

公務で忙しいヴェルナーと、昼間は顔を合わせる機会があまりない。

朝晩の食事は、ヴェルナーに用事がなければともにする事もあるが、卓にはほかの廷臣もつくのが習わしだから、二人きりになれるのはこの時間だけだ。

ヴェルナーの顔がすいと近づき、ビアンカは反射的に目を閉じる。

いつも彼は、眠る前にビアンカの額《ひたい》へ軽く口づけてくれる。

そうされると、とても幸せな気分になるのに、なぜかヴェルナーが離れていく時に、泣きたいような気持ちが日ごとに強くなっていく。

物心ついた時にはもう、ビアンカは手袋をはめていたし、毒を振りまかないように注意するのも慣れていた。

それが当たり前の生活だったから、誰にも触れないし触れられないのを、悲しいと思う事もなかったのに……

「おやすみ」

柔らかいキスが離れていく瞬間、思わず手が伸びていた。

ビアンカは、ヴェルナーの着ている白い寝間着《ねまき》の袖口を、無意識にしっかりと握り締めていた。

「ビアンカ?」

「あっ！　も、申し訳ありません!!」

掴《つか》んでいた袖を急いで離す。ドキドキと血が上り、顔が真っ赤になっていくのが自分でわかった。

「別に構わないが、何か言いたい事でもあるのか？」

「そ、それは……いえ、その……」

「欲しいものでもあるなら、用意させるが」

「……あ、あの」

ビアンカは膝《ひざ》の上で組んだ指を、もどかしげに弄《いじ》り合わせた。

今の生活はとても幸せだ。

教師たちやマグダは、たくさんの事を親切に教えてくれるし、城内の人々とも随分仲良くなれた。

毒をどこかにつけないよう気を張る事も、老師の叱責に怯《おび》える事もない。

毎日の服毒をしなくて良くなったせいか、以前よりもずっと身体が軽い。

これは全部、ヴェルナーのおかげだ。

こんなにたくさんのものを貰っているヴェルナーに、このうえまだ何か願うなど、とても気が引ける。

でも、何か欲しいものがあるかと聞かれたら、ビアンカにはたった一つどうしても欲しいものがある。

「前に、庭でしてくださったように……」

俯《うつむ》いたまま、消え入りそうな声で恐る恐る呟《つぶや》いた。

「あの時のような、口づけが欲しいです。陛下に、もっと触れてほしくて……」

数秒間、ヴェルナーから返答はなく、ほのかに灯りのともる寝室が、しんと静まり返る。

「……構わないが、一つ問題がある」

ようやく返ってきたのは少し厳しい声で、ビアンカはビクリと背筋を強《こわ》ばらせた。

やはり、言わなければ良かったと後悔する。

俯いたまま後ずさろうとした瞬間、ビアンカはヴェルナーに両腕で抱き寄せられた。

胸に押しつけるように捕《と》らえられ、唇を塞《ふさ》がれる。

「っ!? ん、ふ……」

柔らかく唇を舌でなぞられ、割り開かれる。

そのまま滑《すべ》り込んできた舌が、歯列をゆっくりなぞり、ビアンカの舌を絡《から》めて吸いあげた。

どうなっているのかわからず、必死で目を瞑《つむ》り、温かいヴェルナーの身体にすがりつく。

甘い痺《しび》れが口内から足先まで広がって蕩《とろ》けてしまいそうだ。

「っは……」

痺れた舌をようやく解放され、荒い息をつくと、そのまま仰向《あおむ》けに倒された。

「問題というのは、私がそれだけでは我慢出来なくなりそうだという事だ」

ビアンカへ覆《おお》いかぶさっている彼は、非常にご満悦な顔だった。ビアンカの髪を一房《ひとふさ》すくいあげ、愛しそうに口づける。

「毎晩、君が無防備に隣で眠っている間、私がどれだけ我慢していたか……」

ヴェルナーは髪を離し、その手でビアンカの頬《ほお》をそっと撫《な》でた。

間近で顔を覗《のぞ》き込まれ、深い青の両目と真っ直ぐに視線が合う。

「ビアンカ。私は君を愛しているから抱きたい。そこに君の同意が欲しい。身体だけではなく、君の心も全部欲しい」

目を見開いたまま、ビアンカは瞬《まばた》きすら忘れて硬直した。

やっとわかった。

ヴェルナーが言いたかった事が。アイリーンが教えてくれた事が。

「陛下……わたしは……」

震える両手を、まっすぐ上に伸ばす。

「陛下が欲しいです……わたしの特別な人に、わたしを欲しがっていただきたいです」

何度も何度も口づけされた。

額《ひたい》に、頬《ほお》に、唇に……首筋をぬるりと舐めあげられ、ビアンカは短く息を呑む。

くすぐったいような、背骨をゾクゾク通り抜ける感覚に、瞑《つむ》った目を一層固く閉じる。

目を閉じると、ほかの感覚が鋭敏になり、ヴェルナーが耳元で柔らかく笑うのを感じた。

「んっ⁉」

カプリと耳朶《じだ》を噛《か》まれ、裏返った声が喉《のど》を突く。

反射的に逃げようと身をよじったが、細身に見えても意外と貧弱ではないヴェルナーの身体に、しっかり抱きとめられる。

「怖いか？」

「……いえ」

本当は、歯がガチガチ鳴りそうなほど怖かったが、必死で首を振る。

交配が、まるで相手を食べるように、あちこち口づけるものだとは驚いた。

『庭園』の花園にいた昆虫たちは、子孫を作る作業を、もっとあっさり行《おこな》っていた気がする。

中には、終わったら相手を食べてしまうものもいた。それはいつも、メスがオスを食べていたが、これでは食べられるのは自分のようだ。

「大丈夫、です……陛下」

「こういう時は、名前で呼んでくれ」

そっと目を開けると、すぐ間近に優しげな両目があった。ふわりと気持ちが楽になる。

「ええと……ヴェルナー様？」

「そうだ、ビアンカ……」

また、深く口づけられた。

差し込まれた舌が口蓋《こうがい》を舐め、歯列をなぞり、ビアンカの舌を絡《から》めて吸いあげる。

口内を嬲《なぶ》られると、あまりに気持ち良くて思考がとろとろに蕩《とろ》けてしまう。

甘くて、幸せで、気持ち良くて、うっとりと、されるがままになっているうち、寝間《ねま》着《き》の腰帯を解かれる音がした。

今夜は少し気温が高かったため、用意された寝間着も薄手で、ボタンではなくガウンのように腰帯で留《と》めるだけのものだった。

シュルリと帯が外れ、肌触りの良い清潔な絹地の前が、あっさりと開かれる。裸身が露《あらわ》になり、ビアンカは息を呑んだ。

「前に一瞬見ただけだったが、やっぱり形のいい胸だな」

ヴェルナーがすくいあげるように、胸の膨《ふく》らみを柔らかく揉みしだく。

「ん……っ」

入浴時にマグダに洗われても、自分で触れても特に何も感じないのに、大きな手のひらで揉まれると、胸奥へ感じた事のない刺激が伝わり、意志と無関係な声がまた出た。

大きな手の中で、柔らかい胸が形を変えるたび、体温が上がっていく気がする。

色づいた先端を指の腹でコリコリ刺激されると、心臓を直接つつかれているような切ない感覚が湧《わ》き起こった。

「っは……ん、ん……んんっ！」

胸の先端を、今度は濡れた感触が掠《かす》めた。硬く尖《とが》った突起を舌でつつかれ、唇で挟んで軽く噛《か》まれる。

甘い疼《うず》きがどんどん体内に溜《た》まり、身体中に飛び火していく。

ヴェルナーは片方の胸先を舌で転がしながら、もう片方を指で弄《いじ》りつづける。

「あ、あ……」

奇妙な甘ったるい声が止まらない。

気持ち良いのに、切ないような苦しいような焦燥感《しょうそうかん》がせりあがり、じんわり涙が滲《にじ》む。

いつの間にか、ヴェルナーの夜着もはだけていた。

ヴェルナーの体温が伝わってきて、身体の中からも勝手に熱が増幅していく。腰の奥がずんと重たくなり、足のつけ根がむずむずしてきた。

身体の疼きが強くなる一方で、次第にビアンカの呼吸は荒くなっていく。

特に、足のつけ根に感じる疼痛《とうつう》が増していった。

敷布を握り締めても耐えきれず、太ももをすり合わせると、身体の中から何かが溢《あふ》れ出すのを感じる。

月のものが突然始まったのかと、ビアンカは慌《あわ》てて身を起こそうとした。

ところが、ヴェルナーに肩を押さえて止められ、閉じた足の隙間《すきま》に指を差し込まれる。

「やっ、あ……ぁっ!?」

薄い下着が湿った秘所に張りつき、そこに彼の指が触れた途端、頭の先まで鮮烈な刺激が突き抜けた。

腰の力がかくんと抜けてしまい、敷布に倒れ伏したまま、ビアンカの顔が羞恥《しゅうち》で真っ赤になる。

「や、ヴェルナー様……お許し……」

「だめか?」

「ですが、あの……わたし、何か零《こぼ》して……」

「気にしなくて良い。抱かれる準備の蜜だ」

ヴェルナーが低く笑う。

「もっと零《こぼ》したほうがいい。なるべく痛い思いはさせたくないからな」

「え？」

さっきからやたらに身体が熱いし、とても恥ずかしいけれど痛くはないと、ビアンカは言おうと思ったが、深い口づけに声を封じられてしまう。

そのまま素早く下着の紐を解いて剥《は》ぎとられ、ぬめる足のつけ根を、今度は直接手で触れられた。

「んんっ」

そのまま手のひら全体でゆっくりと擦《す》りあげられ、湧《わ》きあがる強烈な快楽に、ビアンカの喉《のど》からくぐもった悲鳴があがる。

じんじんと腹の奥に響くそれは、苦しさと紙一重で、どちらなのかよくわからない。

くちくちと、舌を絡《から》めとられた口内から水音が聞こえ、円を描くようにゆっくり擦られる下腹部からも、粘着質な音が立ち上る。

「ふ……んんん、ぅんっ……」

口腔《こうこう》も掻《か》きまぜられ、息苦しさに首を捩《よじ》ると、唇が外れた。ビアンカの口の端を、透明な唾液《だえき》が伝い落ちる。

胸を大きく喘《あえ》がせて空気を吸い込んでいると、ヴェルナーが指で秘所の上のほうを軽くつついた。

「っ！」

ビリっと痺《しび》れるような強い刺激に、ビアンカは大きく喉を反《そ》らす。

「ふぁっ！　ん、そこっ、変に……あっ！」

「心配しなくていい。感じやすいだけで、変な訳じゃない」

そう言いながら、ヴェルナーはそこを嬲《なぶ》るのをやめてくれない。

ビアンカの唇は戦慄《わなな》き、きつく閉じた瞼《まぶた》の裏に、パチパチと火花が散《ち》る。

下肢《かし》を弄《いじ》られたまま胸の先端も吸われ、敷布に押しつけたつま先がブルブル震えた。

「あ、あ、あ――っ！」

全身に熱い衝撃が走り、ビアンカは背筋を限界まで反らした。

頭が真っ白になり、ふわふわと宙に浮いているような気分で、何も考えられなくなる。

ぐったりと脱力したきり、荒い呼吸を繰り返していると「そのまま力を抜いてくれ」と、ヴェルナーに囁《ささや》かれた。

「は、い……」

意味もわからずぼんやりしながら頷《うなず》くと、大きく足を広げられた。

濡れそぼった秘所の襞《ひだ》を掻《か》きわけ、身体の中に指が一本差し込まれる。

「っく……う……」

ぬめりをまとった指が、ひくつく内襞を掻きわけて奥へ侵入してくる。微《かす》かに引《ひ》き攣《つ》れるような痛みと違和感に、ビアンカは呻《うめ》いて眉根を寄せた。

怖いし恥ずかしくもあるのに、ヴェルナーにいっぱい触れられていると思うと、やめてほしいとどうしても言えなくなってしまう。

左右の手で強く敷布を握り締めるうち、痛みと違和感が少しずつ薄れていき、代わりに火照《ほて》った身体がさらに熱くなりはじめた。

「え……え……?」

自分の変化にビアンカがうろたえているうちに、差し込まれる指がもう一本増やされた。それに慣れると、もう一本増える。

奥から溢《あふ》れつづける蜜が潤滑液《じゅんかつえき》になり、指の動きを手助けしていく。

内襞をほぐすように掻きまわされ、全身を駆け抜ける今まで感じた事のない熱に、ビアンカは喘《あえ》ぎつつ悶《もだ》えた。

やがて指が一度に引き抜かれ、熱くて硬い塊《かたまり》がそこに押しつけられる。

「あ……」

指と比べものにならない質量に、ゾクリと背筋が震えた。

ビアンカは思わず、すがるようにヴェルナーの首筋へ両手を回す。

大きく開かされた足の奥に、熱い楔《くさび》がじりじりじり押し込まれはじめた。

「はっ……くぅ……痛っ……」

身体を引き裂かれるような痛みに息が詰まって、瞑《つむ》った目の端からボロボロと涙が零《こぼ》れた。

「ゆっくり息を吐いて」

穏やかな声で言われ、そのとおりにしようとするが、上手くいかない。

身体を強《こわ》ばらせて浅い呼吸を繰り返していると、汗ばんだ額《ひたい》にそっと唇が落ちた。

頬《ほお》や鼻先にも、何度も啄《つい》ばむような口づけを施《ほどこ》される。

「ふ……は、ぁ……」

あまりにもそれが心地良くて、鼻に抜けるような声が漏《も》れた。

自然と力が抜け、次第に呼吸が楽になってくる。

ゆっくりと最後まで押し込まれ、互いの腰が密着した。

涙の膜が張ったまま、うっすら目を開くと、すぐ間近に特別な人が見える。

ここに来るまで人間は全て、老師、肉植物、外の者、の三種類だけだった。

ところが、外の世界で暮らすようになってから、それは間違いなのだと徐々に理解出来た。

三種類などで済まされず、同じ人間など、誰一人としていない。

その中で、一際《ひときわ》輝いて特別なのがヴェルナーだ。

彼が傷つけば悲しいし、もしその命が枯れてしまったら、諦めてその存在を忘れるなど、絶対に出来ないだろう。

「ヴェルナー様……」

そっと呼んでみると、少しくすぐったい嬉しさが胸の中に満ちる。

解毒治療の最中より、ずっとはっきり感じられるようになったそれは、彼の魔法ではなく、自分がヴェルナーを特別に思うからだと、ようやく気がついた。

「ビアンカ、愛している」

ヴェルナーがとても優しげに目を細め、汗で額《ひたい》に張りつく前髪を払ってくれた。

「わ、わたしも……あ、愛してます……っ」

きちんと想いを伝えたいのに、緊張しすぎてあわあわとうろたえ、声も裏返ってしまう。

それでもヴェルナーは、嬉しそうに「ありがとう」と言ってくれ、見惚《みほ》れるほど満面の笑みを浮かべた。

「続けても、辛《つら》くないか？」

問われて、ビアンカはこくこく頷《うなず》いた。

痛いけれど、もっとヴェルナーに触れてほしい。

埋め込まれていた雄が、ゆっくりと抜き差しを開始した。

痛みに混ざって、次第に焼けつくような快楽が断続的に襲いかかる。吐息も声も甘いものに満ち、熱くてたまらない。

夢中で手を伸ばし、ヴェルナーの顔を引きよせて口づけをねだった。

「ん、ん……」

頬《ほお》を伝う涙も、口づけとともに交換する唾液《だえき》も、滴《したた》る汗も、繋《つな》がった場所から溢《あふ》れる蜜も、ビアンカの体液は、もう一滴として毒を帯《お》びてはいない。

ヴェルナーと思う存分に触れ合える。

まだ自分には知らない事がいっぱいあるけれど、これ以上の幸せはきっとないと思う。

口にするだけで、じんわり心が温かくなる特別な名前。

「ヴェルナー様……」

何度も声に出し、溢れ出す幸せを噛《か》み締めるたび、身体まで気持ち良くなっていく。

口づけられて、胸を愛撫されると、ヴェルナーを受け入れているところがきゅうと収縮した。

肌を打ちつける音と、湿った水音、二人分の荒い呼吸が、室内に満ちる。

やがてヴェルナーが低く呻《うめ》き、突き入れられた身体の深い部分で、彼の熱が弾ける。

「あ……あ……」

奥へ注《そそ》がれる熱い飛沫《ひまつ》に、ビアンカは何度も身を震わせた。

「大丈夫か？」

ヴェルナーが囁《ささや》き、優しく片手で髪を撫《な》でてくれる。強《こわ》ばった身体が、次第にゆるゆると脱力していった。

「はい……」

啼《な》きすぎて声は掠《かす》れてしまったし、押し開かれた箇所もまだ痛んだが、それも気にならないほどヴェルナーの腕が心地良い。

快楽の余韻にひたりながら、ビアンカは穏やかな口づけをうっとりと感受した。

4　初雪

北国の夏はあっという間に過ぎ去っていく。

雪こそまだ降らないが、冷たい木枯らしが吹き、朝の地面には霜《しも》の化粧が施《ほどこ》され始めた。

王宮の糧食庫《りょうしょくこ》も、庶民の家の地下室も、保存食ではちきれんばかりになり、薪《まき》と石炭も十分に備えられる。

北国の王都は、来年の夏まで命を繋《つな》ぐ、入念な準備を整え終わった。

大陸各地を旅する隊商たちも、外から仕入れてきた品を売り終え、錬金術師ギルドでお目当ての製品を買い求めては、荷台にぎっしり詰め込む。

特に、魔法灯火《ともしび》の魔道具は、毎年の売り上げで不動の一位を誇っている大人気商品だ。

ランプのように面倒な手入れが不要で、ずっと明るく、光がちらつく事もないから、目も痛くなりにくい。炎ではないので火事も起こさないし、値段だって一般の平民家庭でも手が届く範囲。

よって灯火《ともしび》の魔道具は、他国の王宮からあちこちの町や村、どこでも買い手がつき、売れ残る事はまずなかった。

それに加えて、基本的に未成年には売られないものの、避妊薬の人気も高い。男用と女用とがあり、どちらか片方でも適切に呑めば、副作用もなく避妊出来る。なので、少し値は張る商品だが、娼館の多い繁華街では大変に重宝されたし、こっそり買い求める富裕階級も多い。

また、浄化魔法の薬剤は、それよりもう少し高価であるものの、水の貴重な地域では、それこそ飛ぶように売れた。

これらのほかにも旅先の地域に適した多種類の魔道具や薬を積み、幌馬車《ほろばしゃ》はフロッケンベルク王都を発《た》ち、深い森林を通りぬけて南の国々へ行く。

帰還していた傭兵《ようへい》団も隊を再編成し、家族と故郷にしばしの別れを告げて、各国に向かう。

錬金術師もまた、来年の夏まで王都を離れる者が多かった。

ギルドの本部はここにあるとはいえ、他国の裕福な家庭に雇《やと》われたり、街で小さな工房を構えて商品を売るなど、出稼《でかせ》ぎに行く錬金術師も多いからだ。

中にはそのまま戻らない者もいるが、フロッケンベルクの国民でいつづけ、税を納めていれば、他国で何か困った時には、近くにいる傭兵団や錬金術師を通じて、国からの支援が受けられる。

王宮近くの広場は、夏の間、隊商のキャンプ地として開放されており、荷馬車や幌馬車が所狭しと並んでいたが、今はもう数台しか停まっていない。

賑《にぎ》わっていた王都からは、目に見えて人が減った。

しかし今夜は代わりに、王城の敷地内に貴族の大きな馬車がズラリと並んでいた。

今夜は王都の夏が今年も素晴らしかった事を祝う、盛大な舞踏会が開かれるのだ。

まもなく宴《うたげ》の開催という時刻。

城の一室では、アイリーンが壁についた両手をブルブル震わせ、大きく口を開けて胸を喘《あえ》がせていた。

「ぐえっ！　ちょっ……勘弁しとくれ、マグダおばさんっ……！　ぐ、苦しいっ！」

マグダにコルセットの紐を締めあげられ、アイリーンが潰《つぶ》れた蛙《かえる》みたいな呻《うめ》き声をあげた。

「はぁっ！　はっ、あたしはもう、結婚する気なんかないからっ！　ドレスなんざ、適当に着るよ！」

「アイリーン。あんたなら下手な亭主を見つけなくても、自分で立派に隊商を率いていけるでしょうけどね。それと舞踏会の身だしなみは別の話ですよっ！　ふんっ！」

逞《たくま》しい両腕でぐいぐいと紐を締めつつ、マグダが我《わ》が侭《まま》な子どもを叱《しか》るようにお説教する。

ビアンカはすぐ側の鏡台前に座り、別の侍女に化粧を施《ほどこ》してもらいながら、その光景をそっと横目で眺めた。

舞踏会に参加するなんて初めてだから、アイリーンがつきそってくれるとヴェルナーから聞き、とてもホッとした。

心細さがやわらいだだけでなく、純粋に彼女とまた会えるのが嬉しかった……が、この光景を見ると、少々アイリーンが気の毒になってくる。

彼女は、ビアンカがドレスを着て髪も結い終わってから、信じられないほど情けなさそうな顔をして、ようやくやってきたのだ。

そしてコルセットは断固拒否すると言い、綿の下着だけでドレスを無理やり着ようとした。そんな彼女と、コルセットを握り締めて詰め寄るマグダとの間で、すったもんだの攻防の末、こうなった訳だ。

ヴェルナーの乳母《うば》であったマグダは、アイリーンにとっても第二の母のような感じで、未だに頭があがらないらしい。

「散々待たせたあげくに、やっと来たと思ったら、コルセット抜きでだらしなくドレスを着崩そうだなんて！　馬鹿を言うんじゃありません！」

「だってさ、密林で……っ！　でっかい蛇に……締め殺されそうになった時、みたいで、ぎもち悪……ぐえっ！」

「これでも随分と手加減していますよ！　少しはビアンカ様を見習ったらどうです！」

ようやく紐を結び終えたマグダが、椅子の背にぐったりともたれかかり、虚《うつ》ろな目になっているアイリーンに、ビシッと言い放つ。

ビアンカとて、夜会用にいつもよりきつくコルセットを締められたが、これはもう慣れというものだ。

宮廷に通用する作法を習うため、『庭園』でも一応は簡素なドレスを着て過ごしていたし、体型を綺麗に保つためにと、コルセットも毎日つけさせられていた。

「わたしは、昔から慣れていますから……アイリーンさん、大丈夫ですか？」

ビアンカが言うと、アイリーンは力なく笑った。

「ああ、なんとか無事だよ。ビアンカは相変わらずいい子だねぇ」

「ほらほら！　おしゃべりはあとにしてくださいよ！　もう時間がないんですからね！」

ドレスや帯を腕に抱えたマグダが、アイリーンを容赦《ようしゃ》なく追い立てる。

「人には向き不向きがあるんだよ……。あたしの願いは、一生気楽なチュニックを着て過ごすってだけなんだから、つつましいもんさ」

もう逆らう気力もなくなったのか、ぶちぶちと不満を零《こぼ》しつつも、アイリーンは大人しくドレスを着始める。

アイリーンに用意されたのは、葡萄酒《ぶどうしゅ》色のとても豪華な雰囲気のドレスだ。上質な絹地に銀糸の刺繍《ししゅう》が施《ほどこ》され、無数に縫いつけられた黒いビーズが星のように煌《きらめ》いている。帯は生地よりも少し濃い色で、それと同じ色の飾り紐が、ドレスの各所を彩《いろど》っていた。

マグダは少しの無駄もない動作で、アイリーンにドレスを着せつけると、各所にある飾り紐を次々と調整していく。

夜会用のドレスを収めている衣裳部屋へ初めて案内された時、ビアンカは目を丸くしてしまった。

とても広い部屋に、これでもかというほど大量のドレスが吊るされ、隣部屋には、やはり大量の宝飾品がケースに収められ並んでいた。

フロッケンベルクの王侯貴族は、普段着の衣装なら頻繁《ひんぱん》に自分用を仕立てるが、夜会ドレスは少し事情が違うそうだ。

夜会ドレスは基本的に高価で、時には宝石までも飾りつける。そのわりに、頻繁《ひんぱん》に同じものを着る事は出来ない。

だから、質の良いものを作る代わりに、何代も受け継いで大切に着る習慣が、いつの間にか出来たそうだ。

むしろ新品よりも、由緒あるドレスのほうに価値があるとされ、有名な貴婦人が着たドレスなどには、とてつもない高値がつくらしい。

この国で昔から作られているドレスはどれも、飾り紐やフックを駆使して幅広い体型に合わせられるし、受け継ぐだけでなく多少は新しく作ったりもするので、自然と様々なサイズが揃う。

あまりにも流行遅れのものは、さすがに仕立て直すというが、城の衣裳部屋に並んでいるドレスはどれも上品なデザインの、見惚《みほ》れるようなものばかりだった。

ビアンカが今着ているのは、膨《ふく》らみを控《ひか》えめにしたエメラルドグリーンのドレスで、しっとりした絹地を、蔓草《つるくさ》模様の金糸の刺繍《ししゅう》が彩《いろど》っている。

このドレスには袖がなく、二の腕まで隠れる長い手袋は、ドレスと同色のサテンリボンで留《と》めた。

大きく開いた胸元は、たくさんの小粒ルビーを花の形にあしらった金細工のネックレスで飾る。髪飾りも金とルビーで、繊細な美しい蝶《ちょう》や花の姿が象《かたど》られ、夢のように美しい。

「ビアンカ様、よくお似合いですよ」

今ではすっかり仲良くなった中年の侍女レギーナが、満面の笑みでビアンカに仕上げの紅《べに》を淡くさしてくれた。

「ありがとう。レギーナさんが選んでくれた品、どれもとっても素敵ですね」

ビアンカは、ドレスや宝飾品を選ぶのを助けてくれた彼女に微笑《ほほえ》みながら礼を言う。

ここに来るまではずっと、支給された衣服を着るだけだったビアンカが、あの大量のドレスと宝飾品から、最適な組み合わせを探すのはとても無理だったろう。

レギーナはマグダと同じく城勤めが長い分、目も肥《こ》えているし、城にある宝飾品やドレスも全て覚えている。

彼女がいくつか似合いそうなものを取り出し、宝飾品などの組み合わせに助言をしてくれなかったら、衣裳部屋で途方にくれていたはずだ。

「お役に立てて光栄です」

にこやかにレギーナが微笑み返してくれる。

アイリーンもいつの間にか身支度を終え、仕上げに黒真珠の三連ネックレスをつけられていた。

城門でラッパが鳴り始め、ビアンカとアイリーンはマグダに大広間へ急《せ》かされる。

アイリーンと並んで廊下を歩きながら、ビアンカは恩人に心から礼を言った。

「アイリーンさんが以前におっしゃった事が、やっとわかりました。ありがとうございます」

「それはようございました。私も嬉しゅうございます」

先ほどマグダに喚《わめ》いていた時の口調はどこへやら、扇《おうぎ》で口元を隠したアイリーンは、どうみても立派な貴婦人だ。

日に焼けて少々傷《いた》みの目立つ赤い髪は香油で整え、黒いレースと黒真珠が飾られている。

入念に施《ほどこ》された化粧で、頬《ほお》のそばかすも綺麗さっぱり隠れた。

上品に、だが堂々と歩く彼女は、どこかの大貴族と言っても十分通用するだろう。

白鳥が水中で必死に水を掻《か》いているのをおくびにも出さないように、アイリーンは涙ぐましい努力を、見事なまでに隠していた。

夏の期間、フロッケンベルク王宮では盛大な舞踏会が、二回催《もよお》されるそうだ。

一度目は夏の最初の頃、国政に関わる主要貴族や、各国の大使や使節団を招き、主に国交を深める目的で開かれる。

そして夏の終わりというより秋になった頃、王都と外部の通行が不可能になる数日前に二度目が開かれる。二度目の舞踏会には、国内貴族のみが招待され、今年の夏の恵みに感謝するとともに、国の繁栄を願うのだ。

ヴェルナーにはもちろん、国王としてやるべき事が山ほどある。

ここ一週間ほどは打ち合わせや準備に大変忙しく、寝室に戻ってくるのも深夜になる事が多かった。

ビアンカは先に眠っているようにと言われているが、夜中にふと目を覚ますと、いつもヴェルナーに抱き締められている。

ヴェルナーは相当に疲れているようで、ビアンカがそっと髪を撫《な》でても気づかないほどぐっすり眠っていた。

身体が心配にはなったが、熟睡する姿が見られるのは珍しい。

何より、国のために一所懸命尽くしている彼を、改めて立派だと思った。

ビアンカが着替えの間に入った時は、まだ夕暮れ前だったのに、大広間の開け放たれた戸口の外では、すでに空には細い銀の月が輝いている。

華やかに飾られた大広間は、盛装した貴人たちで賑《にぎ》やかに溢《あふ》れかえっていた。

何百もの魔法灯火《ともしび》が煌《きらめ》き、青と黒のリボンがふんだんに飾りつけられた白い花が華やぎを添えている。

国王の出番はまだあとらしく、衛兵たちが流れ込んでくる客を一所懸命に誘導している……と、その流れからひょいと飛び出た不埒者《ふらちもの》がいた。

「ビアンカ、久しぶり！」

陽気な声とともに、暗灰色《あんかいしょく》の髪をした背の高い少年が、ニコニコ手を振った。

一応、夜会用の盛装はしているが、やはりどこか窮屈《きゅうくつ》そうに見える。

「ルーディさん！」

こちらに歩いてくる彼に、ビアンカは声を弾ませた。

毒が抜けたあとも、ルーディは何回か様子を見にきてくれた。ヴェルナーに感じる特別なドキドキはないけれど、彼の事も大好きだ。

「凄《すご》い舞踏会だな。好きなだけ食って良いって言われたから来たんだけど……って、おわっ！　姐《ねえ》さんも化けたなぁ！」

「フン」

大袈裟《おおげさ》に驚いてみせるルーディに、アイリーンが扇《おうぎ》で周囲から顔を隠しつつ、噛《か》みつきそうな八つ当たりの視線を向けた。自分の胴を指し、剣呑《けんのん》な声で唸《うな》る。

「ルーディ。錬金術師ギルドの商品は、便利なら魔道具じゃなくてもいいんだろ？　コルセットよりマシな下着を開発するよう提案しなよ。売れまくること間違いなしさ」

「へっ？　えーと……ま、よくわかんないけど開発部の奴に言っとくよ。新作のネタ切れで、いつも悩んでたしさ」

アイリーンの苦労など露知《つゆし》らないルーディは、首をかしげてヘラヘラと笑う。

その背後で不意に、盛大なファンファーレが響き渡った。

大広間は三階分の高さを持つ吹き抜けになっており、ちょうど二階の位置に、室内を一周するバルコニーのような通路が作られている。

広間から階段で上がる事も可能だが、二階に通じる扉が別室にあり、舞踏会で国王が挨拶《あいさつ》する時は、そこから出てくる事になっていた。

ラッパの音が小さくなっていくとともに、あれほど騒々《そうぞう》しかったざわめきが、嘘のように消える。静まりかえった大広間で、全員の視線がバルコニーに集中した。

「国王陛下がお見えです！」

老齢の宰相が、貫禄《かんろく》に満ちた太い声で宣言すると、二階の扉が開き、盛装をしたヴェルナーが姿を現す。

黒い軍服の胸元に国章のブローチを留《と》め、青いマントを羽織《はお》った国王の姿に、割れんばかりの拍手と歓声があがる。

ヴェルナーはにこやかに手を振り、バルコニーの背後にある壁にかけられた、フロッケンベルク国の国旗の前に立った。

「皆のおかげで、フロッケンベルクは今年も素晴らしい夏を過ごせた。心より感謝する」

広間が静まると、ヴェルナーは堂々たる声音で挨拶《あいさつ》を始めた。

「まもなく雪が降り、王都は氷雪《ひょうせつ》の城門に閉ざされる。王都に残る者、領地に帰る者、全ての諸侯諸君！　フロッケンベルクが来年もまた輝かしい夏を迎えられるよう、この国のさらなる繁栄に、どうか力を貸してほしい」

彼の声に聞き入るビアンカの目に、その後ろに飾られた大きな国旗が自然と映り込む。

巨大な長方形の国旗は、この国だけが作れる染料で、鮮やかな濃い青地に染められている。

国旗の中央には、王家を象徴する王冠を抱いた白い鳥。

自らの尾を口に入れた一匹の黒い蛇が、その鳥を守るように囲んでいる。

禍々《まがまが》しくさえ見えるこの蛇の名も、国旗の意味も、ヴェルナーにつけられた教師に教わるまでビアンカは知らなかった。

黒い蛇の名は、ウロボロス。

全てを知る完璧な存在であり、決して他者を必要としない、食べ物さえも自らの尾という不老不死の蛇。

実在はしない、伝説でのみ語り継がれる生物だ。

フロッケンベルク国では、王の責務が非常に大きい。国民から、それこそ守護神のように期待されているのは、この国旗に描かれているエピソードが関係しているそうだ。

この国旗の由来を、教師は誇らしげに語ってくれた。

フロッケンベルクの国旗にウロボロスが加えられる事になった発端は、二百年近くも昔の話だ。

当時フロッケンベルクでは貧富の差が激しく、国営の派遣傭兵《ようへい》団も形成されていなかった。

国の事業で積極的に民を雇用する事もなく、道には失業者が溢《あふ》れ、冬が来るたびに餓死者や凍死者があいついだ。

貧しくて学ぶ事が出来ず、せっかく錬金術の才能を持っていても、開花させられない者も大勢いた。

そんないつ滅んでもおかしくない不安定な国政を立て直したのが、十五代目国王フリーデリヒだった。

彼は反対する廷臣たちを説《と》き伏せると、まず王家の所有する土地を、王都と周囲の森林を残して殆《ほとん》ど、自国の貴族たちへ売り払った。

そうして手に入れた資金を、手に職もなく路上で飢《う》えていた民たちの教育に使ったのだ。

学問や技術職に向いていた者は錬金術師やその手伝いになれるようギルドで学ばせ、体格が良く武芸に向くものは、兵として訓練させた。

そして出来上がった頑強な傭兵《ようへい》軍と優秀な錬金術師たちを、大陸各国へ派遣したのだ。

ちょうど時代は、国同士が血で血を洗う争いを繰り広げる乱世の始まりだった。戦闘は飽くほどあり、優秀な傭兵軍を欲しがる国は多かった。

また、戦乱の中で、錬金術師たちの造る魔道具や薬は、黄金以上の価値を生んだ。

王は引き続き国民の雇用に力を入れ、貧しい庶民も通える無料の学校の設立など教育についても改革を行《おこな》う。

かくしてフリーデリヒ王の政策により、フロッケンベルクの経済は、驚異的な回復を見せたが、廷臣たちは戸惑《とまど》いを隠せなかった。

フリーデリヒ王は、冗談と音楽を愛した気さくな好人物で、このような巧妙《こうみょう》苛烈《かれつ》な手段など、考えられるような人柄ではなかったからだ。

いぶかしむ廷臣たちに、フリーデリヒ王は『ウロボロスの知恵を借りたのだよ』と、冗談めかして言ったそうだ。

が、すぐそのあとで、実はとある優れた軍師の協力を得たのだと、明かした。

その軍師は国王以外とは決して会わず、名前も年齢も、男か女かさえも、全てを秘密にするという事だけを報酬《ほうしゅう》に望んでいるという。

廷臣たちは、そのような胡散臭《うさんくさ》い軍師を煙たがったが、その策で助かった事には変わりない。

正体不明のその人物に表だって文句をつける者はいなかった。

一方で、王家から領地を購入し増やした諸侯の中には、これを機に自分が王家になり代わろうと企《たくら》む者もいた。

だが、実現は出来なかった。

謀反《むほん》や企みは、軍師の策略をもって、フリーデリヒ王が全て叩き潰《つぶ》したからだ。

諸侯は改めて王家に服従を誓い、廷臣たちもその奇妙な軍師を渋々と認めた。

国民は、自分たちに生きる力を授け、飢《う》えと寒さから救ってくれた王家に感謝し、彼らの子どももそれに倣《なら》った。

やがて時は流れ、老齢となったフリーデリヒ王が天寿をまっとうしたあと、彼の遺言に従い、フロッケンベルクの国旗にはウロボロスが描き加えられた。

そして国旗にウロボロスが残りつづけるように、謎の軍師は、長い年月が経っても代々のフロッケンベルク国王に力を貸しつづけているのだ。

代替わりはしているのだろうが、相変わらず軍師と会えるのは国王のみで、どのような人物なのかは一切不明。

奇妙で不気味な軍師だが、どの時代でも稀代《きたい》の策略家であり、未だになくてはならぬ存在だった。

いかにフロッケンベルクの傭兵軍《ようへいぐん》が優秀でも、闇雲《やみくも》に戦場へ参加したところで稼《かせ》げる額は知れている。そのうえ戦況が不利になれば、傭兵軍はまっ先に使い捨てられるのだ。

裏切りも多々ある。

それを踏まえ、確実に生き残れるよう連携をとりつつ、最高額で軍を売り込むには、綿密で周到な計算が必要になった。

そうした精巧な機械仕掛けにも似た仕組みを作っているのがその軍師だ。けれど、彼は決して自分だけで国政をこなそうとはしない。

民を従わせるならば、国の命運を担《にな》うのが、王の役割。

王がその責務を果たすうちは、自分はその手助けをする……ただそれだけだと、国王を通して送られた廷臣たちへの軍師からの手紙には書かれていたという。

こうした訳で、代々のフロッケンベルク国王は、正体不明の軍師と力を合わせ、国の仕組みを回している。

そして今では、フロッケンベルクの国事では、国王の挨拶《あいさつ》は必ずこの言葉で締めくくられた。

「我が国の未来に、ウロボロスの加護があらん事を！」

ヴェルナーのよく通る声に続き、会場の人々が同じ言葉を唱和《しょうわ》する。

そして熱狂的な歓声とともに、再び拍手の洪水が湧《わ》きあがった。

林檎《りんご》の蒸留酒やワインが振る舞われ、楽団が音楽を奏《かな》で出す。

換気と暖房をよく考えて設計された城なので、肩や首元の露出したドレスを着ている女性客も、寒さに青ざめる事はなく快適に過ごせた。

踊りたいものは大広間に残り、腹を満たしたいものは続きの間にある大食堂に行く。

食堂では三列並んだ長いテーブルに、料理人たちが工夫を凝《こ》らした数々の料理が並べられているし、祝い用の巨大なケーキも飾りつけられていた。

多数の給仕が気を配り、客を食事用のテーブルに案内しては、好みを聞いて酒や料理を運んでくる。

ルーディは祝杯が終わるなり、偵察に行くと言って食堂にすっ飛んでいったが、若い男女は殆《ほとん》どが大広間に残っていた。

聞くところによれば、この舞踏会は別名『出会いの舞踏会』とも呼ばれているそうだ。

普段は各領内で過ごし、顔を合わせる事の少ない国内貴族が一堂に会する、貴重な機会。

結婚適齢期の娘を持つ親は、より良い結婚相手を見つけてやろうと娘を着飾らせ、張りきっているし、本人はもっと必死だ。

ビアンカは最近になって知ったが、この国の女性は大抵が二十歳前後で結婚し、二十三歳になっても未婚でいると、嫁《い》き遅れという不名誉な評価を受けてしまうらしい。

ちなみに、アイリーンは二十六歳で未だ独身であり、十分に嫁き遅れと言われてしまう年齢だが、彼女に限ってはそれを揶揄《やゆ》されたりしないと、マグダは言っていた。

彼女が独り身なのは、相応《ふさわ》しい男性が現れないというだけで、世間体を気にするあまり、ろくでもない男と結婚するアイリーン・バーグレイなどあり得ない。

本人がそう主張せずとも、彼女を知る者なら自然とそう思うのだと聞き、ビアンカも心から納得したものだ。

「――この舞踏会には数年前にも出ましたが、あの時より遥《はる》かに、陛下に侍《はべ》ろうとするご令嬢たちが、殺気立っておられますね」

ぼそりと呟《つぶや》くアイリーンの視線の先では、父親につきそわれた貴族令嬢たちが、ヴェルナーを取り囲んでいた。

彼女たちは、国の重鎮や大貴族の娘ばかりらしく、美しい豪華な装《よそお》いをしていたし、とてもしとやかに振る舞っている……が、よく注意して見れば、扇《おうぎ》の陰で相手を剣呑《けんのん》に睨《にら》みつけたり、肘《ひじ》で押しのけたり足を踏んだりと、激しい戦いを繰り広げていた。

「宴《うたげ》の間は、陛下に近づかないほうが宜《よろ》しいでしょうね。ビアンカ様は間違いなく集中攻撃されますから。私どもは、ゆっくり食事を楽しんでいましょう」

アイリーンがひそひそと囁《ささや》いた言葉を、ビアンカは珍しく、呆然と聞き流していた。

盛装をして堂々とバルコニーで挨拶《あいさつ》するヴェルナーを遠目から見た時にも見惚《みほ》れたが、近くで見るといっそう素敵で、すっかり目を奪われていたのだ。

じっと見惚れているうちに、ふとヴェルナーの視線がこちらに向いた。

押し寄せる貴族令嬢たちに阻《はば》まれ、とうてい抜け出る事など出来そうもなかったが、視線はたしかにビアンカとかち合い、あの大好きな笑みが目に映る。

視線が合ったのはほんの一瞬で、すぐにヴェルナーは、ほかの貴族に話しかけられてしまったけれど、ビアンカは十分幸せだった。

自然と顔がほころび、心臓の奥から温かいものがせりあがって、全身を満たす。

「姐《ねえ》さん！　ビアンカ！　どうせ踊る気ないんだろ？　早く食堂に行こうぜ！　凄《すご》くうまそうな肉がいっぱいあるし、それから……」

食堂から戻ったルーディが、興奮気味に訴えるのも、まるで耳に入らない。

「あれ……？　ビアンカ、どうしたんだ？」

「ルーディ、あんたは女心ってもんを、もう少し勉強するべきだね」

アイリーンが小声でたしなめる。

「――失礼」

不意に、目の前に現れた男性の体躯《たいく》に視界を妨《さまた》げられ、ビアンカはようやく我に返った。

厳しい顔つきの大柄な男性が、冷たい目でこちらを見下ろしている。

「まぁ、ダンゲルマイヤー侯爵。本日は誠に素晴らしい宴《うたげ》でございますね」

アイリーンが少し大きめの声で言い、優雅に礼をする。

彼女のおかげで、ビアンカにも目の前の男性が誰かわかった。

ダンゲルマイヤー侯爵家は、国内でもかなりの地位にある大貴族だ。何人もの勇猛《ゆうもう》な武官を輩出《はいしゅつ》した家であり、王都を守備する大将軍は、侯爵の弟だったはず。

侯爵は、アイリーンに軽く会釈《えしゃく》をしただけで声もかけず、またすぐにビアンカへ向き直った。品物の欠点を探すような目つきで、じろじろと眺めまわす。

（この方の目……なんだか老師様のよう……）

久しぶりに感じる居心地の悪さに、ゾワリと鳥肌が立った。

だが、決して失礼をしてはいけない相手というのは重々承知している。ビアンカは、引《ひ》き攣《つ》りながらも笑みを浮かべた。

「ロクサリス国から、陛下に献上された方でお間違いないかな？」

やがて侯爵が、手入れされた口髭《くちひげ》の下から、硬質な声音を発した。

「はい。ビアンカと申します。ダンゲルマイヤー侯爵。お目にかかれて光栄にございます」

ビアンカがドレスを摘《つま》み、丁寧にお辞儀《じぎ》をすると、侯爵が鷹揚《おうよう》に頷《うなず》く。

「うむ。卑《いや》しい身分とはいえ、さすがに陛下へ献上された『品物』だ。一応の礼儀作法は仕込まれているようですな」

見下しきった口調に、『庭園』でこういった扱いに慣れていたビアンカではなく、ルーディのほうが顔色を変えた。

「おい……――っ！」

しかし、犬歯を剥《む》き出して怒鳴りかけた彼は、アイリーンに素早く足を踏まれ、そのまま歯を食いしばって俯《うつむ》いた。

「まぁ、お父様。その方が例の献上姫ですのね」

薔薇《ばら》色のドレスを着た女性が、優雅な歩みで侯爵に近づいてきた。

豊かな金髪の美女だが、侯爵と同じように冷たい目つきで、ビアンカを眺める。

「陛下の寵愛《ちょうあい》を受けている献上姫のお噂《うわさ》は、我が領地にも届いておりますわ」

鮮やかな紅《べに》を塗った侯爵令嬢の唇は、笑みの形に吊りあげられているが、目は欠片《かけら》も笑っていない。彼女がフロッケンベルクの貴族だとわかっているのに、ビアンカの脳裏《のうり》に『庭園』の老師……それも最も若くて美しい、一番恐ろしかった老師が思い浮かんだ。

「舞踏会に貴女がいらっしゃるとお聞きしまして、ぜひご挨拶《あいさつ》をしておくべきと、父に進言いたしましたの」

「恐れ入ります」

内心に怯《おび》えを抱きつつ、ビアンカは失礼にならないよう丁重に頭を下げた。

それを見下ろし、侯爵令嬢がフッと口の端を吊りあげる。

「ところで、陛下もそろそろ王妃を決められるのではないかと、あちこちで囁《ささや》かれておりますが、貴女は陛下から、何かお聞きなさっております？」

唐突な質問に、ビアンカは少々驚いた。

「いいえ。わたしは何も……」

正直に答えると、侯爵令嬢が非常に満足そうな笑い声をあげる。

「あら、お気の毒な質問をしてしまいましたわ。献上品の貴女も、側妃《そくひ》にくらいはしていただけるのかと思っていたのですが……未だに何も知らされていないのなら、お役御免で捨てられるのは近いかもしれませんわね。宜《よろ》しければ、あとの働き先を紹介しましてよ」

「――っ！」

ビアンカの背後で、ルーディがもう一度アイリーンに足を踏まれたようだった。

「これ、そのように言うものではない。陛下は情け深いお方なのだから、不用品にも良い居場所を授けるかも知れぬではないか」

侯爵が苦笑交じりに娘をたしなめつつ、さらに辛辣《しんらつ》な言葉を投げるのを、ビアンカは青ざめたまま聞いていた。

――知っていたはずだ。献上された女は、どんなに王から愛されようとも、正式な王妃にはなれないと……

以前にたまたま、使用人の女性たちが、おしゃべりしているのを聞いてしまったのだ。

『――何言ってるのよ。陛下はビアンカ様に夢中みたいだけれど、いくらなんでも王妃には出来っこないでしょ。あの方、献上品なんだもの』

『やっぱりそうかぁ。身分を問題にせず王妃に……なんて素敵だと思ったんだけど。考えてみれば、陛下がビアンカ様を王妃にする気なら、とっくにそう言ってるはずよね』

『あのね、そんな恋が上手くいくのは物語の中だけよ。現実は厳しいんだから。貴族でない人を王妃にしてもロクな事にならないって、特に陛下はご存知だもの』

『そうそう。そんな面倒を起こすより、有力貴族から王妃様を娶《めと》って、ビアンカ様は側《そく》妃《ひ》になさるほうがずっと良いわよ――』

それを聞いたのは、まだ『愛している』の意味も、はっきり理解していなかった頃だった。だから特に衝撃も受けず、ヴェルナーの望みならなんでも従おうと、胸中で頷《うなず》いただけだった。

だが……いつの間にか無意識に心の奥へ押し込め、聞かなかった事にしていたそれを、思い出してしまった。

そして今では、きちんと実感する。

ヴェルナーが誰かを王妃にすれば、彼と特別な想いを交わし合うのが自分だけではなくなるという事を。

それどころか、自分は所詮《しょせん》、いつ捨てられてもおかしくない存在である事も、ようやく思い出した。

（わたし……いつからこんなに、思いあがっていたのかしら……）

この城では、たくさんの人が親切にしてくれたし、少し素《そ》っ気《け》ない態度をとる人でさえも、ビアンカを肉植物とは扱わなかった。

だから、毒姫を示す『ビアンカ』の名前はそのままでも、毒のすっかり抜けた身体で外の世界に馴染《なじ》むうち、いつしか自分も外の人間の一員だと錯覚していたのだ。

蒼白になり唇を震わせるビアンカを見て、侯爵令嬢の目が意地悪そうに光った。

「わたくし、これから陛下にお目通りいたしますの。もしも陛下の目に留《と》まれば夢のようですわ。わたくしは陛下の隣に立つ女性として、相応《ふさわ》しく見えますかしら？」

勝ち誇った声で言う女性を、ビアンカはおずおずと見た。

彼女はとても美しく整った顔立ちをしているけれど、ヴェルナーのように素敵な雰囲気は欠片《かけら》もない。

それでも彼女は、きちんとした外の人間だし、王妃になれるという貴族の娘だ。父親が大切につきそっている彼女には、家族だってちゃんといる。

どんなにビアンカが外の世界で学ぼうと、決して手に入れられないものを、全部持っているのだ。

「はい……」

失礼のないようにと思っても、引《ひ》き攣《つ》る喉《のど》からは、そう答えるのが精一杯だった。

「なるほど。ロクサリスからの献上姫殿は、噂《うわさ》どおりご自分の立場をよくわきまえたお方らしい」

侯爵も満足そうに頷《うなず》き、親子は踵《きびす》を返して颯爽《さっそう》とヴェルナーのほうに去っていく。

「痛《い》てて……姐《ねえ》さん、ハイヒールで踏むのは勘弁してくれ。足に風穴があくとこだった」

痛そうに顔をしかめてルーディが苦言するが、アイリーンにジロリと一瞥《いちべつ》された。

「いくら性根《しょうね》の腐った相手だって、あそこで怒鳴りつけたら騒動になるだろうが。あんたはもうちょっと辛抱出来るようになりな」

アイリーンは声を潜《ひそ》めて言い返してから、励ますようにビアンカの肩を抱いた。

「彼らの戯言《たわごと》はお気になさいませんように。……ねぇ、バーグレイ商会はなんでも知ってるんだ。あのご令嬢は気位が高くて、縁談を選り好みしつづけるうちに二十歳をとっくに過ぎちまってね。そうとう焦ってイライラしてるんだよ」

アイリーンが後半はひそひそと囁《ささや》くと、ルーディもうんうんと勢いよく頷《うなず》く。

「ヴェルナーがビアンカを手放す訳ないさ。何も知らない奴に限って、知ったような大口叩くんだ。心配するなって」

「ありがとうございます」

二人が懸命に慰《なぐさ》めてくれるのは嬉しかったが、ビアンカは自分に言い聞かせるために、はっきり宣言する。

「わたしは元より、陛下に献上された身ですし……今こうしていられるのは、陛下のご慈悲《じひ》ゆえです。この先もわたしは、陛下のご意思に従うだけですから」

「ビアンカ……」

呻《うめ》くルーディと無言のアイリーンの、痛々しいものを見るような目が辛《つら》くて、ビアンカは無理やり笑顔をつくって話題を変えた。

「ルーディさん、わたしもお腹が空《す》いてしまいました。アイリーンさんも、食堂へ行きませんか？」

「ん……そうしよっか。こういう時はうまいもの食べて気晴らしするに限るよ。なぁ、姐さん？」

へにょりと、悲しそうに眉を下げてしまったルーディが、同意を求めるようにアイリーンを見る。

「ええ、そういたしましょう」

アイリーンが頷き、気を取り直したみたいに微笑《ほほえ》んでくれた。

ようやくビアンカもほっとしたが、彼女たちと大広間を出る寸前、どうしても一度だけ振り向いてしまう。

ちょうどダンゲルマイヤー侯爵と令嬢が、ヴェルナーと談笑しているのが、遠目に見えた。

その瞬間、ズキリと心臓が痛みを訴える。

(少し前だったら……)

そう思わずにいられない。ほんの少し前だったら、何も感じなかったはずなのだ。

自分が肉植物という下等な存在なのは、とうにわかりきった事。

外の世界にも様々な規則があり、国王が貴族令嬢の王妃を娶《めと》るのは、定められた事で仕方がないと、ただそう思って済んだはず。

ヴェルナーがどうしようと、自分は受け入れるだけと決めたのに、ビアンカの心臓は耐えがたくズキズキと痛む。

『庭園』を出て死ぬ時が来たと、老師に宣告を受けた時も、こんなに胸は痛まなかった。

(これが、『庭園』に背《そむ》いた罰なの……?)

『庭園』の定めた運命に背けば、たとえどこまで逃げようとも恐ろしい罰が下ると、老師たちから繰り返し説《と》かれたのを思い出す。

『庭園』にいた頃のまま、何も知らなければ、胸が裂けそうなこの痛みはなかったはずなのだ。

——愛など知らなければ……

＊＊＊

舞踏会のあと、ヴェルナーは憤慨《ふんがい》しきったルーディから、ダンゲルマイヤー父娘《おやこ》との一件を全て聞いた。

あの侯爵父娘は、昔からどちらも苦手だ。ビアンカがいなくても令嬢を妻に選ぶ事は絶対にない。

侯爵令嬢が妙に強気だったのは、娘とヴェルナーとの結婚が決まれば、持参金として領地の一部を持たせると侯爵が決めたからだろう。

領地は広範囲のうえに水晶の鉱脈がある区域で、途方もなく高い持参金には違いない。

それをチラつかせる侯爵に、令嬢と結婚をしなくとも国庫は逼迫《ひっぱく》していないと、ヴェルナーは遠まわしに告《つ》げてあしらった。

ビアンカは、まるで侯爵父娘になど会わなかったかのように、その話題を口にしない。

彼女が語った舞踏会の感想は、会場の装飾が美しく料理が美味《おい》しかったとか、ルーディの食べっぷりとアイリーンの酒豪ぶりに驚いたとか、そんな程度だ。

それでも明らかに、彼女の様子は変わってしまった。

ヴェルナーに何か尋ねられれば、きちんと返事をするし、いつもニコニコと微笑《ほほえ》んでくれるけれど、決して自分から声をかけては来ない。彼に何一つとして尋ねない。

また何も知らなかった頃へ戻ろうとしているようだ。

求婚したい相手はビアンカただ一人で、決して手離す気はない。

ヴェルナーはそれを告《つ》げて、ビアンカを安心させたくてたまらないが、まだ堪《こら》えるしかなかった。

ビアンカを王妃にするために水面下で画策はしているものの、この件にはロクサリス国の内情まで絡《から》んでいる。こちらの手札が揃うまでは、少しも気を抜けない。

今、出来るのはせいぜい……「愛している」と、何度でも告げるくらいだった。

ほのかに灯りをつけた寝室で、ヴェルナーは今夜もビアンカを抱く。

ヴェルナーの身体の下で、ビアンカは彼の視線から逃げるように顔を背《そむ》けていた。酷《ひど》く辛《つら》そうに眉根を寄せ、閉じた瞼《まぶた》から涙が幾筋も頬《ほお》を伝う。

きつく唇を噛《か》みしめた彼女は、声とともに吐息まで必死に噛み殺そうとしていた。

「ビアンカ……」

繋《つな》がったまま、ヴェルナーは彼女を抱き締めた。

舞踏会の翌晩から、ビアンカは行為の最中に、決してヴェルナーを見ようとはしなくなった。愛していると言う事もなくなった。

ヴェルナーが自分を見てくれと言えば、彼女は従順に視線を向けるし、愛していると言ってほしいとねだれば、それを口にしてくれる。

ただしその視線は、本当は何も映していないように空虚だし、微笑みながら告げられる愛の言葉も、芸を教え込まれた鸚鵡《おうむ》同然に、なんの感情も篭《こ》もっていない。

「ビアンカ、愛してる……私を見て、愛していると言ってくれ」

耳元で囁《ささや》くと、ビアンカがうっすらと目を開けた。

涙の膜が張った瞳をヴェルナーに向け、唇をフルフルと戦慄《わなな》かせつつ、微笑みの形にする。

「はい。陛下。愛しております」

虚《うつ》ろな目と、感情の欠落した声に、ヴェルナーは落胆した。

けれどそれでも、そんなものならいらないと突っぱねる事が出来ないほど、もうビアンカに溺れきっている。

形だけでも良いから欲しい。

ビアンカが以前のように幸せそうな顔をするどころか、抱かれるたびに、辛《つら》そうに涙を流すのを承知で、拒絶されないのをいい事に抱き続けている。

ヴェルナーに命じられた事を果たしたビアンカは、きゅっとまた唇を噛《か》み締めて顔を背《そむ》けた。

その顎《あご》を掴《つか》んで強引にこちらを向かせ、唇を重ねる。

柔らかな胸に手を伸ばしてこね回しつつ、硬く尖《とが》った突起も執拗《しつよう》に弄《いじ》った。

「んっ！　ん、ん……はぁっ……」

愛撫を続けるうちに、固く引き結ばれた唇が次第にほどけ、ヴェルナーの舌を受け入れる。

絡《から》まる舌の奥から蕩《とろ》けそうな喘《あえ》ぎが零《こぼ》れ、両手がおずおず伸ばしかけられた。

だが、不意にはっと表情を硬くし、手を引っ込めてしまうのだ。

まるでそうするのが、罪だとでも言うみたいに……

何も感じまいとするように身体を硬くしている姿は、腹立たしくさえあった。意地でも快楽に泣き叫ばせたくなってくる。

片手で胸の愛撫を続けながら、反対の手で細い腰を掴み、押し入れた雄で最奥《さいおう》の弱い部分を突きまわした。

「っふ……ん、んんぁっ！」

ビアンカが悲鳴のような声をあげて喉《のど》を反《そ》らし、唇が外れる。

今度は焦《じ》らすように浅く抜き差しを続けると、切なげな吐息を漏《も》らし、わずかに腰をくねらせた。

身体の反応を見れば、肉体的な快楽は十分感じているようだ。結合部から愛液が滴《したた》り落ち、敷布を濡らしている。

一息に深く突き入れると、高い嬌声《きょうせい》とともに、しなやかな背中が反った。柔らかい内部の襞《ひだ》が雄を締めつけ、離すまいと絡みついてくる。

甘く濡れた声が絶《た》え間なく零れ落ち、固く閉じた両目からも、涙が流れつづけていた。

「ん、あ、ああっ！」

エメラルドのような目が大きく見開かれ、ビアンカは快楽に昇りつめた身体をビクビクと引《ひ》き攣《つ》らせる。

溢《あふ》れる大量の蜜がさらに敷布へ染みを広げ、内部が大きく脈打っては包み込んだ雄を愛撫した。

「ビアンカ……愛している……」

目も眩《くら》むような快楽を貪《むさぼ》りながら、ヴェルナーは組み敷いた彼女に口づけを落とす。身体はとても気持ち良い。なめらかな肌も、蕩《とろ》けそうな熱い内側も、十分な快楽をくれる。

王妃の座を血眼《ちまなこ》で掴《つか》もうとする貴族令嬢が多い中、そんな地位などかえって面倒だという女性も意外といる。

ビアンカと会うよりずっと以前は、そうした一時の恋愛遊びを楽しみたいという女性と、仲良くした事もあった。

向こうも喜んでくれたようだし、ヴェルナーもそれなりに楽しい時を過ごしたつもりだ。

それがビアンカを抱いた時は、比べ物にならないほど心も身体も満たされた。初めて感じる快楽に、夢中で貪り尽くした。

それからも、彼女を抱くたびに満たされ続けたのに。

しかし、もう何もかもが違う。

「愛している……」

自分の言葉が、彼女の心に届かない事は承知だけれど、すがるように告《つ》げずにいられない。

一晩中抱き続け、もう何回彼女が達したのか覚えていないほど攻めたてる。

強すぎる快楽は、とっくに苦痛になっているだろう。しかしヴェルナーがする事を、ビアンカは何一つ拒まない。

泣き濡れた瞳は焦点が合わず、半開きになった唇から切れ切れの息を零《こぼ》してはいるが、決して拒絶しない。

自分からは何も望まず、ひたすら尽くして、言うがままになってくれる。

男にしてみれば、これほど都合のいい存在はないはずだ。

なのに、ヴェルナーの心の渇きは酷《ひど》くなっていく一方だった。

この行為が、ビアンカを追い詰め傷つけるだけだとわかっていても、やめられない。

やがて、激しすぎる行為の末に、ビアンカは気を失ってしまった。身じろぎ一つしない身体を、ヴェルナーはそっと清めてから、深いため息をつく。

（――最高の国王どころか、男として最低ではないか）

こみあげる自己嫌悪に眉を寄せ、ヴェルナーは寝台から立ちあがって窓辺に寄る。

厚いカーテンを開くと、暗い夜空に粉雪が降り始めていた。

（初雪だな……）

毎年、最初の雪が降り始めると、ヴェルナーの脳裏《のうり》には必ず、亡くした母の影がよぎる。

母が亡くなったのは、ヴェルナーがまだ三歳の時だったから、あまりはっきりとは覚えていない。

ただ、母の葬儀の最中にその年の初雪が降り、黒い棺《ひつぎ》の上にヒラヒラと白い雪が舞い落ちていったことが、やけに鮮明に記憶へ焼きついている。

十五代目国王の政策で、王領地が非常に少なくなってから、フロッケンベルク国王は代々、主要な領地を持つ国内貴族との政略結婚が習慣になっていた。

だが、なんにでも例外はある。

ヴェルナーの母は平民だった。それも裕福な家庭の出身でさえなく、早くに両親を亡くした天涯孤独《てんがいこどく》の身で、城の食堂で下働きをしていた娘だ。

当時、まだ王太子だった父と、大恋愛の末に結婚したと聞いている。

それでも父が母を側妃《そくひ》とし、離宮にでもひっそり暮らさせたうえで、当時の国王が勧めていた貴族令嬢を正式な王太子妃にすれば、大きな騒ぎにはならなかったと思う。

だが父は、自分の愛する女性以外を妻にする気はないし、その貴族令嬢に対しても形だけ娶《めと》るなど不誠実で失礼な真似は出来ないと、真っ向から縁談を断ってしまった。

周囲はもちろん大反対し、母は投獄すらされかけたらしいが、腹に子を……つまりヴェルナーを身籠《みごも》っていたため、なんとか許されたそうだ。

父が生まれつき身体が弱く、世継ぎどころか成人まで生きるのも難しいかもしれないと言われていたことも大きかった。

今後、ほかに妃を娶ったとしても、新たに子を持つ可能性は低いと医師に告《つ》げられ、祖父はしぶしぶながら、平民の母を王太子妃と認めたそうだ。

ヴェルナーの気さくで明るい性格は、母親ゆずりだと父は言っていた。

母は周囲に冷淡な視線を向けられても、いつも明るく振る舞い、王太子妃に相応《ふさわ》しい教養を身に着けようと、常に努力していたらしい。

その甲斐《かい》あり、平民出の王太子妃は、王宮内でも徐々に認められていった。

祖父もヴェルナーが生まれる頃には、すっかり嫁を気に入り、息子と引き裂こうとした事を詫《わ》びたと聞く。

だが、表には微塵《みじん》も出さずとも、母は相当に無理をしていたのかもしれない。

ふとした風邪がきっかけで寝込み、そのまままみるみるうちに衰弱《すいじゃく》していき、二度と起きあがる事のないまま、息を引きとってしまったのだ。

父は酷《ひど》く嘆《なげ》き、自分の気遣いが足りずに妻を早く死なせたと、ずっと悔《く》いていた。

本当にそのとおりだったかは、ヴェルナーには判断がつかない。

母が王家になど入らず、ごく普通の平民と結婚していればもっと幸せだったかなんて、誰にもわかる訳がない。

確かなのは、父が心から母を愛していたという事だけ。

ずっと後妻を娶《めと》らず、ヴェルナーが十四歳の時に持病の悪化で亡くなる時も、母の遺《い》髪《はつ》が入ったペンダントを大事そうに握り締めていた。

『お前もいずれ妃を迎えるが、私と同じ過《あやま》ちは決して犯すな』と、幾度も父はヴェルナーに言ったが、不思議な事に『貴族の妻を迎えろ』とは、決して言わなかった。

もしかしたら父は、息子が政略結婚を嫌っているのを見抜いていたのかもしれない。

(――父上。貴方《あなた》の結婚は過ちなどではなく、母も貴方を愛して幸せだったと、私は信じている)

粉雪の舞い散る暗《ち》い空を見あげ、ヴェルナーは胸中で亡き父に語りかける。

(しかし、約束どおり、私は貴方とは違う手段で、愛する人を手に入れる)

寝室は城の四階にあり、街並みが一望出来た。

すでに広場から隊商の馬車は全て消え、仕入れ荷とともに極秘任務を積み込んだバーグレイ商会も、先週にこの地を発《た》った。今回はルーディも同行している。

ヴェルナーはカーテンを閉め、こんこんと眠るビアンカを起こさぬように、そっと寝台へ戻った。

＊　＊　＊

その頃、冬に守られ始めたフロッケンベルク王都から、山を一つ越えたロクサリス王国では——

巨大な温室となっている魔術師ギルドの『庭園』内には、いくつかの建物がある。中でも一際《ひときわ》立派な建物は、老師のみが出入りを許されている特別な研究棟だ。

その老師たちが集まった一室で、一人の若い男が怒りくるっていた。

「この非常事態は、全部あの馬鹿王子どものせいだ！　どちらが悪いかだと⁉　どちらも悪いに決まっているだろうが！」

声を荒らげているのは、まだ二十代も半ばの若い老師、エルンストだ。ブロンズ色の柔らかい髪を肩まで伸ばし、非常に端整な顔立ちをしている。

老師とは魔術師ギルドの高位の者を表す尊称であり、決して年老いた者ばかりではない。

今、この部屋に集まっている老師の中で、最年少であるエルンストは飛びぬけて若かった。

しかし、彼は若く美しいに違いないが、その顔には傲慢《ごうまん》で残忍そうな色が宿り、特に怒りで表情を歪《ゆが》めている今は、いっそう危険な雰囲気を強めていた。

エルンストは椅子から立ちあがると、老師だけに許された刺繍《ししゅう》が入った深緑のローブを翻《ひるがえ》し、会議用のテーブルを拳《こぶし》で叩く。

「いささか口が過ぎるぞ。少し落ち着かんか、エルンスト老師」

卓の向かいに座っている、髪も髭《ひげ》もすっかり白くなった老師が、年若い同僚を宥《なだ》めた。

「落ち着いて、じっとしていれば事態が収束するとでもお思いでしょうか？」

傲然《ごうぜん》と言い返すエルンストを、やや諦めの目で年配の老師は眺めた。

最年少記録で老師の地位を獲得したエルンストは、王族にも匹敵《ひってき》する魔力を持ち、またそれを十分に使いこなす才覚の備《そな》わった、自他ともに認める有能な男だ。

ただ、溢《あふ》れるほどの才能に恵まれ、挫折《ざせつ》らしい挫折もしないで来た彼は、魔力を持たない者どころか、自分以外の全てを見下している部分がある。

年配の老師はため息をつき、皺《しわ》だらけの手で、ローブの上から痛む胃の腑《ふ》を擦《さす》った。

エルンストが激怒しているように、彼もまた怒りと、それ以上に呆れた気持ちを抱え込んでいるのだ。

ロクサリス王室内では今、とある問題が持ちあがっていた。

老齢の王が、二人の息子のどちらを次期王にするか、決めかねているのだ。

数年前に亡くなった王妃には子がなく、王子たちの母はどちらも、それぞれ別の側妃《そくひ》だ。

母である側妃たちが犬猿の仲である事も影響してか、王子たちは子どもの頃から非常に仲が悪く、何をするにも互いに足を引っ張り合う。

どちらの王子も、普段はそう無能でもないのに、相手の事で頭に血が昇ると、周囲を唖然《あぜん》とさせるような愚《おろ》かな行動をとるのだ。

そこで王も悩み、決められずにいるという訳だった。

王には、亡くなったほかの側妃との間にもう一人子どもがいるが、この子は五歳の女の子なので、蚊帳《かや》の外に置かれている。

とにかく、困った二人の王子どちらかが次期国王となるのだが、この王位継承争いは、魔術師ギルドの中にも深い亀裂《きれつ》を作った。

ロクサリス国では、建前こそ王家を頂点としているが、政治の実権を魔術師ギルドが握って久しい。

現王は、即位時にほかの継承候補者もおらず、王座についてから数十年、従順に魔術師ギルドの幹部である老師たちに従ってきた。

だから老師たちも、甘い汁を十分に吸いながら、傀儡《かいらい》の国王を大事に飾っておいたのだ。

ところが、王位を争う二人の王子たちには、母方の親族にそれぞれ老師がいる。

もともと、魔術師ギルドの中でもいくつかの小さな派閥があり、細かな諍《いさか》いもあったが、これがきっかけで第一王子派と、第二王子派に大きく派閥が分かれてしまったのだ。

この半年以上の間、魔術師ギルドの老師たちも、王子たちの愚《おろ》かさが伝染したかのように、互いの足を引っ張り合っていた。

胡散臭《うさんくさ》い連中を使って使節団を形成し、フロッケンベルクの王へ毒姫を送り込むように指示したのが、誰なのかも判断がつかないほどだ。

毒姫の手配をしたのは第一王子派の老師なのだが、彼は第二王子派の老師から指示されただけだと言い張るし、この緊急会議に集まった彼らは『言った』『言わない』の不毛な言い合いばかり。

第一王子が手柄目当てに愚かな策を練ったのか、第二王子が兄を嵌《は》めようと、愚かな策を仕組んだように見せかけたのか……

「もはや、どちらが毒姫を送れと言ったかなど、責任の押しつけ合いをしている場合か！　とにかくその毒姫を始末するのが最優先だろうが！」

エルンストが吐き捨てて、もう一度テーブルを殴った。

最年少の老師であるエルンストの態度に、ほかの老師たちは鼻白《はなじろ》んだが、反論は出来なかった。彼の言い分は、もっともだったからだ。

問題なのは、その毒姫が王の命を奪うでもなく、失敗して自害するでもなく、解毒治療を施《ほどこ》され、フロッケンベルク王ヴェルナーの寵愛《ちょうあい》を受け生き延びているという事だ。

これは、老師たちにとって、悪夢にも等しい、最低最悪の事態であった。

肉植物に、『庭園』の重要な秘密を教えてはいないが、万が一にも余計な情報が漏《も》れると、この国は非常にまずい事態になる。

しかも、毒姫が生きていると報告が入ったのは、娘が献上された日から三ヶ月経った今日になってやっと。

これもまた、再三にわたって『庭園』が送り込んだ諜者《ちょうじゃ》たちが、派閥争いの末、互いに妨害を重ねた結果だった。

「年ばかり無駄に食った貴殿《きでん》らに、もう任せておけるか。今から急げば、雪に埋もれる前にフロッケンベルクへ着けるだろう。私がなんとか始末をつける。宜《よろ》しいな⁉」

語気も荒く、エルンストはほかの老師たちを睨《にら》み渡した。

困惑や苛立ちを表情に滲《にじ》ませ、無言で視線を交わし合っている年長者たちを、フンと鼻で笑い飛ばす。

「どなたからも反対意見は出なかったのだから、満場一致とさせていただく！」

エルンストは部屋を飛び出し、階下にある広い保管室を訪れた。

この階全てを使った広い保管庫には、天井まで届く書類棚が何列も並んでいる。

どの棚も、紐で綴《と》じられた分厚い書類束がぎっしりと収められていた。

これらは全て、『庭園』の所有する肉植物に関する書類だ。

肉植物たちには、極力自我を持たせないために、名前は用途ごとに分けた品名しか与えていない。

だが、実験材料に使うのに、まったく判別がつかないというのは困るので、個々の容姿や特徴、性格などの情報を細かくまとめ、こうして保管してあるのだ。

書類は年代や用途ごとにきちんと整頓されており、エルンストはやがて目当てのものを見つける。

「毒姫……十八年前……これだな」

エルンストは書類束を一冊取り出し、じっくりと読む。それから、書類束に挟まれていた防水布を取り出した。布を縛っていた紐を解くと、中には赤子のものと思わしき、栗色の淡くて細いふわふわした毛髪が少量入っている。

これはフロッケンベルクに送られた、例の毒姫が赤子だった頃の髪だ。どの毒姫からも全て、最初の毒を与える前に髪を少量切りとり、彼女たちが生きている間は厳重に保管されている。

本来は、死んだ時に成分を比較研究するためのものだが、エルンストはほかの目的でこの髪を使うつもりだ。

（この髪さえあれば、有効範囲内に近づくだけで、役立たずの裏切り者に幽体《ゆうたい》魔法を送れる）

ニタリと口の端を歪《ゆが》ませ、エルンストは再び髪を布に包んで慎重に懐《ふところ》へしまった。

目当ての相手のところへ、それこそ幽霊のごとく出現出来る魔法がある。

相手と喋る事は出来ても、触れ合ったりは出来ない。また、ほかの者には、術者の声は、まったく聞こえないし、姿も見えないのだ。

ただ、この魔法は非常に難しく大量に魔力を消費するうえ、相手の爪か髪を持っている事と、ある程度の距離内に相手がいる事という条件を揃わせなくてはいけない。

ここからはフロッケンベルクの王城にいる毒姫のところまで幽体を飛ばせないが、城の近くの宿にでも入れば十分だ。

フロッケンベルクへ潜入するのに、もう少し必要なものを揃えるべく、エルンストは建物を出て、魔法灯火《ともしび》のついた薬草園を急ぎ歩く。

もうかなり遅い時刻であったが、薬草園では夜番の肉植物が何人か働いていた。

道を横切る時、エルンストは危《あや》うく一人の肉植物の少女とぶつかりそうになる。

「どけ!」

「も、申し訳ございません!」

怒鳴られた少女は青ざめて飛びのき、慌《あわ》てて深々とお辞儀《じぎ》をする。少女に一瞥《いちべつ》もくれず、エルンストは大またで歩き去った。

(……事が無事に済んでも、来年の雪解けまでは、あの王都に潜《ひそ》まねばならないのか。どこまでも忌々《いまいま》しい場所だ)

エルンストは苛立たしげに胸中で呟《つぶや》き、魔力で造った半透明の天井を仰ぐ。

夜空には、血のように赤い不気味な月が光っていた。

＊＊＊

初雪は昼夜を問わず降りつづけ、数日後には、フロッケンベルク王都は全体が雪景色となっていた。

寒風が毎日吹き、夜になればさらに気温が下がる。吐く息がたちまち凍りつくほどだ。

今夜もかなり吹雪《ふぶ》いていたが、北国の住居は寒さへの対策を万全に整えていた。

城の寝所も十分に暖かく、ヴェルナーに抱かれているビアンカは、全身にしっとりと汗を浮かばせていた。

「ぁ……う……っ」

ヴェルナーに硬く尖《とが》りきった胸の突起を吸われながら、片手でもう片方の突起を、逆の手で下肢《かし》を嬲《なぶ》られる。

与えられる快楽から逃れようと、ビアンカは歯を食いしばるが、濡れた吐息と堪《こら》えきれない嬌声《きょうせい》が漏《も》れた。

すでに何度も昇りつめていた身体はすっかり過敏になり、執拗《しつよう》な愛撫にビクビクと身を引《ひ》き攣《つ》らせる。

（わたしは、ただの献上品！　陛下に、望まれた事をするだけ！　わたしが何かを望むなんてだめ！）

両手で敷布を握り締め、硬く目を瞑《つむ》って、心の中で唱え続ける。

舞踏会のあと、ビアンカはこれではいけないと思った。

ヴェルナーを、かけがえのない存在と感じるほど愛するようになったのだから、彼の幸せを、前よりももっと喜べると信じていた。

けれど、自分の心は驚くほど貪欲にヴェルナーを求めるようになってしまった。

彼がいずれ王妃を娶《めと》ったら、自分は離れなければいけない。だが、想像しただけでも、辛《つら》くてたまらない。

それが現実になってしまったら、果たして自分は耐えられるのか……ヴェルナーの幸せな結婚を喜べなかったら、彼に酷《ひど》く迷惑をかけてしまう。

その前に、元に戻ろうと思った。愛しているという言葉に、何も感じなかった頃に。

けれど、上手くいかない。

「ビアンカ……愛している」

ヴェルナーが身を起こし、ビアンカを抱き締めて耳元で優しく囁《ささや》く。

「……っ」

思わず喜んでしまいそうになり、ビアンカは慌《あわ》てて唇を噛《か》み締めた。

彼に名を呼ばれれば、嬉しくて胸が高鳴るし、触れられれば、どうしようもなく幸せになってしまう。

——そして、これを失いたくないと、辛くなる。

目の奥がじわりと熱くなり、零《こぼ》れ落ちる涙が止まらない。

毒姫でなくなってから、涙を堪《こら》える必要がなくなったせいか、随分とよく泣くようになってしまった。

「ビアンカ、こちらを向いてくれ」

濡れた頬《ほお》を、そっと指先で拭《ぬぐ》われた。ビアンカが顔を向けると、唇を塞《ふさ》がれる。

「ん……ん……」

甘く甘く口づけられ、思考が蕩《とろ》けていく。

だめだと、何度も自分に言い聞かせるのに、全てぐずぐずに溶かされる。

一度齧《かじ》ってしまった禁断の果実は、蕩けるほど甘美で中毒性があり、それなしでは生きていけなくなる。

『庭園』の肉植物でしかないビアンカは、決してヴェルナーの愛情を望んではいけないのに……


――翌朝になると、雪はすっかり降りやんでいた。久しぶりに雲一つない青空が広がり、地面にはキラキラ輝く雪が厚く積もっている。

あまりに良い天気なので、ビアンカは朝食のあと、中庭を少しだけ散歩する事にした。

今日の午前中は、国事の授業があるが、先生が来るまでまだ時間がある。

「それは良いですね。寒くても、ちょっとくらいは外に出るほうが、お身体にもようございますもの」

マグダはとても嬉しそうに、厚手のコートと、内側に毛皮の張られた暖かいブーツを持ってきてくれた。

舞踏会のあと、日ましに顔色が悪くなっていくビアンカを、マグダはとても心配しているみたいだ。

なるべく彼女に心配かけぬよう、ビアンカも精一杯明るく振る舞おうとする。けれど、誰にも吐き出せない悩みが胸につかえ、重量を増していくばかりだ。

マグダのつきそいを、すぐ戻るからと断り、ビアンカは一人で出る事にした。

外は、どこもかしこも分厚く雪が積もっていたが、玄関から正門や中庭へは雪に埋もれず通れるように、兵士たちがせっせと雪搔《ゆきか》きをしてくれている。

「まぁ……」

外に出たビアンカは、今出てきた城の本棟を見あげて、思わず感嘆の声を漏《も》らす。

晴天の下、青銀の尖《とが》った屋根に雪を載せた城は、いつかヴェルナーの言ったように、素晴らしく美しかった。

今は距離が近すぎるから、見えるのは城の一角だけだ。街にでも出て城の全体を眺められたら、もっと素晴らしいだろう。

ビアンカは首が痛くなるほど顔を上げ、しばし美しい城の姿に見惚《みほ》れた。

（もう十分。満足するべきよ……）

心の中で、自分に言い聞かせる。

本来なら、夏に枯れるはずだった身で、この素晴らしい光景を見る事が出来た。ほかにもたくさん、本当にたくさんの、素晴らしいものを見て、知った。

……こんな素晴らしい事が、ずっと続くように望むのは、すぎた望みというものだ。

夏にボール遊びをした庭は、すっかり雪に覆《おお》われてしまっていたが、使用人の子どもたちが雪で人形や兎《うさぎ》をつくったり、雪合戦をしたりして遊んでいた。

使用人棟に住む子どもたちも、今の時期は毎日近くの学校に通っているのだが、今日はお休みの日らしい。

「ビアンカ様、一緒に遊ぼう！　これから雪合戦するんだよ！」

ビアンカを見ると、遊んでいた子どもたちが、雪を掻きわけて走り寄ってきた。

「ごめんなさい。せっかくだけれど、お勉強があるの」

小さな友だちの誘いを断っていると、ビアンカのコートの袖を、後ろからつんつんと引っ張る者がいた。

「ビアンカ様」

振り向くと、袖を引っ張っていたのはロットン少年だ。

寒さで鼻を赤くしている男の子は、毛糸の手袋をはめた手に、短い木の枝を持っている。

「見てよ。学校で習ったんだ」

今年から学校に通い始めたロットンは、得意げに言うと、枝で足元を示した。

綺麗に積もった雪の上に、枝先で書いたらしい文字がある。

「まぁ、とっても上手に書けているわ」

雪になぞられた文字は、達筆とまではいかないが、かなり綺麗な形になっている。

ビアンカがパチパチと拍手をすると、ロットンは嬉しそうに顔を緩《ゆる》ませた。

「ハロルド・グランツ……？　学校の先生か、お友だちの名前なの？」

足元に記されている、聞いた事のない名前を尋ねた途端に、ロットン以外の子どもたちがいっせいに大笑いした。

「ハロルドは俺の名前だよ！　ロットンはあだ名！」

顔を真っ赤にしてロットンは怒鳴り、不貞腐《ふてくさ》れた顔でそっぽを向く。そして拗《す》ねたような声で言った。

「もう学校に行くくらい大きいんだからさ。よちよち歩きの頃からのあだ名じゃなくて、普通に呼んでほしいんだけど、皆変えてくれないんだよ」

「そうだったのね、ごめんなさい。でも、名前を二つ持っているなんて素敵だわ。わた

しの名前は一つだし、同じ名前の女の子が周りにたくさんいたから……」

ビアンカがおずおずと声をかけると、ロットンは視線だけチラリとそちらに向けた。

「そう思う？」

「ええ！」

熱心にビアンカが頷《うなず》くと、ロットンは一瞬だけニカッと顔中で笑う。そして、急にしかめっ面《つら》になった。

「じゃ、しばらくロットンでいいよ」

そう言い、プイとまた横を向いてしまう。

ロットンは、こういう妙なところがある。

けれど、別に怒っている訳ではなさそうだし、ビアンカも夏の間にすっかり慣れた。

「そろそろ先生がいらっしゃるから、わたしは戻るわね」

ビアンカは子どもたちに別れを告《つ》げ、来た道を戻り始める。すると――

「ビアンカ様！」

中庭を出て少ししたところで、ロットンが白い息を吐きながら駆け寄ってきた。

彼は辺りをキョロキョロ見渡し、誰もいないのを確認すると、ビアンカに手招きする。

「あのさ……ちょっと、秘密の話だから」

「なにかしら？」

ビアンカの胸ほどまでの背丈しかない彼に、身体を傾《かたむ》けて耳を貸す。ロットンは彼女の耳に顔を寄せ、ヒソヒソと囁《ささや》いた。

「もし、誰にも内緒で外に遊びに行きたくなったら、俺に言ってよ。協力するから」

「……え？」

「ビアンカ様、この前からなんだか元気がないみたいだし……陛下だって、たまに変装してこっそり外に遊びに行ってるの、俺はちゃんと知ってるんだから」

思いがけない言葉に、ビアンカは驚いたものの、ヴェルナーがお忍びで出歩く趣味があると、前にアイリーンから聞いたのを思い出した。

「貴族や王族もけっこう大変だって、母さんたちからよく聞くよ。だから俺、陛下が遊びに行くのは秘密にしてるんだ。けど、ビアンカ様が遊びに行けないなら不公平じゃないか」

「ええと……でもね、わたしは献上品なの。貴族でも王族でもないから、陛下と同じにには……」

戸惑《とまど》いながら答えると、ロットンは思いきり眉をひそめた。

「その献上品って、たまに聞くけどおかしいよ。ビアンカ様は、『もの』じゃなくて人間だろ」

「……」

率直に言われた言葉に、声がつまって、何も答えられなかった。

「それに、陛下が大好きな人なんだから、ビアンカ様も陛下の仲間でいいじゃないか」

「……ありがとう」

ビアンカは素早く踵《きびす》を返し、小走りにその場を立ち去った。

――もうこれ以上、口を開いたら、この場で大泣きしてしまいそうだったから。

授業に遅れるのではないかと、ビアンカは少し焦って部屋に戻ったのだが、意外な事にマグダから、授業はお休みになったと聞かされた。

「先生は風邪で熱を出されたそうで、先ほど使いが来ました。この時期は急に冷え込みますから、体調を崩される方が多いんですよ」

ビアンカも最近、元気がないようだから医者に診てもらってはどうかと、マグダが勧めるのをなんとか断った。

とにかく午前中は自由に過ごして良いと言われ、ビアンカは中庭に戻ろうかとも思ったが、結局やめた。

ロットンの厚意はとても嬉しかったけれど、甘えてしまいそうだ。

しばし考えた末、城内の一角にある温室に足を向けた。

立派な温室は、ロクサリスの『庭園』の規模には到底及ばなくとも、それなりに広い。上部はやはり、魔法の透明な屋根が覆《おお》っていた。『庭園』とまったく同じようなこの屋根は、魔道具によって形成されているそうだ。

勉強の合間など自由時間に、ビアンカはたびたびここへ来ていた。

温室は、嫌な思い出のある『庭園』を連想させるのではないかと、ヴェルナーは心配したようだが、意外にもここはビアンカに安らぎをくれる。

ここは生まれ育った『庭園』に似ているようで、まったく違う。

薬草や樹木を手入れする庭師と助手たちは、熱心に仕事へ取り組み、そこに怯《おび》えや緊張はない。

休憩時間には飲みものを片手に談笑しているし、以前にビアンカが思いきって話しかけたら、とても快《こころよ》く仲間に入れてくれた。

その時に摘《つ》んでもいい花や香草の場所を教わったのだ。

『庭園』で見慣れた薬草も多数あったが、手袋越しでなく、素手で触れる感触は新鮮だった。

今日は助手たちが、朝から雪掻《ゆきか》きに駆り出されているそうで、広い温室にいるのは老人の庭師が一人だけだ。

春のように暖かい温室内を、すくすく育っている草花を眺めながら、ビアンカはゆっくりと歩く。

どこか、ぼんやりとしていたせいだろう。いつの間にか、いつもは行かない温室の奥にまで来ていた。

(え……あれは……)

膝《ひざ》くらいまでの高さがある柵に囲われた一画で、見慣れた青紫の花が目に入り、ビアンカは青ざめる。

「ビアンカ様、そこは入らねぇでくださいよ」

不意に声をかけられて振り向くと、庭師が汗を拭《ふ》きながら追いかけてきていた。

「そっちは毒草園でさ。毒草ばっかりで、アコニトもたんまり生えてる」

「アコニト……」

自分を毒姫にし、ずっと毎日かかさずに呑んでいた植物の名前が、今はとてもおぞましく感じる。

わずかに声が震えたが、幸いにも庭師は気がつかなかったらしい。

「元は暑い国から来た草で、あっちじゃたしかビーシュって呼ばれてるらしいですぜ。なかなか綺麗な花だが、後生ですから、摘《つ》んでったりしねぇでくださいよ」

「どうして……毒草を育てているの？」

何度も唾《つば》を呑み込み、ビアンカはようやく小さな声で尋ねた。

考えてみれば、ヴェルナーは簡単にアコニトを入手出来たからこそ、ビアンカの治療にも使えたし、治療が嫌なら与え続ける事も出来ると言ったのだ。

でも、もう毒姫を造っていないという国で、なぜまだこんな嫌なものが育てられているのか……

余計な質問などしないと決めたはずなのに、聞かずにはいられなかった。

ビアンカの問いに、庭師はうんうんと頷《うなず》く。

「そりゃおっかない毒草だがね、使いようによっちゃ良い薬になるんでさ」

「え!?」

ビアンカが目を丸くすると、庭師は胸のポケットを軽く叩いた。

「良い悪いも使い方次第って事ですなぁ。わしも心の臓が悪くて、この草で造った薬の世話になっとるんですから……さて、そろそろ仕事に戻らんと」

呆然としているビアンカを残し、庭師が去ろうとした時だった。

——ビアンカの目の前で、空気がゆらりと揺らめいた。

ビアンカと庭師の間へ、深緑色のローブを着た一人の若い男が忽然《こつぜん》と姿を現した。

「ひっ！」

『庭園』で最も若く、最も恐ろしい老師——エルンストを前に、ビアンカは思わず引《ひ》き攣《つ》った悲鳴をあげる。

『一声もあげるな！　黙ってその場に立っていろ、動く事は許さん！』

鋭いエルンストの声に、ビアンカは反射的に服従する。ヒクヒクと喉《のど》を震わせ、それ以上の悲鳴を無理やり呑み込んだ。

両足を揃えて背筋を伸ばし、両手を身体の横につけて直立不動の姿勢をとる。

（なぜ、エルンスト老師様が……）

エルンストの姿は半透明で、足はわずかに宙から浮いている。まるで亡霊のようだ。

『自らの運命をおろそかにした、愚《おろ》かな裏切り者め』

ぞっとするような目つきで、エルンストがビアンカを睨《にら》みつける。

「ビアンカ様!?　一体どうなすったんですか？」

慌《あわ》てて駆け寄ってきた庭師が、蒼白で立っているビアンカと、彼女が見つめている先を、交互に眺めた。

「なんも、変わったもんはありませんぞ。気分が悪いようなら、すぐ医者を呼んできますから、とにかく座りましょう」

『私の姿はお前にしか見えない。何もないから、少しここで一人にしてくれと、そいつに言え』

「……なんでもありません。少し、一人にしてください」

ビアンカは強《こわ》ばった声で、必死に命じられたとおりの言葉を吐く。

「そ、そうですか……じゃ、わしはあっちにいますから、何かあったらすぐ声をかけてくださいよ」

気のいい庭師は、首をひねりつつも立ち去ってくれ、ビアンカはほんのちょっとだけ安堵《あんど》した。

しかし、すぐにエルンストの恐ろしい声に責められ、身体に恐怖が注《そそ》ぎ込まれる。

『フロッケンベルクの王を殺すのが、貴様の使命だったはずだ。それを忘れ、敵の懐《ふところ》で安穏《あんのん》と生き延びられると思ったのか？』

ビアンカの全身にじっとりと冷や汗が浮かぶ。ガクガク震える膝《ひざ》が崩れそうになるのを懸命に耐えた。

暖かい温室の空気が、重苦しく粘ついた毒煙で満たされてしまった気がする。

『毒の抜けた貴様など、なんの役にも立たんクズ以下だが……フロッケンベルクの王と寝所をともにしているそうだな。答えろ！』

「はい！　そうです！」

鞭《むち》のような声に昔の習性を呼び起こされ、逃げ出す事も出来ぬまま、ビアンカは即座に答える。

『ならば、どんな手段を使っても、一週間以内に王を殺せ』

「っ!?」

目を大きく見開き、ビアンカは声も出せずに、口をパクパク開け閉めする。

追い討ちをかけるよう、エルンストの冷酷な声が続いた。

『出来なければ、失態をおかした貴様を改めて処分するのはもちろん、庭園に残るほかの肉植物にも責任をとらせよう』

端整な顔立ちの青年魔法使いは、酷薄《こくはく》そうな薄ら笑いを浮かべた。

『貴様はどうも、ほかの肉植物と親しくなろうとする悪癖があったそうだな。隠しきれていると思ったのか？』

「そんな！　違います！　親しくしていた者など……」

『……違う？　下等なお前が、私より正しいと言う気か？』

「い、いいえ。申し訳ございません」

『まだ生きているのはたしか、ロッソとヴィオレッラに各三人、ゲルブに五人、ビアンカに二人……ビアンカは使えないが、ほかの者は使えるぞ』

何に使えるのか、恐ろしくて尋ねる事も出来ないまま、ビアンカは生唾《なまつば》を呑み込む。

『お前が王の暗殺を躊躇《ためら》えば、一週間を一日遅れるごとに、一人ずつ『苗床』にする』

予想していた中で、一番おぞましい罰に、ビアンカは卒倒《そっとう》しそうになった。

『冬に閉ざされたこの地からでも、伝令魔法なら『庭園』へ即座に送れるのだぞ。嫌ならば、王を一週間以内に殺して自分も死ね。愚《おろ》かな肉植物が、『庭園』から逃げられると思うな』

大きく嘲笑《ちょうしょう》し、残虐《ざんぎゃく》きわまりない老師の姿はすぅっと消えてしまった。

うららかな温室の地面に座り込んだまま、ビアンカは魂を抜かれたように呆然としていた。


ビアンカが薄く目を開けると、見覚えのある天井が視界に飛び込んだ。

「え……」

いつもヴェルナーと使っている寝室ではない。解毒治療を受けていた、あの客間だ。

（どこからどこまでが、本当だったの……？）

はっきりしない頭で、思い出そうとする。

たしか自分は、温室にいたはずなのに。そして、エルンストが……

もしかしたら、まだ自分は毒姫のままであり、愛の幸せも苦しみすら、中和剤の苦痛が見せた夢だったのだろうか……？


「……ビアンカ」

不意にかけられた静かな声に、はっと意識が鮮明さを取り戻す。

気がつけば寝台の傍《かたわ》らに置かれた椅子に、ヴェルナーが腰かけていた。

「温室で倒れていたんだ。覚えているか？」

そう尋ねた彼は、声こそ苦しげで心配そうなものの、不思議なほど無表情だった。

「はい」

ビアンカは上体を起こし、震える声で小さく答えた。やはり自分は温室にいて、今までの事も全て現実だったのだ。

「いつか、君がその悩みを抱えると思っていた」

「……え？」

突然告《つ》げられたヴェルナーの言葉を、ビアンカは思わず聞き返す。

「倒れたあと、『庭園の皆を助けてくれ』と、何度もうわ言を言っていた」

ビアンカは黙って俯《うつむ》き、視線をシーツへ落とす。

実のところ、ヴェルナーに抱いてしまった愛とともに、以前から密《ひそ》かにビアンカを苦しめていた感情は、もう一つあった。

『庭園』では、ほかの者と必要以上に親しくするのを禁じられていたが、それでも相性の良い者は何人かいた。

彼らも『庭園』のために使い捨てられる運命であり、突然いなくなる事もよくある。ずっとビアンカは、それを仕方ないと思っていた。

だが……今では違う。

不可能だと思っていた、『庭園』の外で生きつづける道を知ってしまった。

良い事ばかりではなかった。解毒治療は辛《つら》かったし、ヴェルナーに抱いてしまった愛は、今も苦しくてたまらない。

それでも、老師の気分一つで無残に弄《もてあそ》ばれ、無情に使い捨てられるのと、どちらが苦しいのだろうか……？

未だ庭園にいる肉植物たちが、酷《ひど》い目にあわされていなければ良いと、切実に願うようになっていた。

彼らは規則どおりに、いなくなった毒姫をすっかり忘れているだろうけれど……それでも、彼らはビアンカの仲間で、外で言われるそれとは少し違うけれど『家族』のようなものだ。

（しかも……『苗床』だなんて……）

『苗床』という処罰は、『庭園』で最も恐れられる厳罰。最下層にある地獄へ落とされる事を意味する。

処罰を受ける者は手足を拘束されたまま横たえられ身体の半分を土に埋め込まれたあと、何ヶ所にもマンドレイクの種を植えつけられるのだ。

マンドレイクの根が全身の神経に絡《から》みつき、養分を吸いあげられる苦痛は、耐えがたいものであり、苗床にされた者は常に叫び続ける。

マンドレイクが引き抜かれる時にあげる死の叫び声は、それが凝縮したものだと言われていた。

そして『苗床』の、最も恐れられる理由は、死ねないところだ。

老師たちに栄養剤を点滴され、どんなに苦しくても生かされる。

大抵の者は数日もたずに正気を失うが、マンドレイクが育つまで何年も、庭園の最下層で叫び声をあげながら生きつづけるのだ。

肉植物は誰でも一度はその姿を見せられる。老師に対する恐怖を植えつけ、命令に従わせるためだ。

さすがのマンドレイクも、毒姫の身体では枯れてしまうから、ビアンカは苗床にされる心配はなかった。

だが昔、交配専用の少女ヴィオレッラの一人と親しくなりすぎた時、ほかの老師から同じような事を告げられた。

『お前がこれ以上あのヴィオレッラと親しくするのならば、お前の代わりにあやつが罪を償《つぐな》い、苗床とされるのだ』

幼いビアンカにもそれは理解出来、酷《ひど》く応《こた》えた。

それ以来、老師に反抗しようなどという気持ちは、根こそぎ摘《つ》みとられてしまったのだ。

そのヴィオレッラがとても好きだったけれど、二度と彼女と口をきかなかった。

あの時の恐怖が、蘇《よみがえ》る。かけられていた毛布を握り締めるビアンカの指は、血の気を失い真っ白になっている。それを無言で眺めていたヴェルナーが、ようやく口を開いた。

「どれだけ非道な事をしていようと、『庭園』はロクサリスのものだ。フロッケンベルク国王である私は一切の口を出せない」

常の柔和さを全てそぎ落とした、冷徹な声と内容だった。

「……」

ビアンカは声を失い、ヴェルナーを見つめた。

無意識に、自分は甘い考えを抱いていたようだ。

何度もわたしを助けてくれたこの人なら、きっとまた助けてくれると……

「暗殺目的で君を送り込んできたように、ロクサリスは昔から、フロッケンベルクとの戦争を望んでいてね。迂闊《うかつ》な真似をすれば、即座に全面戦争になるだろう」

「戦争に……」

「ああ。国境のバルシュミーデ領が真っ先に攻め込まれるだろうな。それを確実に防ぐには山間部で迎え撃ち、向こうの国境領地まで攻め入って戦うしかない。どちらかの領民に多数の犠牲者が出る。だから、私も父も祖父も、ロクサリスとの戦いを避けていた」

ヴェルナーは無表情のまま、淡々と告《つ》げる。

「我が国は、各国に傭兵《ようへい》軍を派遣し、それで経済を保っている。だが、どこの国と契約する時も、市街戦には決して参加させないという規約は守らせている。どれほど兵に厳命しようと、市街地での戦いで市民が無害で済むことなど、有り得ないからだ」

「市民は……兵とは、違う人間なのですか？」

思わず、ビアンカは尋ねてしまっていた。

城で働く者の夫や息子にも傭兵はいる。夏の終わりとともに、また戦場へ出かける彼らと別れを惜しむ城の者の姿を何度か見かけた。

傭兵は、もちろん戦場で剣を振るい人を殺すのだろうが、それでも家族と笑い合う彼らは、普通の人間に見えた……

「そうだな。痛いところを突かれた。兵も一般市民も王侯貴族も、同じ命だ。相手が兵なら殺して良いという私の主張は歪《ゆが》んでいる」

傭兵国家の若い君主は、怒るでもなく自嘲《じちょう》気味に苦笑した。

「だが、世の中に完全無欠な正義と悪など存在しないし、生きるためには奪わなくてはいけないのだよ。だから私は、自分勝手な見解のもとに線引きをし、せめてそれだけは越えないようにしている」

今度こそ、返す言葉もなくビアンカは俯《うつむ》いた。

ビアンカが『庭園』の仲間を助けたいように、ヴェルナーも自分の国民を守りたいのだ。『庭園』の仲間を救うため、大勢の民を殺して戦争をしてくれなどと、頼めるはずもない。

「……子どもの頃、生まれた時から鳥籠《とりかご》で育った鳥に、外の世界を体験させてやりたいと、外へ持ち出した事がある」

唐突に、ヴェルナーはまったく別の事を話し出した。

昔を思い出すような口調で、ぽつりぽつりと呟《つぶや》く。

「鳥は喜んでいるようだった。気分が良かったよ。自分がとても善人になれた気がした……一瞬後、忍びよった猫に鳥が食い殺されるまでは」

「死んでしまったのですか……」

「ああ。城の者は事情を知ると、私を慰《なぐさ》めてくれた。猫が悪い、もしくは運が悪かったと言ってね」

「わたしもそう思います」

素直に頷《うなず》いたが、ヴェルナーは首を振った。

「いや、猫も運も悪くない。鳥は飼育用に羽根を切られて満足に飛べなかったし、ずっと室内育ちで外敵を見た事がなかった。そんな鳥を無防備に野放しにする危険を、私は考えもしなかったんだ。身を守る術《すべ》を知らない者を無責任に殺したのだと、亡き父だけは私を叱《しか》った。目先の情に流されるのは国王として失格だと……」

「厳しいのですね……」

「そうだな。誰かの命運を変えたければ、それがもたらす危険も考えるべきだと、あの時に学んだ」

「……はい」

ビアンカは消え入りそうな声で頷いた。

国王として、彼は、後先の危険を考えずには動けない。『庭園』の命を無闇《むやみ》に救おうとすれば、ほかの大勢の命が犠牲になると、重ねて言いたかったのだろうか。

しばし、二人はどちらも口を開かなかった。

数分の沈黙のあと、ヴェルナーが椅子から立ちあがる。

「今夜からしばらく、またこの部屋を使うといい。相当無理をさせてしまっていたようだし、私もこれ以上、自分の決心を揺るがす訳にはいかない」

5　初めて考える

解毒治療で長らく過ごしていた部屋に、ビアンカは再び篭《こ》もるようになった。

表向きは、慣れない冬の寒さで体調を崩したという事になっているようだ。授業は全て休みとなり、食事もまたこの部屋でとるようになった。

部屋にはマグダが世話をしに来るだけだ。ヴェルナーが訪ねてくる事はなかった。

(陛下を殺すなんて……でも、庭園の皆が『苗床』にされる……)

ビアンカの頭の中では、その二つだけがずっとグルグルと周っている。

どちらを殺すかなど、選びたくない。考えられない。

ぼんやりとしたまま、座ったり立ったりを繰り返し、マグダに勧められてほんの少し食事をとり、椅子や寝台でいつの間にか眠り、泥人形のように、ただ生きていた。

そして五日目の夜。

虚《うつ》ろに暖炉の火を眺めていたビアンカの前に、半透明のエルンストが再び姿を現した。

「っ！」

ビアンカは椅子から飛びあがるようにして、両手両足を揃えて起立する。

半透明の身体に暖炉の炎を透《す》かしたエルンストは、それこそまるで地獄からの使者のように見えた。

『まだ何もやっていないのか』

忌々《いまいま》しげに舌打ちをしたエルンストに、ビアンカは深々と頭を下げた。

「申し訳ございません。実は……」

藁《わら》にもすがる思いで、温室で命令を受けた直後からヴェルナーと寝所を別にされ、この数日は会う機会もないと告《つ》げる。

『なんだと？』

エルンストも意外だったようで、珍しく驚きの表情を見せた。

彼は、男にしておくのが惜しいと、ほかの老師たちから揶揄《やゆ》されるほどの美青年だ。

しかし、ビアンカは昔から、どうしてもエルンストを美しいと思えなかった。

エルンストからは、何か決定的な歪《ゆが》みが滲《にじ》み出ていて、それが水槽に毒液を零《こぼ》してしまった時のように、全体を汚しているのだ。

『何か勘づいたか？　いや、それなら尋問《じんもん》なりするはずだな……まぁ、解毒した女が珍しくて傍《そば》においただけなら、すぐ飽きてもおかしくない。まったく役立たずな……』

ビアンカは黙ってじっとそれを聞いていたが、エルンストの独り言は鋭い棘《とげ》となり、心臓に刺さった。

毒の抜けた役立たず……すぐ飽きられる……

エルンストの言葉はいつも、ビアンカが欠片《かけら》も価値のない存在なのだと、とことん思い知らせる。

(でも……役立たずでいいの……)

胸の痛みに堪《た》え、ビアンカは胸中でわずかな期待にかける。

エルンストが、役立たずなビアンカに暗殺は無理だと判断してくれるかもしれない。

彼はビアンカを殺すだろうが、少なくともほかの者まで『苗床』にする必要がなくなる。

『……答えろ。お前に外出は許されているか?』

不意にエルンストが顔を上げ、ビアンカに尋ねた。

「はい。侍女を伴《ともな》うように言われてはおりますが」

嫌な予感を覚えつつ、ビアンカは正直に答えた。

授業もないし食事もここで済ませ、部屋から出る必要はないのだが、ヴェルナーから外出を禁じられてはいない。

城の外に行くのすら、マグダと一緒なら馬車を出してくれるという。

ビアンカの返答に、エルンストは満足そうに頷《うなず》く。

『お前をもう一度、毒姫に戻してやろう』

思いもよらぬ言葉に、ビアンカはすんでのところで悲鳴を呑み込む。

『毒が完璧に抜けても、抗体だけはわずかに残るはずだ。濃縮した毒液に魔力を加えて呑めば、お前の身体は再び毒を帯《お》びる。寿命は、残り半日程度になるがな』

部屋は十分に暖かいはずなのに、骨身も凍えそうなほどの悪寒《おかん》がビアンカを襲った。

絶望から視界が灰色にくすんでいく。

明るいベージュ色の壁紙も、机に載った緑の花瓶とそこに生けられた紫の花も、全て色彩を失ったように見えた。

『濃縮液を呑んだあと、半日以内に王へ近づき、殺せ』

「そ、そんな……寝所も別で……」

『誰が口をきいて良いと言った！』

暴力的な叱咤《しった》は、見えない枷《かせ》をビアンカにはめ、口を閉ざさせた。

無言で頭を下げたビアンカに、エルンストの嘲笑《ちょうしょう》が投げつけられる。

『捨てられた女が鬱陶《うっとう》しく言い寄るなど、よくある事だ。最後の思い出とでも言ってねだれば、いつまでも面倒を抱えるよりはと、口づけの一つくらいもらえるだろう。お前の毒は抜けたと油断しているなら、なおさら確実だ』

自信満々にエルンストは言う。美貌《びぼう》を誇る老師には、そういった経験が山ほどあるのだろう。

『薬を用意してやるから、侍女に案内させて、明日の四時に錬金術師ギルドへ来い。口実は……そうだな。ギルドの記念石碑を見たいとでも言え』

呆然としているビアンカの視界で、暖炉の火を透《す》かした半透明の老師が、整った顔をニタリとおぞましく歪《ゆが》ませる。

『私は石碑の隣にある八番棟にいるから、そこに入るんだ。侍女はその場で始末してやる。いいな？　時間どおりに来なければ、即座に『庭園』へ伝令魔法を送り『苗床』を一人作るぞ』

「――っ！」

侍女を殺すと言われ、ビアンカの顔色が変わったのに気づかれたのだろう。

エルンストは忠告するように、ビアンカの鼻先へ指を突き出した。

『たとえお前が自害しようと、誰も救えはしない。候補者の全員は『苗床』にされ、お前つきのその侍女も、私が調べあげて殺してやる』

恐ろしい宣告を残し、エルンストは消える。あとには暖炉の火だけが何もなかったように燃えていた。

「あ……あ……」

足腰から力が抜け、ビアンカは暖炉の前にへたり込む。

自分を役立たずと諦めさせるどころか、逆に期限を早めてしまった。そのうえ、マグダまで殺されてしまう。

焦りと恐怖に、頭がどうにかなりそうだ。

絨毯《じゅうたん》についた手の甲に、ポタポタと涙が滴《したた》り落ちる。

(どうして……どうして、関係ないマグダさんまで!?)

声すら出せずに絶叫し――唐突に、気がついた。

――関係あるとかないとか、おかしいのはそれ以前の話ではないか。

ロクサリスの民にさえ被害を出さないよう考えているヴェルナーを、どうして殺さなくてはいけない!?

肉植物たちだって、『庭園』のためにずっと頑張って働いているのに、どうして酷《ひど》い扱いをされなくてはいけない!?

どちらを殺すか、選べないはずだ。どちらも、殺される必要なんてないのだから!

以前の自分なら、こんな思いは欠片《かけら》も浮かばなかったはずだ。質問も、余計な思考も許されず、老師に従うのみだった。

けれど今、『庭園』では決して許されなかった考えの数々が、抑えきれない嫌悪感とともに、フツフツとこみあげてくる。

（だって、ここは『庭園』じゃないのよ……。誰かに従うだけじゃなく、大切な事は自分で決めなきゃいけない……。心を誰に捧《ささ》げるかも、全部、わたし自身で決めるの……）

そして、その思いはビアンカを激しく叱《しか》りつけた。

――お前はいつまで、老師に従う気なのだ！

「……考え、なきゃ」

フラリと、ビアンカは立ちあがった。

何も考えず、老師に言われるがままだった『庭園』の生き方は、全てを諦めて受け入れさえすれば、とても楽だ。

けれどもう、ビアンカにそれは耐えられない。

そして、誰かの命運を変えたければ、それがもたらす危険も考えるべきだと、先日ヴェルナーは言った。

だから今、これまでの人生で一番、死にものぐるいで考えなければいけない。

「――ビアンカ様！」

肩を強く揺さぶられて、ビアンカはハッと我にかえる。マグダが心配そうに顔を覗《のぞ》き込んでいた。

「一体どうなさったんですか。夕食もとらず、何時間もずっと部屋の中を歩きまわって」

「え……？」

気がつけば、もう時計の針は就寝時間を指していた。

エルンストが現れたのは昼過ぎだったから、それからずっと考え込んでいたらしい。

「あの……考え事をしていて……上手くいかなかったのだけれど……」

力なくビアンカは呟《つぶや》いた。

これだけ考えても、どうすればエルンストに従わずに済むかが思いつけない。彼は強力な魔法使いで、ビアンカは魔力も腕力もない。どう考えても、勝てる訳がない。

おまけに考え込みすぎたせいか、我に返った途端、猛烈な頭痛に襲われ始めた。

「痛……」

額《ひたい》を押さえて呻《うめ》くと、マグダが急いで肩を貸してくれる。

「横になってください。すぐにお医者様を呼びますから」

「……いいえ、大丈夫です。少し、疲れただけで……」

「子どもみたいにダダをこねてもだめですよ。今日こそ、絶対にお医者様を……」

鼻息も荒く説《と》き伏せようとするマグダの言葉に、チカッと頭の奥で何かが光った気がした。

（……これ、どこかで……）

どこかで似た会話を聞いた気がする……と感じた時、唐突に思い出した。

（使節団長と、ヴェルナー様だわ……）

初めてこの部屋に来た直後、急に訪れたヴェルナーに対して、ビアンカは仮病を使う羽目《はめ》になったのだ。

――あの時はまだ、誰にも触れられぬ毒姫のままで……

「ああっ！」

「ど、どうなさいました!?」

急に叫び声をあげたビアンカに、マグダが仰天《ぎょうてん》する。

「……マグダさん」

ビアンカは両手を広げ、マグダにぎゅっと抱きついた。こんな事をするのは初めてだったから、マグダは随分と驚いたらしい。

「まっ！　本当に、どうなさったのですか？」

困惑したような声をあげながらも、彼女は大きな厚い手で、ビアンカの背中を優しく撫《な》でてくれる。

出会ったときは、素《そ》っ気《け》なくてちょっと怖そうに思えた彼女も、今やかけがえのない大切な人だ。

「マグダさん。いつも心配してくれてありがとう……大好きな人に触れられるのは、素敵な事ですね……」

ビアンカは目を瞑《つむ》り、温かな体温を思いきり受け止める。

大切な事を思い出した。

自分は、エルンストのように魔法は使えない。強い腕力も、武芸も持っていない。とても非力な存在だ。

――けれど、明日は違う。

口づけ一つで相手の命を摘《つ》みとれる、恐ろしく有害な存在に……毒姫に戻るのだ。

翌日の昼過ぎ、ビアンカは中庭を少し散歩するだけだとマグダを説き伏せ、厚いコートとブーツで防寒してから、一人で外に出た。

今日は吹雪《ふぶ》いてこそいないが、鉛色《なまりいろ》の雲が空を覆《おお》い、朝から細かな雪が降りつづけている。

中庭に続く道も、雪掻《ゆきか》きはされていたけれど、すでに新しい雪が積もっている。白い雪の上にサクサクと足跡をつけてビアンカは進む。

学校に行った使用人の子どもたちも、そろそろ帰ってくる時間だ。

中庭で元気に雪ダルマを作っている男の子を見つけて、ビアンカはホッとした。

「こんにちは、ロットン」

大好きな小さな友達に、ぎゅっと抱きつく。

「ひゃあっ⁉」

変な悲鳴をあげて、ロットンはシャベルを放り投げた。

「ビアンカ様⁉　び、びっくりした……」

「ごめんなさい。あの……この間言ってくれた、協力が欲しいの」

ビアンカは急いで彼を離し、ひそひそと内緒のお願い事をした。

一人では城の敷地外に出してもらえないし、そもそもビアンカは錬金術師ギルドの記念石碑がどこにあるか知らない。

マグダを連れないでエルンストのもとへ行くには、ロットンを頼るしかなかった。

「え？　うん……それじゃ、こっちに来て」

ロットンは少々驚いたようだが、ほかの子たちに気づかれないように、ビアンカをこっそりと中庭から連れ出す。

そして、使用人棟の裏手にある、滅多《めった》に人の来ない廃材置き場に案内してくれた。

古い材木と錆《さ》びた鉄柱が積みあげられ、ちょっとした迷路のようになっている。そのうえすっかり雪に埋もれて、どこを歩いたら良いのかもよくわからない。

だが、ロットンは慣れた調子で深い雪を掻きわけながら進み、ビアンカは頼もしい案内人の後ろをついていくだけで済んだ。

「ここだよ」

廃材と雪の迷路を抜け、高い石塀に行き当たると、ロットンは石塀に立てかけられた古い板を横にどける。

すると、鉄格子のはまった扉が現れた。それほど大きくはないが、ビアンカや細身のヴェルナーなら、苦もなく通り抜けられるだろう。

扉には頑丈そうな錠前《じょうまえ》がかかっていたが、ロットンは一見ただの飾りにしか見えない扉の一部を外し、現れた空洞から鍵を取り出す。

前に、物売りに変装したヴェルナーが帰って来た時、そこに隠しているのを見たそうだ。

「……やっぱり、俺が一緒についていこうか？」

鍵を開けながら心配そうに尋ねるロットンに、ビアンカは首を振る。

「ごめんなさい。どうしても一人で行きたいの」

錬金術師ギルド内にある記念石碑までの道は、先ほどロットンに聞いた。

聞けば、夏にはそこを訪れる観光客が多いそうだ。ビアンカも有名な観光地を見たくなったのかと、彼は訝《いぶか》しがりもせずに場所を教えてくれた。

幸いにも城からそう遠くはなく、歩いても十分に行ける距離だという。

「今からじゃ、着くのは四時くらいだ。真っ暗になってるかもしれないよ」

城の大時計を振り仰いだロットンは、まだ安心しかねるという調子だった。

「なるべく急ぐわ。……本当に、ありがとう」

ビアンカは素早く扉を通りぬけたが、鉄格子の隙間《すきま》から手を差し込んで、帰り用にと渡されていた鍵をロットンのポケットに入れた。

「え……？」

「これを失《な》くしてしまっては、陛下が困るでしょう？」

もう自分は、二度とここには戻ってこないのだから。これを持っていく事は出来ない。

「だって、すぐ帰ってくるんだろ!?　ビア……っ！」

ロットンが口を開きかけた時、ちょうど雪風が強く吹いてきた。ビアンカの向かいにいた小さな男の子は、寒風の直撃を食らった顔を両手で覆《おお》う。

申し訳ない気分だったが、このままロットンに引き止められる訳にはいかない。ビアンカは腕を上げて顔を庇《かば》いながら踵《きびす》を返し、一目散《いちもくさん》に雪を掻《か》きわけて駆け出した。

大通りに出ると、曇《くも》りという事もあり、もうかなり薄暗い。

誰もが寒さに震えながら急ぎ足で歩いていたし、ビアンカの顔を知っている者なんてそうそういないと思うが、用心のためにコートのフードを目深《まぶか》に被った。

コートの生地は厚くとも意外なほど軽く、北国の寒さからしっかりとビアンカを守る。ブーツも歩きやすく、底に滑《すべ》り止めもついていて、雪道に慣れないビアンカでも転倒せずに済んだ。

寒さにかじかんだ手をこすって温めながら、ビアンカは教えてもらった道を急ぎ歩く。それでも一度だけ振り返り、薄闇の中にそびえたつフロッケンベルク王城を眺めた。

（ヴェルナー様……貴方《あなた》にお会いしなければ、わたしは誰かを抱き締めたいという気持ちさえ、知る事が出来ませんでした……愛しています）

一番抱き締めたかった人へ、胸中で感謝を告《つ》げてから、また前を向いた。

コートは暖かくても、凍りつきそうな空気に顔がピリピリと痛い。

時おり冷えきった鼻や頬《ほお》をさすりながら歩き続け、辺りが真っ暗になった頃、ようやくビアンカは錬金術師ギルドに辿りついた。

錬金術師ギルドは、国立病院もかねていて、広大な敷地内部にさまざまな施設があり、重要な建物以外は基本的に民間人の立ち入りも自由らしい。

温室を散歩したり、図書室を利用する者もいるそうで、ビアンカも難なく入れた。

（そろそろ時間のはず。急がなくては……）

ビアンカはいっそう足を速め、やがて記念石碑と、その脇にある宿舎棟を見つけた。

＊＊＊

八番棟の玄関ホールで、エルンストは積みあげられた穀物袋に寄りかかり、舌打ちをした。

白いシャツに灰色のベスト、上着代わりの白衣といった錬金術師のいでたち。普通ならこの季節に、暖房の効いていない建物内にはとてもいられない服装だ。

とはいえ、身体にかけた魔法で寒さは防げていたから、不機嫌の原因は別にある。

フロッケンベルクの地にいる事も含め、この国の何もかもが気に食わないが、一番気に食わないのは、首のタイを留《と》めている錬金術師ギルドの紋章ブローチだ。

ブローチは階級章でもあり、エルンストがつけている簡素なそれは、見習いより一段上なだけの、下級錬金術師の身分証だった。

最上級の錬金術師なら、もっと豪華な装飾のブローチだし、青い縁取りをした国章入りの白マントを羽織《はお》る事が許される。

この王都で冬を逗留《とうりゅう》する旅人は少なく、怪《あや》しまれないためにも偽《にせ》の身分が必要だった。

雪の降り始めた森林の中を、かなり無理をして通ってきたものの、本格的な冬が始まった今、また森林を通ってロクサリスに帰るのは自殺行為だ。

毒姫の始末やヴェルナーの暗殺が無事に済んでも、冬の間はこの地に滞在しつづけなくてはならない。

そのため、偽造した下級錬金術師の身分証を使って潜《もぐ》り込んだのだ。

下級錬金術師は非常に数が多い。魔力がなく魔道具を作る事が出来ない者でも、薬草調合や金属加工など、一芸に秀でていればなれるからだ。

おまけに、この王都にある錬金術師ギルドの本部に限らず、諸侯の領地にある支部で簡単に登録が済む。

だからこそ、すんなり錬金術師になりすませたし、資材置き場から乾燥アコニトやそのほかの必要な材料も持ち出せた。

しかし、最年少記録で老師になったエルンストにとって、無数にいる下級錬金術師を装《よそお》うのは、いたくプライドを傷つけられる行為だ。

もう一度、大きく音を立てて舌打ちしたが、彼がいる八番棟では、誰かに聞きとがめられる心配はなかった。

フロッケンベルクの夏は、帰郷する傭兵《ようへい》や錬金術師も含め、人口が冬の十倍近くまでになる。

大抵は実家に帰るが、さまざまな事情から滞在場所に困る者のために、錬金術師ギルドでは夏のための宿泊場所を用意しているのだ。

八番棟はその一部で、冬の間は食料保存庫として活用されている。

記念石碑は、夏こそ観光客が多いらしいが、冬になれば見慣れた地元の人間はわざわざ来ない。

またここは、本棟から少し離れた雑木林の中にあり、勝手に使っても見とがめられる可能性は低いだろう。

(まったく。老師も私のほかは愚《おろ》か者ばかりだ。いっそ馬鹿王子は二人とも殺し、末の王女を後継者に選べば良いものを。傀儡《かいらい》の王なのだから幼女で十分だ。自分の身内を王にしたがる連中のおかげで、私がこんな苦労をする羽目《はめ》になる)

エルンストはイライラとつま先で床を叩きつつ、ホールの大きな窓の外を見る。

錬金術師ギルドの開発した特殊ガラスは、強度こそ普通と変わらないが、不思議な事に決して曇らない。

すっかり暗くなってきた雑木林の中の小道に、人影はまだ確認出来なかった。

送り込まれた毒姫に関する記録は、全て暗記している。

『庭園』では、老師だけに従順にさせるため、肉植物同士の必要以上の交流を禁じていた。

その一方で、薬草栽培をさせている関係で、秩序を保ち、効率よく仕事をさせるために、争いを禁じて協力するようにとも教え込まなければいけなかった。

『仲良くせず互いに無関心でいろ』と『仲良く皆で協力しろ』という、まったく矛盾する二つの命令だ。

これを上手くこなさせる目的で、定期的に作業場の配置換えをし、個別の名をつけず、去った者はすぐに忘れろと教え込む。

そして肉植物たちは、厳しい監視の下、仲間とその場限りだけは友好的に協力しつつ、互いに大きな関心も強い好意も持たなくなっていく。

――しかし時には例外もある。あの毒姫がまさにそうだった。

幼い頃から、自分に課せられた仕事以上に仲間を手伝ったり、配置換えをされた者を覚えていて、偶然に会うと声をかけたりする。

普通なら、即座に見せしめとして『苗床』にされていたはず。

しかし、毒姫にその処分は出来ない。

抗体を身につけられるのは数十人に一人であるうえに、その毒姫は容姿が飛びぬけて美しく、教養をつける能力にも優れていたとあっては、始末するのは惜しい。

老師の一人が考えた末、ほかの者を『苗床』にすると脅《おど》しをかけると効果は抜群で、当時十歳だった毒姫は、違反行為を控《ひか》えるようになった。

気をつけて見れば、仲間に話しかけすぎたりはしていたが、目にあまるほどではなくなったので、密《ひそ》かに記録だけをとって注意はしなかった。

もちろん、仲間と親しくなりすぎるのをわざと見逃していたのは、またこの毒姫が何か違反をした時の切り札として使うもりだったという事もある。それが今、こうして見事に役立っていた。

(……来たか)

雪のちらつく窓の外を、灰色のフードを被った女が、震えながら歩いてくる。

幽体《ゆうたい》を前に怯《おび》えきっていたから、逆らうはずもない。

どのみち、仲間を人質にされなくとも、自分が来いと言えばあの女は来るし、死ねと言えば死ぬ。

そうさせるために、徹底的に服従を叩き込んだのだ。どこまで逃げようとも、老師を前にすれば逆らえなくなるように。

（その結果、あの女はここに来ている）

『庭園』の教育成果に満足を感じ、エルンストは口の端を歪《ゆが》めて笑った。

＊　＊　＊

ビアンカが緊張に身を硬くしながら八番棟の扉を開けると、中は真っ暗だった。

しかしすぐに、魔法灯火《ともしび》の呪文を唱える声が聞こえる。荷箱や穀物袋が大量に置かれた玄関ホールと、中央に立つエルンストの姿を、魔法の光が照らし出した。

不機嫌そうに眉を寄せたエルンストは、ビアンカが見慣れたローブ姿ではない。

「早く閉めろ。それに侍女はどうした」

訝《いぶか》しげに尋ねられ、ビアンカは慌《あわ》てて扉を閉める。被っていたフードを下ろすと、急いで歩いてきたせいか、緩《ゆる》んでいたピンが一本フードとともに落ちた。長い髪が一房《ひとふさ》、ハラリと下がる。しかし、結い直しているひまなどなく、ビシっと背筋を伸ばして老師の前に立つ。

「申し訳ございません。寒さが厳しくなったので、侍女は馬車で待つと言いまして、連れてくる事が出来ませんでした」

背中に冷や汗を流しながら、あらかじめ考えておいた言い訳を口にする。

微塵《みじん》も疑われてはいけない。言われた以上の事は、何も考えられない存在のままだと信じさせなければ。

「そうか。王に飽きられた献上品など、使用人にも軽視されて当然だ。手間が省《はぶ》けて良い」

きっとそう言うだろうと、ビアンカが思ったとおりの内容を、エルンストは口にした。

そして彼は、傍《かたわ》らの小さなテーブルへ向かう。

その上には、禍々《まがまが》しい紫の汁を満たしたビーカーが載っていた。エルンストはその上に手をかざし、長い呪文を唱える。

呪文が進むにつれ、かざした手のひらから黒い煙のようなものが湧《わ》いてきた。それは、普通の煙のように上には昇らず、残らずビーカーの中に篭《こ》もっていき、濃い紫の汁をますます毒々しい色に変える。

「出来たぞ。すぐに呑め」

「……はい」

恐ろしさと緊張から、わずかに声を上擦《うわず》らせつつビアンカは従順に答える。

竦《すく》んでしまいそうな足を奮い立たせ、毒姫に戻るための薬へ、一歩一歩近寄った。

もう庭園の掟《おきて》を守る気も、老師に服従する気もないけれど……やっぱり自分は、毒姫となって死ぬのが運命だったのかと思う。

（でも……逃れた道に、ただ舞い戻った訳ではないわ）

ビアンカはゴクリと唾《つば》を呑み、毒液を見つめる。

今、自分が立っているのは、まったく違う道だ。殺す標的は、自身で選んだ。

――毒姫に戻ったら、この場でエルンストを殺す。

考えぬいた末、それしか思いつかなかった。

口づけをするのは難しくても、毒姫は全ての体液が猛毒だ。

出来るだけ近寄り、鋭利な刃で自分の喉《のど》を斬れば、飛び散《ち》った大量の血が相手に振りかかる。そうなれば、相手の口に入らなくても、かなりの確率で全身が麻痺し、助けも呼べぬまま死ぬ。

（これをわたしに教えてくださったのは、貴方《あなた》たちです。老師様！）

『庭園』では毒姫に、様々な自害方法を教えたが、もしも見破られて囚《とら》われそうになったらこうしろと言われていた。

だから、ビアンカは細工した髪飾りを持たされていたし、ヴェルナーに毒姫だろうと指摘された時、反射的に首を突こうとしたのだ。

あの髪飾りは壊れてしまったけれど、コートのポケットには、城の厨房からこっそり持ち出してきた、小さな果物用ナイフが入っている。

(さようなら、ヴェルナー様……)

ビアンカが震える手を伸ばそうとした時、鋭く飛来した矢が、ガラス窓を突き破って飛び込んだ。

窓を射抜き、適度に威力を失っていた矢は、正確にビーカーへ突き当たる。しかしビーカーは割れる事はなく、テーブルの上へ静かに倒れた。

どろりとした紫の猛毒液が、天板を伝って床へ滴《したた》り落ちる。

「っ!?」

ビアンカとエルンストは、矢の飛んできた方角へ同時に顔を向けた。

「弓は得意でね。アイリーンには及ばないが、なかなかの腕だろう?」

壊れた窓の外。降りしきる粉雪の中で、ヴェルナーが新たな矢を構えていた。その狙いは、エルンストの胸にピタリと向けられている。

「陛下……なぜここに……」

唇を戦慄《わなな》かせて、ビアンカは呟《つぶや》く。

「これはこれは、フロッケンベルクの王であられますか。下級錬金術師の外出着では、判別がつきませんでした」

さらに青ざめていたエルンストが、乾いた唇を舐めながら、引《ひ》き攣《つ》った声で嫌味を言う。

ヴェルナーは飾り気のない黒いコートを着込み、首元にきっちり巻いたタイには錬金術師のブローチをつけていた。つばの広い帽子まで被っているから、顔も簡単に隠せただろう。

「変装も私の得意技でね。そう簡単にはバレない自信がある」

フロッケンベルクの王はしれっと言い返したものの、目には抑制しがたい怒りが満ちていた。

「城の温室や部屋で、ビアンカを脅《おど》していたのはお前だな？　この場で射殺されたくなければ動くな」

怒りの篭《こ》もる低い声で、ヴェルナーは命じる。

どうして彼がここにいるのか、ビアンカはまったく理解出来なかった。

呆然と立ち尽くしていると、ふとエルンストが声も出さず唇も殆《ほとん》ど動かさないまま、密《ひそ》かに呪文を唱えているのに気づいた。

「っ!!」

ヴェルナーのもとへ逃げようとしたが、一瞬遅い。

素早く伸びてきたエルンストの手がビアンカの長い髪を掴《つか》んで引き寄せる。

彼はもう片方の手に、魔法で作り出した細い刃を持っていた。

「よほどこの女にご執心のようだな。武器を置け。フロッケンベルク国王様の身柄と、女は引き換えだ」

ビアンカの身体に刃を突きつけ、いびつな笑いを浮かべる。

「ヴェルナー陛下には、俺が無事に国へ帰るための人質になってもらおう。王宮の設備を使えば、冬の森も抜けられるはずだな。ロクサリス領内に入ったら離してやる」

ニヤニヤと口の端を歪《ゆが》めながら、エルンストは言いたてる。

「さぁどうする？　こいつが一寸刻《いっすんきざ》みにされるのを、黙って見ていても構わないぞ。死ぬのには相当時間がかかるから、ゆっくり考えろ」

明らかすぎる挑発だったが、エルンストの目に宿るギラギラした怒りは本物だった。

ヴェルナーも、この青年がどれほど危険で残酷な人物か一目で悟ったようだ。

「……わかった」

ため息をつき、ヴェルナーが弓を置く。

「条件を呑もう。ただし、そっちも生きて故国の地を踏みたければ、私という人質を丁重に扱ってもらうぞ」

その言葉に、ズキリとビアンカの心が痛んで揺れた。

彼はビアンカを助けに来てくれたうえ、人質の身代わりになるとまで言っている。

大好きな人から、こんなにも大切にされている。それは、身に余る幸せなのだろう。

だが……喜べなかった。

「いけません、陛下！　来ないで！」

こちらへ近寄ろうとしたヴェルナーに、ビアンカは叫んだ。

生まれてこのかた、ここまで強い口調で相手の行動を阻《はば》んだのは、初めてだった。

「……ビアンカ。心配いらない」

安心させるように、ヴェルナーは優しげな笑みを浮かべるけれど、ビアンカは首を振る。

「いいえ！　いけません！」

「黙れ！　勝手に動くな！」

エルンストが怒鳴り、突きつけられた刃が、コートの上布をわずかに切る。

しかし、恐怖など欠片《かけら》も感じなかった。

エルンスト自身が生き残るためだとしても、彼の約束する安全など、信用出来るはずがない。

「ヴェルナー様……貴方《あなた》は、国王なのです‼　わたしのために、この国が貴方を失う訳にはいかない！　大勢の民が困るのです！　目先の情に流されないで‼」

城で見た数々の光景が、脳裏《のうり》に蘇《よみがえ》る。兵も使用人も彼らの子どもたちも、国王を心底から慕《した》い尊敬していた。

ヴェルナーはフロッケンベルク国の要《かなめ》だ。

ビアンカの命と国民の幸せを引き換えになどしてほしくない。

「黙れ！　下等な肉植物の分際で！　老師の私に逆らう気か！」

髪を引っ張って怒鳴るエルンストを、ビアンカはまっすぐ睨《にら》みあげた。

「貴方の命じる道には、もう戻らない！」

そのまま、刃を突きつけているエルンストへ、思いきり体当たりする。

微《かす》かに鈍い金属音が聞こえ、わき腹に焼けつくような痛みが走った。

「なっ⁉」

驚いたエルンストが握っていた髪を離し、ビアンカは床に転がるようにして、凶悪な老師から離れた。

「ビアンカ！」

ヴェルナーが叫ぶとともに、エルンストも怒鳴る。

「裏切り者が！」

怒声に続き、エルンストが新たな呪文を早口で唱えた。ヴェルナーが短剣を抜いて飛びかかろうとしたが、立ちあがった炎の柱が、すんでのところで一撃を防ぐ。

魔法の炎はすぐ消えてしまったが、ヴェルナーが怯《ひる》んだ一瞬の隙《すき》に、エルンストは脱《だっ》兎《と》のごとく駆け、建物の奥へ逃げてしまった。

「陛下……申し訳ございません……」

苦痛に顔をしかめつつ、ビアンカが身を起こそうとすると、しゃがみ込んだヴェルナーに止められた。

「ビアンカ、動くんじゃない。すぐに医者を連れてくる」

「大丈夫です……少し、表面を切っただけですから……」

ビアンカが片手でコートを摘《つま》むと、引っかかっていた魔法の刃が床にカツリと落ち、たちまち消えてしまった。

「どのみち、こんなところを刺してもそうそう死ねません。……『庭園』で受けた教育が、役に立ちました」

首吊り、刃物、舌を噛《か》むなど、暗殺後に自らの命を断《た》つため、さまざまな自殺の方法を教えられ、何度も練習した。

どこをどうすれば確実に速く死ねるか……逆にいえば『どうすれば簡単に死ねないか』よく知っている。

一番内臓を傷つけにくい位置を選んだし、生地の厚いコートの下にはドレスと、コルセットまで身につけている。

アイリーンはコルセットに殺されそうだと言っていたが、これのおかげでビアンカは助かった。魔法の刃は鋭く強烈だが、硬い骨組みに弾かれて威力を激減させ、ごく浅めにわき腹を切り裂いただけだ。

それでも痛かったし、開いた傷口から血が染み出て、切り裂かれたコルセットの布を赤く染めていく。

ビアンカの傷を急いで確認し、重傷でないと知ったヴェルナーが、額《ひたい》の汗を拭《ぬぐ》う。

「傷は浅そうだが、やはり出来るだけ早く医者に診せたほうが良いな」

「ですが、陛下。エルンスト老師が……」

ビアンカは慎重に周りを見渡した。奥に逃げ込んだエルンストが、今度はどこから襲いかかってくるか、気が気ではない。

すると、止血のために、コルセットの紐をきつく締め直してくれていたヴェルナーが、にこやかに微笑《ほほえ》んだ。

「心配しなくていい。とびきり鼻の利く狩人が一緒に来ているから、『庭園』に伝令魔法を送る暇もなく追い詰められているはずだ」

「鼻の利く……？」

反射的にルーディの顔が浮かんだが、彼は舞踏会のあと、しばらく王都を留守にすると言っていた。それなら、冬が終わるまでは容易に帰って来られないだろう。

「すまないが、この先は国家機密だ」

ヴェルナーは話を打ちきり、ビアンカを横抱きに抱えあげた。

「あっ」

「傷が痛むか？」

「い、いえ……大丈夫です」

顔を赤くして、ビアンカは首を振る。抱きあげられた瞬間があまりに幸せで、声が零《こぼ》れただけだった。

「それより……どうしてわたしがここにいると……？」

重大な疑問を尋ねると、ヴェルナーは苦笑した。

「ロットンだよ。号泣しながら私の脛《すね》を蹴っ飛ばして、すぐさま君を追いかけろと教えてくれた」

「ロットンが!?」

「ああ。君が私とケンカをし、家出したと思い込んでいたようだ」

さもおかしそうに言ってから、ヴェルナーはふぅ～と、深く息を吐く。

「それにしても、まさか私のお忍びを知られていたなんてなぁ……鍵の場所まで。たいした子だよ。将来は良い課報員《ちょうほういん》か、大将軍にでもなれそうだ」

「わたし……ロットンに謝らなくてはいけません。マグダさんにも嘘をついて……」

ビアンカは唇を震わせて呟《つぶや》く。

皆の命を助けるのに、ほかの方法は思いつかなかったけれど、もしあのままエルンストとともに死んでいたら、ロットンはビアンカを外に出した事を、ずっと悔《く》やんだのではないだろうか。

マグダも、一人で部屋を出させた事を後悔するだろう。

自分が死んでも、忘れないで悲しんでくれる人がいる。今ではちゃんと、そう思えた。

「ああ、そうしてくれ。きっと二人とも許してくれるはずだし、少しばかり怒ったとしても、それは君が好きだからだ」

ヴェルナーが柔らかく微笑《ほほえ》む。

「さぁ、残りの事情は、手当てを受けてから話そう」

建物の中も冷えきってはいたが、真っ暗な外に出ると、改めて身を切るような冷たい夜気に包まれた。

ビアンカを抱きかかえたヴェルナーは、病院をかねている棟に向かう。

変装した国王が、いきなり怪我をした女を抱えてきたりしたら、大騒ぎになるのではないかと思ったが、なぜかそうはならなかった。

裏口からヴェルナーが入ると、迎え入れた老医師は驚いたり突っ込んだ質問もせず、ビアンカの傷を診てくれたのだ。

そのうえヴェルナーに、彼が普段着ているような衣服まで持ってきて、馬車も手配してくれる。

ビアンカの傷はやはり浅く、薬と包帯のみで処置を済ませ、国王の衣服に着替えたヴェルナーと、城に向かう馬車に乗り込んだ。

ヴェルナーは最初、ビアンカの向かいでなく隣に座ったが、馬車の振動が傷に響かないか心配だと、しまいに膝《ひざ》へ抱きかかえてしまった。

少々恥ずかしかったけれど、ビアンカがそれを断りきれなかったのは、もう諦めていたヴェルナーとの触れ合いが、幸せすぎるせいだ。

「――温室でビアンカが倒れた時、幽霊でも見ているみたいな様子だったと、庭師が話してくれた。一人にしてくれと言った君の様子が明らかにおかしかったので、葉の陰からこっそり見ていたら、誰もいないのに脅《おど》しつけられているような返事をしていたと言うんだ」

　窓をしっかり閉めた馬車の中で、ヴェルナーは説明を始めた。

「はい……エルンスト老師の姿は、わたしにしか見えない魔法だったらしいです」

「やはりそうか。ロクサリスのほうが、魔法の種類は格段に豊富だからな」

　彼がため息をつき、天井を仰ぐ。

「何者かが君に接触したとは思ったのだが、その方法がわからず、君を一人にして様子を見るしかなかった。すまなかったが、あの部屋では私の手の者が、ずっと君を監視していた」

「え!?　まったく気がつきませんでした」

　ビアンカが目を丸くすると、ヴェルナーが人の悪い笑みを浮かべた。

「簡単に気がつかれるようでは、監視役など務まらないよ。だが、昨日も君が誰かと話していたのは見えても、聞こえる声は君だけで、私の暗殺を命じられているらしいことしか掴《つか》めなくてね。だから、私のもとに戻るのを待っていたのだが……君が城を抜け出して、しかも帰る気がないようだとロットンに聞かされて肝《きも》が冷えたよ」

「……申し訳ございません」

エルンストに脅《おど》された内容や、毒姫となって彼に反撃するつもりだった事まで、ビアンカは全て打ち明けた。

ヴェルナーは黙って聞いていたが、最後まで聞くと苦渋に満ちた呻《うめ》き声をあげた。

「毒姫に戻って刺し違える気だったなど……すまなかった。私もまた、君を追い詰めてしまったのだな」

「いいえ。陛下の決断は当然の事です」

ビアンカが首を振ると、ヴェルナーはそっと額《ひたい》へ口づけた。

「その詫《わ》びという訳でもないが……。『庭園』に囚《とら》われていた君の仲間を、近いうちに残らず解放する目処《めど》が立った」

「皆がっ⁉」

信じられない言葉に、ビアンカは耳を疑った。

「ですが、それでは……」

すると、食わせ者の国王は、ニヤリと不敵に笑った。

「誰にも私の決意を揺るがせはしないし、戦も起こさないさ。私は非常に性格が悪くてね。気に入らない相手から奪いとる時には容赦《ようしゃ》しない。徹底的かつ一方的に、こちらには一切被害を出さず奪いとる」

「…………」

唖然《あぜん》としているビアンカに、優しげに見えて実に油断ならない彼は、悠然と微笑《ほほえ》む。

「秘密裏《ひみつり》にやるしかなかったので、随分と時間がかかってしまった。これも、国家機密だから、詳しくは話せない。私を信用してくれるとありがたいな」

「……はい」

ビアンカは呆然としつつ頷《うなず》いた。きっとヴェルナーは、想像もつかない手段を使ったのだろう。

呆気にとられっぱなしのビアンカに微笑み返したあと、ヴェルナーが今度は、少しわざとらしいため息をついた。

「それにしても、まさかビアンカに、国王の自覚が足りないと怒られるとは……」

「あ……」

ギクッとビアンカは背筋を強《こわ》ばらせる。たしかにヴェルナーを叱《しか》りつけてしまったが、それでもあの時、間違った事を言ったとは思わない。

「……お怒りですか？」

恐る恐る尋ねると、ヴェルナーは笑って首を振る。

「いや。それどころか、惚《ほ》れ直した」

そして、少し暗い馬車の中でもはっきりわかるくらい熱っぽく、彼の青い瞳がビアンカを見つめる。

「君を妻にしたいと思ったのは正しかった。私と結婚してほしい」

数秒間、ビアンカは無言で何度か瞬《まばた》きを繰り返したあと、おずおずと尋ねた。

「側妃《そくひ》になるように、との事でしょうか……？」

「妻は一人で十分だ。王妃になってくれという意味だが、受けてくれないか？」

「そんな……わたしがいくら望もうと、許されないのではありませんか？　献上品が、王妃になるなど……」

しかし、ヴェルナーはなぜかニンマリと笑う。

「許されれば、断らないという意味にとらせてもらった。つまり、嫌ではないのだな？」

「それは……そう、ですが……」

自分の顔が熱を持つのを感じながら、ビアンカは頷《うなず》く。

するとヴェルナーは、さらに口元を緩《ゆる》ませかけたが……急に気まずそうな顔になり、視線を泳がせた。

「君と私は、立派な政略結婚だから、身分に関して何も問題はない」

「わたしと、政略結婚……？」

首をかしげて尋ねると、彼はますます気まずそうな様子で、咳払《せきばら》いをする。

「これは国家機密ではないから、城に戻ったらゆっくり説明しよう。婚約者殿」

＊＊＊

エルンストは八番棟を飛び出したあと、深く積もった雪を掻《か》きわけ、必死に逃げていた。

本当はヴェルナーの短剣を防いだあと、逃げたと見せかけて奥に潜《ひそ》み、怪我をした毒姫に気を取られている王を不意打ちするつもりだった。

ところが、逃げ込んだ奥で何かに襲われたのだ。

兵ではなく、それどころか人間ですらないようだ。

大型の獣のような息遣いが聞こえたかと思ったら、すぐ近くの穀物袋が引き裂かれた。

鋭利な爪で抉《えぐ》られたように。

それをやった何者かの影が、かろうじて一瞬見えたくらいの素早さだ。

悠長に潜《ひそ》む余裕は瞬時になくなり、エルンストはちょうど近くにあった裏口から、一目散《いちもくさん》に飛び出した。

雪にまみれながら、とにかく体勢を立て直そうと、血眼《ちまなこ》で周囲を見渡す。

振り向いても何も見えないのに、時おりあの獣の息遣いが、彼を追い立てる。

――やがてエルンストは、自分が誘導されていると気づかないうちに、広い錬金術師ギルドの中でも、最もほかから離れている棟へ逃げ込んでいた。

「はぁっ……はぁ……」

暗い建物に入った途端、ようやく追手の気配が消えた。エルンストはすっかり荒くなった呼吸を必死に整える。

逃げ込んだ建物は、全体的に埃《ほこり》っぽく、空気はすえたような臭《にお》いがした。どうやら使っていない廃棟らしい。鍵もかかっていなかったのは、そのせいだろうか。

(あ、あんな、下等な女が……よくも!)

暗い建物の中で、エルンストは顔を歪《ゆが》め歯軋《はぎし》りする。

これほどの屈辱を味わわされたのは、生まれて初めてだ。

だが、怒りを何かにぶちまけている余裕はない。

(なんとか身を潜《ひそ》め、王都から出る機会をうかがわなくては……)

まずは辺りの様子をきちんと確認するべく、魔法灯火《ともしび》の呪文を口にしかけた。

「っ！」

その時、暗闇の中、金色に光る一対の目が自分を睨《にら》んでいる事に気づく。エルンストは息を呑み、詠唱を止めた。

「あー、気にしないで続けて。俺は見えるけど、そっちは見えないだろ?」

不気味なギラギラした両目の主は、拍子抜けするほど呑気《のんき》な口調で促《うなが》した。

「……フン。言わずとも点《つ》けてやる」

こみあげる悪寒《おかん》と震えをプライドで無理に押し隠し、エルンストはなんとか魔法の灯りを点《つ》けて周囲を照らした。

やはりこの建物は、物置のような感じだったらしい。だだっ広い部屋に、埃をかぶった棚や、壊れた実験機材が山と積まれている。

それらの前に、暗灰色《あんかいしょく》の髪をした背の高い少年が立っていた。琥珀色《こはくいろ》の瞳は、まだわずかに不気味な金色の光を帯《お》びている。

少年の装《よそお》いも奇妙だった。端がビリビリになっている布を、マントのように乱雑に身体へ巻きつけているだけで、雪が降っている季節なのに素足。

唯一まともに見えるのは、巻きつけた布にくっついている、見習い錬金術師の小さなブローチだけだ。

「誰だ?」

ひねりのない問いだが、動揺がまだ完全に収まらぬエルンストには、それしか浮かばなかった。

「ルーディ・ラインダースだよ。錬金術師の見習い」

ルーディ少年は、わずかに犬歯を見せて笑う。

「そっちは名乗らなくていいよ。エルンスト老師だろ？　あんたの事は……」

少年が最後まで言いきらないうちに、エルンストは上着の中に隠し持っていた魔道の杖を突き出した。

早口に呪文を詠唱《えいしょう》し、杖の先から、鋭利な魔法の刃を続けざまに放つ。

武器も防具も持たない、油断しきっている少年をなます切りにするなど、簡単なはずだった。

しかし、ルーディは驚くべき俊敏《しゅんびん》さで跳躍し、エルンストの放った全ての刃を避ける。

「お前さ、俺なんか簡単に殺せると思っただろ」

くるんと宙返りして着地した彼は、いつの間にか指ではさみ取っていた魔法の刃を、足元に落とす。

「けど、残念だったな。俺は錬金術師としちゃ見習いでも、狩りは特級なんだよ」

少年の琥珀色《こはくいろ》の瞳が、金色に光った。

軽く床を蹴った少年の足が、瞬時にその形を変えていく。足だけでなく、少年の身体全身が、瞬《またた》く間に姿を変えていった。

暗灰色《あんかいしょく》の毛並みに覆《おお》われ、人とはかけ離れた獣の姿に変わる。

「人狼《じんろう》!?」

エルンストの前にいるのは今や、首にマントをひっかけた暗灰色の大きな狼だった。人と狼の二つ姿を持ち、略奪を主な生業《なりわい》とする凶暴な災厄種が、どうして見習い錬金術師になっているかなど、考える余裕もなかった。

口を引《ひ》き攣《つ》らせたエルンストの右肩を、狼の鋭い牙《きば》が深々と抉《えぐ》る。鮮血が噴きあがり、エルンストは激痛に絶叫をあげた。

ぬるぬると手を滑《すべ》らせる温かい血は、他人のものなら大好きだ。

だが、今まで誰も、自分をこんな目に遭《あ》わせなかった。優れた自分が、どうして傷つけられたりするものか。こんな事は、有り得ないはずなのに……っ!!

「い、痛い!!　痛いいいいぃ――――っ!!　うわあああああ!!!」

頭が真っ白になり、エルンストは絶叫しながら闇雲《やみくも》に駆け出す。

狼が自分を追いかけもせず、四足をきちんと揃えて座ったまま、面白そうに見物しているのにも気がつかない。

魔法灯火《ともしび》も置き去りにしてしまい、真っ暗な中で顔や身体をあちこちにぶつける。

エルンストが泣きながら駆けまわるうち、突然に浮遊感が身体を包んだ。

落下してるのだと気づいた次の瞬間には、何かグチャグチャした気味悪く柔らかいものの上に着地する。

「つぐ!?」

鼻の曲がりそうな臭気に包まれ、生臭くて苦い飛沫《ひまつ》が口に飛び込んだ。

「う、うぇ……げ、げほっ!?」

グニグニと揺れるものの上で嘔吐《おうと》しつつ、殆《ほとん》ど無意識のうちに、新たな魔法灯火を点《つ》けていた。

明るい光が周囲を照らし、エルンストはキョロキョロと辺りを見渡す。

巨大な井戸か、牢獄にでも落ちたように、周りは暗い灰色の石壁が取り囲んでいた。

しかし、最も奇妙なのは、エルンストがへたり込んでいる下の物体だ。普通の床ではなく、赤紫色をした肉みたいで、ぬるぬるした臭い粘液が全体を覆《おお》っている。

「ひっ!?」

汚汁にまみれた肉床の一部が、突然ぬるぬると蠢《うごめ》き出した。

太い肉の柱が、くねりながら動くその姿は、丸太のように太いミミズという表現がぴったりだ。

先端には目も鼻も耳も確認出来ず、ただ大きく裂けた口だけが存在している。その裂け目がパックリ開くと、細かな牙《きば》がビッシリ生えているのが見えた。

「ひ、ひ……」

攻撃魔法を唱えようとしても、エルンストの喉《のど》は引《ひ》き攣《つ》るばかりでまともに動かない。

――いくつも姿を現した不気味な口が、エルンストへ食らいつき、残さず呑み込んでしまうのに、そう時間はかからなかった。


「――あーあ、偉い蟲《むし》だけど、やっぱ好きにはなれないなぁ……」

人型に戻ったルーディは、ずれたマントの位置を直しつつ、穴を覗《のぞ》き込んで独り言を呟《つぶや》いた。

「それにしても、ちょーっと脅《おど》かしただけであのザマかよ。国一番の天才で色男の美形、メチャクチャ性格悪いっていうから、お師様《しさま》に似てるかと思ってたんだけど……」

ルーディは肩を竦《すく》め、ため息をついた。

「ツラも才能も……悪党の素質も、お師様と比べ物になんないな」

＊＊＊

一方、ロクサリス王城の玉座では、年老いた国王が不機嫌の絶頂だった。

王位継承権に関する息子たちの揉め事で、持病の頭痛が酷《ひど》くなっていたところへ、時間外の謁見者《えっけん》が押しかけたのだ。もう夜も遅いというのに、傍《そば》にいる老師たちがぜひにと言うから、しぶしぶ応じる事にした。

ロクサリス王は長身だが肉づきが悪く、枯れかかった古木を思わせる。

王の座る玉座の左右には、十人の老師が立ち並んでいた。いずれも男性ばかりで、年齢は中年から老人までと幅広い。彼らは王の警護も務めている。

昔は王のご機嫌とりを必死でしていた側妃《そくひ》や王子たちだが、継承争いが長引くに連れ、次第に王にまで敵意を見せるようになってきた。

いつ、王座目当てに寝首をかかれるか知れたものでなく、もはや王が頼れるのは、魔術師ギルドの老師たちだけだ。

しかし……と、王は病んで過敏な神経をビリビリと痛ませる。

老師たちはここ数日、何か隠し事をしているようなのだ。少し手違いがあっただけで、王が気にする事ではないと彼らは言っているが、どうも怪《あや》しい。

しかも、謁見を申し込んだ者がフロッケンベルクからの使者だと聞くと、老師たちは顔色を変えて申し出を受けるよう勧めてきた。

いかにも変だが、いくら疑わしくとも、王は老師たちの言うがままに使者と会う事にする。少なくとも、自分が従順な王でいるうちは安心だ。安定して利益を啜《すす》れると、魔術師ギルドの貪欲な蛭《ひる》どもは、この身を守ってくれる。

「――フロッケンベルク王よりの使者として参りました」

玉座の前で、アイスブルーの瞳をした青年が、丁重にお辞儀《じぎ》をする。

おそらく二十代の半ばといったところだろう。濃いグレーの髪をすっきり整え、シャツとベストにタイを巻き、黒いコートという身なり。

華美ではないがとても品が良く、一分の隙《すき》もない身だしなみだった。

ロクサリス王国きっての天才と言われたエルンスト老師は、氷のように冷たい美貌《びぼう》で有名だったが、こちらのほうがさらに整った顔立ちをしている。

とはいえ、王は不機嫌なままだ。王は美しいものが好きだったが、男色には興味がなかったし、フロッケンベルクも嫌いだった。

何より、青年のつけている階級章が、下級錬金術師というのが気に食わない。

「フロッケンベルク王は、礼儀の基本もわきまえぬ痴《し》れ者のようだな。使者を一人で送るのなら、それなりの地位を持つ者を寄越すべきであろう」

王は傲然《ごうぜん》と顎《あご》を反らし、杖先で階級章を指す。

「失礼いたしました。しかし我が国におきましては、地位ではなく、確実に任務を遂行出来るか否かを重視いたします」

二つの国の言語は殆《ほとん》ど同じとはいえ、多少のアクセントの違いはある。しかし、青年は完璧なロクサリス風の発音で返答した。仕草も何もかも、完璧で非の打ちどころがない。

「……用件を言うが良い」

それ以上、上手い文句が見つからなかったので、王は不機嫌に唸《うな》った。

すると青年は、見惚《みほ》れるような美しい顔に微笑《ほほえ》みをゆったりと浮かべる。

「魔術師ギルドの『庭園』内に囚《とら》われている者全ての身柄と、彼らの治療費として金貨二十万枚を請求させていただきます」

「なっ!?」

正気の沙汰と思えない言葉に、青年以外の全員が目を剥《む》いて絶句した。

「なるほど……フロッケンベルクは友好のために使者を送ってきたのではないのだな?」

怒りに戦慄《わなな》く王に、青年は顔色一つ変えずに否定する。

「いいえ。むしろ出来るだけ穏便に済ませようとしての、しごく好意的な要求です。事が公《おおやけ》になれば、我が国だけでなく、イスパニラやシシリーナ、そのほか少なくとも五ケ国から、ロクサリスは大変な非難を受ける事でしょう」

「非難だと？　何を根拠に……」

イスパニラとシシリーナという二大国の名は、王の声にわずかな動揺を引き起こした。

青年の冷たい視線が、じっと王に注《そそ》がれる。

「貴国は毒姫を未だに生産していらっしゃいますが、フロッケンベルクでは、遥《はる》か昔に禁止令を発布いたしました。その理由をご存知ですか？」

「……？」

王にはわからなかったが、老師たちは一斉に青ざめる。

青年は涼しい顔で彼らに視線を移した。

「国王陛下以外は、皆様ご存知のようですね。禁止されたのは慈悲《じひ》などからではありませんよ。毒姫を維持するための代償が大きすぎるせいです」

「ぐ……」

呻《うめ》いた老師は、廷臣の中で最も年長であり、『庭園』の責任者でもあった。

「猛毒を帯《お》びた彼女たちは、とてつもない量の毒を生み、それをいたるところに撒《ま》き散《ち》らします。湯浴《ゆあ》みの水に、衣服や身体を拭《ふ》いた布、敷布、口をつけた食器にも毒はつきます。それらを洗えば全て毒液になり、処理しつづけるのが非常に困難な量のはず」

「そちは、何が言いたいのだ？」

王は不気味な気配を感じつつ尋ねる。

青年の美しい笑みが、なぜか悪鬼《あっき》の笑いに見えた。

「そちらから厚意として我が国王に献上されました女性が、どういう訳か毒姫でした。その辺りのご事情は深くうかがいませんが、とにかく彼女の証言によれば、『庭園』では毒液をただ水路に流しているそうですね。それは適切な処置ではないと、申しあげます」

（なんだと!?）

王はとっさに老師たちを睨《にら》んだ。

毒姫をフロッケンベルクに送ったなど、聞いていない。

「言いがかりだ！　『庭園』の毒姫には、湯浴みの代わりに浄化魔法を与えているし、水路も他国へ影響のないような造りになっている！」

老師の一人が引《ひ》き攣《つ》った声で叫んだが、青年は薄ら笑いを浮かべて首をかしげる。

「おや、妙ですね。献上された毒姫は、我が国で浄化魔法を初めて体験したと、たいそう驚いていましたよ」

「そ、そもそも、そのような女は知らん！　毒姫を送った覚えはない！」

「そうですか。ところで失礼ながら、『庭園』の見取り図を勝手に拝見させていただきました。ああ、もちろん表向きの嘘を記したものではなく、隠されていた実際の設計図です。あの水路設計では、この国に毒の影響は出ず、川下にある何ヶ国もの川や土壌が汚染されている事になりますね。こちらはどう言い訳なさいますか？」

「あ、ぐ……う、嘘だ！　適当な嘘を並べたてているだけだろう！」

もはやまともな言い返しも出来ず、地団太《じだんだ》を踏みそうな勢いで怒鳴る老師に引きかえ、青年は平然としたままだ。

「錬金術師ギルドが、この夏から各地を調査いたしました。影響があると考えられる各土地では、昔から作物の不作や家畜の原因不明な病などが相次いでおります。無論、ご不満でしたら各国に正式な再調査を申請いただいても構いませんよ」

「う……う……」

「なお、調査の際に、もう一つ不審な点が発覚いたしました」

青ざめる老師たちの前で、青年は淡々と追い討ちをかける。

「赤ん坊の死亡率が、この国の周囲では異常に高いのです。生まれた時は元気そうなのに、家人がふと気づくと、しなびた枯れ根のようになって死亡しているそうです」

「そ、それがどうした！　赤子と毒姫の水路には何も関係ないだろう！　黙れ！」

唖然《あぜん》としていた王も、ようやく事態をわずかにくみ取り、思わず怒鳴った。

目の前の青年が、じわじわと見えない毒蛇のように、自分たちを締めあげているような気がする。

「失礼ながら、ロクサリス国王陛下。無関係ではございません。赤子は死んでなどおらず、拉致《らち》されただけ。しかもそのうちの何人かは、毒姫となるのですから」

青年が足元においた鞄《かばん》から、茶色がかった肌色の物体を取り出した。

拳《こぶし》二つ分ほどの大きさのそれは、身体を丸めて縮こまった赤子そっくりだ。ただし、表面は皺《しわ》だらけで干からび、まるで生気を感じさせない。

「産婆や乳母《うば》として潜《もぐ》り込み、目を離した隙《すき》に赤子とマンドレイクの球根をすり替えたのでしょう？　知識のない者なら、赤子の死体とそう区別がつきませんからね。我が子の死に動揺していればなおさらです。マンドレイクの根は高価ですから、もちろんあとでこっそり回収されていますね」

「だ、黙れと言っているのだ！」

王が再び怒鳴りつけても、青年の声は止まらない。

「我が国の懇意《こんい》にしております隊商が、誘拐犯をすでに捕《と》らえております。このマンドレイクも、犯人が所持していたものですが、こちらの方々と無関係かどうかはっきりさせるために、どこか他の国に彼らの尋問《じんもん》を頼みましょうか？」

青年は手に持ったマンドレイクを見せつけるように軽く振った。そして、老師たちに反論を許さず畳みかける。

「庭園で使う大量の赤子は、各地から攫《さら》って入手していたのですね？　貧富の差が激しいこの国なら、赤子を売る者には事欠かないでしょうが、実験材料にするなら、出来るだけ様々な条件を揃えなければいけません。しかも、毒姫にするならば容姿が美しいのが前提条件です。美しい容姿の両親から奪うほうが、確率は高くなります。子を攫われたご夫婦は、容姿の美しい方が非常に多かったですよ」

それから、トドメとばかりに、満面の笑みを浮かべた。

「こちらの話は以上ですが、何かおっしゃりたい事はありますか？」

「殺せ!!」

王が叫ぶのと､廷臣たちがいっせいに魔道の杖先を青年に向けたのは､ほぼ同時だった。

満場一致で、生かしてはおけないと判断されたのだ。

「…………は、はぁっ……はぁ」

数秒後。

氷の宮殿と化した大広間で、王は荒い息をついていた。

信じがたい光景だ。

天井からはツララがシャンデリアのように無数に下がり、壁や床は分厚い氷に覆《おお》われている。

老師たちは一人残らず、氷の彫像と化していた。

その円の中心で、青年が冷たい笑みを浮かべ、静かに立っている。そのアイスブルーの瞳は、永遠に溶けない氷河のような冷たさを湛《たた》えていた。

「こちらの要求をお呑みいただけるなら、ご署名をお願いいたします」

懐《ふところ》から巻いた紙を取り出し、青年が一歩玉座に近寄る。

シャリ、と細かい霜《しも》を踏みつける足音を、王は身動きも出来ないまま聞いていた。

何しろ、腰から下は玉座ごと氷塊《ひょうかい》に封じられ、立ちあがる事も不可能だ。

玉座の傍《かたわ》らには、小さなテーブルが置かれていて、羽ペンとインク壷が載っていた。

青年は親切にも羽ペンにインクをひたしてから、王に手渡す。

「……」

魂の抜けた操《あやつ》り人形のように、王は呆然と書類にサインをした。

＊＊＊

青年は、また完璧な仕草で一礼し、書類をしまうと半分氷浸《づ》けの王を振り返る事もなく、凍りついた広間をあとにする。

「お父様と、お話は済んだ？」

青年が廊下に出ると、細い魔道の杖を手にした、可愛らしい幼女が立っていた。ティアラを載せた金髪は丁寧にカールされ、真っ赤な花模様のドレスがよく似合う。

彼女の後ろには、従者らしい、緋色《ひいろ》の髪をした少年が控《ひか》えていた。

「はい。全て済みました。アナスタシア姫」

にこやかに青年が答える。

いつもなら衛兵が必ずいる廊下は、今、青年たちだけだった。何か事件が起きたのか、廊下の奥の部屋から、複数の叫び声が聞こえる。

「わたしも、兄様たちとのお話が済んだわ。二人とも、もうしゃべれないけれど、わたしが決闘に勝ったら王位をくれるって、ちゃーんとサインしてもらったから、大丈夫よね？」

赤い血染めのドレスを着た幼い姫は、嬉しそうにポケットから二枚の書類を取り出し、広げて見せる。

チラリとそれに視線を走らせ、青年は頷《うなず》いた。

「ええ。正式な書類として通用いたします。これで貴女が次期国王となれるでしょう」

「そ。じゃぁ約束どおり、そっちの要求も呑むわ」

「ありがとうございます」

青年はうやうやしく礼をし、踵《きびす》を返した。

一歩歩き出したところで、その背中に幼い声が投げかけられ、青年は足を止める。

「王様の仕事って、なかなか大変そうね。図々しい魔術師ギルドの残り連中も粛清《しゅくせい》しなくちゃいけないし。きっと今夜から大忙しだわ」

青年は振り返り、静かに微笑《ほほえ》んだ。

「そうでしょうね。もっとも、ろくでもない王となるのでしたら、至極簡単ですが」

「ふぅん。悪い女王になったら、貴方《あなた》はわたしを殺しに来るかしら？」

「善悪は関係ございません。フロッケンベルクにとって邪魔と判断いたしましたら、排除に参ります」

にこやかに、青年は断言する。

「ご存知でしょう？　アナスタシア姫に、フレデリク君。善人だけが生き残れるなどとは、お伽話《とぎばなし》の中だけの理屈です」

青年の言葉に、それまで無言で俯《うつむ》いていた従者の少年がピクリと顔を上げた。
十二、三歳かと思われる少年は、きちんとした身なりの従者服の首元に少々不似合いな、無骨な牙《きば》のネックレスを下げていた。
随分と秀麗《しゅうれい》な顔立ちをしているが、どこか暗く澱《よど》んだ緑色の双眸《そうぼう》で、青年を厳しく睨《にら》む。

一方で、王の末娘アナスタシアは、呑気《のんき》に肩を竦《すく》めてため息をつく。

「ま、そこは思い知っていてよ。三歳の魔道試験で手抜きして、本当に良かったわ。わたしってお利巧《りこう》さん」

彼女は魔道の杖で、自分の頭を撫《な》で撫でする。

「才能がありすぎるって、良い事ばかりじゃないものね。妬《ねた》まれないように、慎重に隠しておかなきゃ」

アナスタシアは、あどけない笑みを浮かべ、青年を見あげた。

「ねぇ、貴方もこんなふうに苦労したの？　わたし、とっても興味があるわ」

「……さぁ？　僕は、しがない下級錬金術師でございます」

青年の口の端が、優雅に吊りあがった。

「過去もこれからも、どうでもいいものばかりですよ」

6　最初の出会い

旧バルシュミーデ公爵領地は、フロッケンベルクの南部にあり、ロクサリス国とは隣接した地だ。

国内では比較的、寒さの緩《ゆる》い地域であり、作物もほかより採れる。

特に、林檎《りんご》の果樹園が多く、そこで作られた林檎の蒸留酒は、王都でもよく飲まれる。

しかし、国内では恵まれた領地を持ちながら、バルシュミーデ公爵家はそれほど運に恵まれなかった。

かつては、有能な文官や武官を何人も輩出《はいしゅつ》し、国内貴族随一の名家として名を馳《は》せた。

王家との関係も良好であり、だからこそ十五代目王の改革時に、最も肥沃《ひよく》でかつ危険な土地を任されたのだ。

だが何度か不幸が重なり、バルシュミーデ公爵の一族は、徐々に人数が減っていった。

決定的なのは、十八年と少し前。

公爵夫妻の間にできた娘が、生まれた直後に急死したのだ。

長年望んでやっとできた子が死産同然だった事にショックを受け、夫人は産後の床《とこ》で息を引きとってしまった。

娘と妻を一度に亡くした公爵は、自暴自棄《じぼうじき》な生活をしばらく送っていたが、やがて自殺とも事故とも判断つかない状況で亡くなった。

困ったのは、彼がバルシュミーデ家の最後の一人であり、それで公爵家の血が絶《た》えてしまった事だ。

領主不在にもしておけず、王家に返還という形となり、王宮から管理役人を派遣する事で、領地の問題は片づいた。

しかし、バルシュミーデ家は呪われているのだという噂《うわさ》がたち、主を失った城に近寄る者はいなくなった。

「――エヴァ・ツァツィーリエ・フランシスカ・リーゼロッテ・バルシュミーデ姫」

「陛下？」

唐突にヴェルナーが読みあげた、とても長い名前に、ビアンカは首をかしげる。

今、ビアンカは久しぶりに王の寝室にいた。

腹部はまだ少し痛むが、そう心配はいらないそうだ。

広い寝台に夜着を着てペタンと座り込み、向かいにはヴェルナーも夜着で座っている。

それだけでも心臓の鼓動が速くなり、頬《ほお》が勝手に赤らんでくるが、まず聞かなくてはいけない事があった。

「どなたでしょうか？　その……長い名前の女性は？」

ビアンカを正式な王妃に出来る理由を教えてくれると言ったのに、まずヴェルナーの口から出たのは、その名だった。

「君だよ」

「わたし⁉」

「そう。我が国の大貴族、バルシュミーデ公爵家の一人娘に与えられた正式名だ。エヴァ・ツァツィーリエ・フランシスカ……それにしても長いな……ともかく、彼女は十八年前、生まれた直後に誘拐され、行方不明になっている。工作活動により死産とされていたが、公爵令嬢を誘拐してロクサリスに売ったという証人が出てきた」

突拍子もない話に、ビアンカはうろたえた。

「ま、待ってください！　わたしは『庭園』で生まれた肉植物で……」

「君が教えてくれた。『庭園』では、勝手な交配が禁止されており、妊婦を見た事がないのに、赤子はどこからかやってくると」

「え、ええ……」

「いくらなんでも不自然すぎる。そこで調べたら、『庭園』は育てる赤子を、各地から攫《さら》っていた事が判明した。『庭園』にいた者たちは皆、普通の人間だよ」

「あ……」

ビアンカは息を呑む。

少し考えればわかりそうな事だったのに……

「ですが……『庭園』に攫われてきた者が大勢いたのでしたら、わたしが本当にその姫という証拠はないのでは？」

そう言うと、ヴェルナーは愉快そうにくっくと笑った。

「私の知り合いに、とても長生きの人物がいる。彼が教えてくれたのだよ」

そして寝台を降りると、部屋の隅《すみ》に立てかけてあった薄い布包みを持ってきた。

「君はひいお祖母《ばあ》さんの若い頃に、そっくりだそうだ」

布の中からは、古い油絵の肖像画が出てきた。

「え！」

古風な緑色のドレスに身を包んだ、ビアンカそっくりな少女が、こちらを向いて微笑《ほほえ》んでいる。

ビアンカを描いたと言っても、誰もが納得するだろう。

「ドロテア・アデルハイド・フランシスカ・エルメンルート・バルシュミーデ姫……長い名前は、家風なのか？」

裏側の板に書かれた名前を読みあげ、ヴェルナーが首をかしげる。

「わたしの……ひいお祖母様《ばあ》……」

「バルシュミーデ一族はほかにもう残っていないが、バルシュミーデの城を引っかきまわして探せば、肖像画の一枚くらい残っているはずと言われてね。アイリーンに頼んで探してもらった」

「アイリーンさんが？」

「ああ。さすがは成功を運ぶバーグレイ商会だ。まぁ、冬なので王都までは『特別便』になったがね」

また国家機密らしい事を言いながら、ヴェルナーが肖像画を渡してきた。

受け取った絵をまじまじ眺め、ビアンカの胸中にじわりと温かい喜びが湧《わ》きあがる。

もし、貴族ではなく農夫の娘だったと言われても、同じ気持ちになっただろう。

「わたし……わたし……人間だった……」

無毒の涙が両目から溢《あふ》れてきて、慌《あわ》ててヴェルナーに肖像画を返す。

肉親が判明しても、もういないのは寂しいが、少なくとも自分は、望まれて生まれた子どもだった。

――毒姫にされるためだけに、使い捨ての道具として造られた訳ではなかった。

きちんと愛され、生きる事を望まれていた……

溢れつづける涙を両手でこすっていたら、見かねたらしいヴェルナーがハンカチを渡してくれた。

彼は寝台であぐらをかいて座ったまま、ビアンカが落ち着くのを待ち、少々気まずそうな顔で咳払《せきばら》いする。

「君はバルシュミーデ公爵家の正当な後継者で、王室から領地を返却され、女公爵となる。あの地は重要な場所だ。王家としてはぜひ婚姻関係を結びたい」

そこまで言うと、ヴェルナーはがっくりうなだれ、心底情けなさそうな顔になった。

「よって、文句のつけようがない、政略結婚だ」

拗《す》ねた顔で、ヴェルナーがため息をつく。

「ロクサリスから献上されたビアンカには、どんなに気に入っても求婚しなかったのに、バルシュミーデ女公爵とわかった途端に求婚だ。私は酷《ひど》い男だな」

自分で言ったセリフが、さらに応《こた》えたらしい。ヴェルナーは子どものように、ぷいと背中を向けてしまった。

「そういう事だ」

「あの……」

「はぁ……気にしないでくれ。私は今、かなり腹を立てているし、落ち込んでもいる」

背中を丸めてため息をつく彼は、心の底から落ち込んでいるようだ。

「まったく。愛している女性に結婚を申し込むのに、王と言うだけで、なんだってこんな理由をつけなくてはならないのだ」

小声でぼやいている彼の背に、ビアンカはそっと抱きついた。

「ん？」

振り向いたヴェルナーの唇に、自分のそれを重ねる。

「政略結婚の相手を、愛してはいけませんか？」

抱きついたまま、尋ねた。

「いや……そんな事はないが……」

面食らった顔のヴェルナーが答える。

それを見ると嬉しくて嬉しくて、顔が勝手に笑みを形作った。

「でしたら、わたしは陛下と愛のある政略結婚をしたいです」

「……気を悪くするかと思っていたのだがな」

身体ごと向き直ったヴェルナーに、深く口づけられる。

「ん……ふ……」

舌が絡《から》まり、すぐ甘い吐息が零《こぼ》れた。自分がこんなにも飢《う》えていたのかと思い知り、驚く。

傷に障《さわ》らないよう、そっと抱き締められた。

「……そうそう。もう一つ言わなければいけない事がある」

愛しそうに栗色の髪を撫《な》でながら、ヴェルナーが微笑《ほほえ》む。

「本当は、謁見《えっけん》で君を貰う前に、すでに一目《ひとめ》惚《ぼ》れしていた」

「謁見の前に？」

「王都に着いた日の夕方、こっそり宿を抜け出して街を散歩していただろう？」

「は、はい……」

膝《ひざ》に乗るような形で抱き合ったまま、赤面して頷《うなず》く。

ビアンカはこの王都に着いた日の夕暮れ、使節団長が酔いつぶれた隙《すき》に、こっそり宿を抜け出した事を思い出した。

あの時の自分はまだ、老師に逆らうなど出来なかったはずなのに、本当にどうかしていたのだと思う。賑《にぎ》やかな外の世界の魅力に、ふらふらと誘われてしまった。

でも、どうしてヴェルナーが、そんな事を知っているのだろう?

「私はその時、君に助けられた」

「そのような覚えは……人違いです」

「国王に手を貸した覚えはなくとも、松葉杖《まつばづえ》をついた傭兵《ようへい》に手を貸した覚えは?」

「あ!」

ビアンカは、口に手を当て、小さく叫んだ。

片腕と片足にギプスをつけた傭兵の姿が、瞬時に頭の中に蘇《よみがえ》る。

兜《かぶと》ともじゃもじゃの髭《ひげ》で顔はよく見えなかったし、声も小さくてあまりはっきり聞こえなかった。

薄汚れた恰好をしていた傭兵は、整った容姿を持つ高貴で堂々たる王者のヴェルナーとは、似ても似つかない。

けれど、もしかして……

「王家に生まれていなければ、役者になれたかもしれないな」

お忍び好きの国王は、フフンと得意げに言ってのける。

「あの時は少しやりすぎてしまってな、本当に困っていたんだ。君が助けてくれなければ、松葉杖を放り出して変装を解かなければいけなかった」

「ですが、あれは……当たり前の事をしただけです」

『庭園』で働く肉植物には、繰り返される人体実験で視力や聴力を失ったり、肢体《したい》の不自由になる者も多かった。

ビアンカは五体満足《ごたいまんぞく》で、手袋越しでさえあれば他人に触れられるのだから、彼らを手伝うのは当然だ。

だから補助器具の扱いにも慣れていたし、彼らがどんな時に不便を感じるのかもよく知っていた。

「その当たり前な事をとっさに出来る人間は、残念ながらとても少ないのだよ。他者に触れる事が容易に出来る身体でも、知らない相手に手を差し伸べるのには、勇気が要《い》る」

「……そうなのですか？」

「ああ。だが毒姫だった君だけが、躊躇《ためら》いなく見知らぬ私に手を貸してくれた……ちょうど、夕日が君を照らし出していて……」

言葉を切り、少し赤面してヴェルナーは気まずそうに告《つ》げる。

「あまりに美しくて、本物の女神かと思った。あの瞬間、人生で初めての一目惚《ひとめぼ》れをした」

「……」

言葉も出ないまま、ビアンカはヴェルナーに抱きつく。

たくさんの『初めて』をくれた温かい腕に、優しく抱き返された。

＊＊＊

数日後。ヴェルナーは城の一室にて、極秘裏《ごくひり》の待ち人を迎えていた。

ごく小さな部屋にあるのは、香りの良い薪《まき》の燃えている暖炉と、応接セットに、小さな戸棚だけ。

壁には、青い国旗のタペストリーがかけられ、それが唯一の装飾らしいものだ。

ヴェルナーの向かいに座っている、氷のような美貌《びぼう》の青年は、先日ロクサリス宮殿の一角を氷の宮殿に変えた張本人だった。

黒いコートは脱いで長椅子の脇に置かれているが、相変わらず一分の隙《すき》もない身だしなみで、つけている階級章も、やはり下級錬金術師のまま。

しかし彼には、もう一つの職業がある。この国の軍師という、秘密の職業だ。

『――『庭園』より保護した者たちは、心療の専門医をつけたうえでバルシュミーデ領にて職を与え、徐々に社会復帰を促《うなが》すのが最適でしょう。彼らは造園、園芸技術に熟練していますので、林檎《りんご》果樹園と薬草畑の増設を提案いたします。詳しくは見積書をご覧ください。

また、毒姫たちへの治療は、最優先にて実行中です。最年長の者でも十一歳でしたので、解毒薬の副作用も小さく済み、全員が順調に快復へ向かっております。
＊追伸＊
ロクサリス新女王・アナスタシア陛下は、今後国内で毒姫の製造を禁止する事をお約束してくださいました。「もう一度ふんだくられるのはご免よ」と、ご伝言をいただいております』

ヴェルナーは、軍師から差し出された報告書をじっくりと読む。

同封されていた見積書の計画にはまったく無駄がなく、必要な金額も、ロクサリスからの口止め料で十分にまかなえる範囲だ。

金の余りが、『庭園』の被害者たちへ分配される事になっているのも、実にヴェルナーの理想どおりだった。

「さすがだな、軍師殿。計画はさっそく実行に移させていただく」

報告書を閉じて、ヴェルナーは軍師に告《つ》げる。

ヴェルナーが十四歳になる少し前、死を悟った病床の父は、この奇妙な軍師と王家に関する、いくつかの秘密を教えてくれた。

それは長く複雑な話だったし、あまり愉快なものでもなかった。

だから、ヴェルナーはわざわざそれを記述したり、他言しようとも思わない。

いつか自分も、次に王座を継ぐ者にそれを話すだろうが、その時まで胸の内へ静かにしまっておく。

「さて、これで仕事の話は終わりだ。叔父上、久しぶりに一戦願おうか」

ヴェルナーは長椅子から立ちあがり、いそいそと愛用のチェスセットを取り出す。

「少しは腕があがりましたか？　僕は手加減などいたしませんよ」

自分がここに来るたびにチェスの相手をせがむヴェルナーへ、青年が苦笑した。

両者の見かけはほぼ同年代だし、正確には叔父と甥《おい》ではない。

だがヴェルナーは、初めて彼の訪問を受けた際、『祖父の母のまた祖父の異母弟殿などと、一々呼ぶのは面倒だ』と、叔父上に省略するのを了承させたのだ。

「手加減されて勝つくらい惨《みじ》めなものはない。叔父上のように叩きのめしてくれるほうが、まだ親切というものだ」

駒を並べながら、ヴェルナーは口を尖《とが》らせる。

チェスは昔から好きだし、得意だとも思ってはいるが、自惚《うぬぼ》れる気もなかった。王立学院の寮にいた頃は、友人たちと毎晩のようにチェスをしたし、自分より上手い打ち手は何人かいた。

だが……学生の頃は、気楽に駒《こま》を奪い合ってくれた彼らも、ヴェルナーが王位を継いだ途端、一線を引くようになる。

チェスに誘っても、ヴェルナーは一度も彼らに負けなくなってしまったのだ。

「国王の身分とチェス勝負は別だ。遠慮して手加減するなど、かえって失礼だと、皆にもわかってもらえるとありがたいんだがな」

駒を並べつつ、ヴェルナーは愚痴《ぐち》を零《こぼ》す。

盤上に木製の軍隊を並べ、無血の戦いを繰り広げ始めた。

「――それにしてもビアンカ……いや、エヴァのひいお祖母《ばあ》さんの顔など、よく覚えていなさったものだ」

遠慮も情けも無用の厳しい戦いを楽しみながら、ヴェルナーはふと気になっていた事を口にした。

「ドロテア・バルシュミーデ公爵令嬢は、美人で気だても良く、求婚者が引く手あまたでしたからね。よく覚えておりますよ」

青年は答えつつ、自分の駒を動かす。ヴェルナーが見落としていた角度から、ポーンをひょいと奪いとった。

うっ、とヴェルナーは呻《うめ》き、次の手を打つ。

「なるほど。……もしや叔父上も、その求婚者の一人だったりしたのでは？」

「まさか。僕は生まれてこのかた、誰かを愛した事などありません」

ヴェルナーの駒《こま》を、またもやあっさり奪いとり、平然と青年は答える。盤上から視線を上げたヴェルナーは、類稀《たぐいまれ》なほど整った美貌《びぼう》を眺め、小首をかしげた。

「惜しい事だ。叔父上ならそれこそ、言い寄る女性が引く手あまただっただろうに」

「迷惑なだけです。割りきった遊びなら断りませんがね」

青年はニヤリと口の端を上げた。

「しかし、上手くやりましたね、君は案外頑固ですから、政略結婚を嫌がって、生涯独身かと思っておりましたが……よくもまぁ、理想的な政略結婚を仕立てあげたものです」

「エヴァがバルシュミーデ家の令嬢だったなど、偶然のおかげだ」

「ふぅん」

チェス盤から顔を上げた青年は、ますます人の悪い笑みになった。

「もし本当に偶然がなくても、君はそうしむけたでしょう？」

「私は叔父上と違って、誰も損をしない嘘なら、喜んでつくのでね」

ヴェルナーも不敵に笑う。

「なにしろバルシュミーデ家の血縁者がひょっこり出てきても、今さら文句をつける者は誰もいない」

「でしょうね」

「まぁ、本当に、お伽話《とぎばなし》のような奇跡が起きたせいで、私も贋物《にせもの》の肖像画や、もっともらしい嘘を捏造《ねつぞう》しなくて済んだ」

ヴェルナーは満足そうに頷《うなず》き、また一手進める。

「叔父と甥《おい》の性質が似ているなど、けっこうよくある話ですがねぇ……」

青年が肩を竦《すく》め、苦笑した。

「君は僕に似てしまいましたね。目的のために手段を選ばないところが」

容赦《ようしゃ》のない叔父は、タン！　と小気味いい音を立て、甥の軍隊にトドメを刺す。

「チェック・メイト」

「ああっ！」

「なかなか上手くなってきましたよ」

青年はニヤリと笑い、駒をさっさと片づけ始める。

そして、来た時と同じように、城内の誰にも気づかれず、スルリと帰っていった。

＊＊＊

王宮から出た途端、冷たい空気が青年を包み込んだ。

彼は白い息を吐きながら悠然と雪を踏みしめ、久しぶりの我が家へ向かう。

そこはルーディの家だった。

「——うわっ、空《あ》き巣が入ったかと思った」

帰宅したルーディは、室内の様子に目を丸くする。

「違いますね、ルーディ。『空き巣が入ったあとのよう』というのは、僕が帰って来た時の有様《ありさま》を言うのですよ」

ソファーに腰かけて新聞を読んでいた青年が、ギロリと睨《にら》んだ。お茶を零《こぼ》した染みのついていたカバーは、綺麗なものに取り替えられている。

乱雑だった室内は、見違えるように綺麗になっていた。

ものは全てあるべき場所に完璧に置かれ、床にはチリ一つない。食器も磨かれ、テーブルもピカピカ。積んだままだった洗濯物も、洗濯屋に出されたらしい。

「アハハ、冗談です。お帰りなさい、お師様《しさま》」

ルーディは冷や汗をかきつつ、習慣で放り出しかけた鞄《かばん》を、きちんと壁にかける。

綺麗好きで全て完璧な師は、時おり帰宅すると、ルーディが居心地良く散《ち》らかした部屋を、あっという間に片づけてしまう。

ルーディも師も、ここ数週間、大忙しだった。

赤子誘拐犯の逮捕や証拠集め、王都に潜伏しているロクサリスの老師を追いかけるなど……

ヴェルナーの持ち駒《ごま》のうち、冬の森を軽々と越えられるのは、青年とルーディの二人だけだから、思いきりこき使われたのだ。

「あ～、やっぱ家は落ち着く！」

ルーディは青年の隣りに飛び込み、ソファーに行儀悪くもたれかかりながら、エルンストの壮絶な最期《さいご》を報告する。

「そうですか。後処理の手間が省《はぶ》けましたね」

どうでも良さそうな口調で、青年が頷《うなず》く。

（ああ、やっぱりなぁ）

冷たい横顔を眺めながら、ルーディは胸中でため息をついた。

悪党の素質も何もかも、あの青年老師は、この人の足元にも及ばない。

「……そうそう。毒姫の中和剤を、完璧に調合出来ましたね。計測装置なしにやるとは、見事なものです」

不意に、青年がニコリと笑った。

「よく出来ました」

飴《あめ》と鞭《むち》を心得た師は、叱《しか》る時は容赦《ようしゃ》ないが、褒《ほ》める時にはきちんと褒めてくれる。

へへっとルーディは笑い、ニマニマと顔を緩《ゆる》ませた。

飼いならされているようで、ちょっと腹が立つけれど、やっぱりこの師に褒められるのは嬉しいものだ。

「じゃあさ、なんかご褒美《ほうび》は？」

「狼耳の後ろを掻《か》いてあげましょうか？」

「それもいいけど、焼き菓子作ってほしいな。お師様《しさま》の作るヤツ、すげーうまいから」

貴重なチャンスを逃す気はなく、ここぞとばかりに師匠をこきつかう事にした。

「はいはい。そう言うんじゃないかと思いました」

青年は苦笑し、立ちあがって台所に向かう。

「――なぁ、お師様」

邪魔にならないよう、ルーディは台所の隅《すみ》っこの戸棚に腰をかけていたが、気になっていた事を尋ねてみた。

「錬金術師ギルドで、毒姫を禁止させたのって、誰なのか知ってる？」

「……十四代目フロッケンベルク国王の息子です」

青年は手際よく生地をこねつつ、記録に載っていない事柄をあっさりと答える。

「へぇ。あの有名な、十五代目の国王になった人？」

「違いますよ。十五代目国王は、正妻の息子だった第一王子フリーデリヒです。その息子は妾腹《しょうふく》の第二王子でしてね、錬金術を少々かじっていたのですよ」

「ふぅーん」

「廃毒の放置は、当時の錬金術師ギルドでも行《おこな》われておりました。永久凍土の地帯でしたので、作物などに影響はありませんでしたが、それも限界まできておりましたのでね」

遥《はる》か昔の話を、まるで見てきたかのように、青年はまざまざと語る。

「じゃ……もしかして、あの蟲《むし》を作ったのも、その第二王子？」

「ええ。放置していた毒を食い尽くすのに、百年近くかかりました」

よどみなく答えながらも、青年は一分も無駄のない動きで生地を型で抜き、天板に並べていく。

それを目で追いながら、ルーディはまた尋ねた。

「毒姫の解毒方法を考えたのも、その人？」

「そうですよ」

「でもさ……毒姫を廃止したのは、慈悲《じひ》じゃなくてギルドの都合だって、お師様《しさま》は言ったけど……毒食い蟲《むし》を作れたのに、その人はやめさせたんだ？」

少々、歯切れの悪い調子でルーディが尋ねると、青年のアイスブルーの瞳が、チラリとそちらへ向いた。

「すみませんね、説明不足でした。毒の廃棄問題を解決できたのは大きかったのですが、それよりも予算のほうが切実でした」

「は!?　金なの!?」

素《す》っ頓狂《とんきょう》な声をあげたルーディへ、青年は手を休めないまま話す。

「毒姫を一人造って養うのに、非常に大金がかかるのですよ。大量の赤子を犠牲にし、毒草も大量にいる。それだけ経費をかけた結果が、使い捨ての暗殺者だなんて、元が取れる訳がないでしょう。妙だと思いませんか？」

「え？　あ……そりゃ、言われてみれば……」

「毒姫は本来、道楽で造られた愛玩具ですよ。一見か弱く美しい女性でありながら、猛毒を持っているという特殊な存在に、魅力を感じる者がいたようでしてね。錬金術師ギルドの上層部や一部の貴族が、暗殺道具という名目で国家予算を使い、毒姫を造りつづけていました。あの手のものの愛好家は、意外と多かったようですね」

特に表情も変えぬまま、青年は淡々と語る。

「しかし、財政が逼迫《ひっぱく》していた当時のフロッケンベルクで、そんな無駄な予算を錬金術師ギルドに回す事は出来ないと、第二王子の本音はそんなところです」

「うわ……身もふたもないっていうか……」

あんまりな事情に、ヒクヒクとルーディは顔を引き攣《ひ》《つ》らせる……が、この師は酷《ひど》い悪党だけど、嘘だけは絶対につかないから、きっと本当の事なのだろう。

脱力しているルーディなど素知らぬ顔で、青年は天板をかまどに入れて火力を調節しながら、なおも説明を続けた。

「ロクサリスの魔術師ギルドでも、毒姫の生産理由は似たようなものではないかと思いますが、あちらはまた極度に伝統を重んじますからね。特に必要がなくても、昔から伝わっているというだけで、造っていた部分もあるのではないでしょうか。そのくせ毒処理はずさんだったので、第二王子は解毒方法を送りつけたのですが……ま、やめなかったのでこの騒ぎになりました。以上です」

パタンと、かまどの蓋《ふた》を閉じると同時に、青年は毒姫についての話を締めくくった。

ルーディはパチパチと拍手をする。

「は〜……ま、とにかく凄《すご》い天才じゃん、その第二王子。そんなに優秀なら、そっちが国王になれって推薦されそうなのにな」

「第二王子を王にという声はありましたが、彼が断固として断ったのですよ」

「今回のロクサリス王家とはえらい違いだなぁ。第二王子、良い人だったのです？」

「いいえ。単に面倒事を嫌っただけです。良い人どころか、冷酷な腐れ外道《げどう》ですよ。最終的に色々とやらかして城を飛び出したので、彼は王家の公式記録には残っていません」

「あ、そ……」

「どのみち、彼を王にしなかったのは正解だと思いますね。彼は……」

流麗《りゅうれい》だった青年の言葉が、一瞬とぎれた。

「……何もかもどうでも良くて、誰も何も愛せない。あの蟲《むし》と同じですよ。何も感じずに生きている」

「へぇ……」

それ以上、ルーディは口をきかなかった。

『生きていた』ではなく、『生きている』と現在形だった事に突っ込んだり、胸の中に浮かんだ言葉を言ってしまったら、焼き菓子は貰えなくなりそうだと思ったから。

（その人まるで、お師様《しさま》みたいだなぁ……）

だからルーディは、戸棚に腰をかけたまま、黙って足をぶらぶらさせていた。

そして、ちょっとだけ考える。

毒姫の廃止が単なる予算問題だったのも、第二王子が外道な性格だったのも、本当かもしれない。

――でも、その奇妙な王子は、単に毒姫たちを殺せば手間もお金もかからなかったはずなのに、解毒方法までちゃんと造ったのだ。

エピローグ

そして時間は経ち、翌年の初夏。

国王ヴェルナーと、バルシュミーデ女公爵エヴァァの結婚式が盛大に行《おこな》われた。

晴れ渡った青空の下、国中の人が詰めかけて国王夫妻の門出を祝ったと、後《のち》の記録には記されている。

グレーの髪にアイスブルーの瞳をした美貌《びぼう》の青年は、皆の輪から少し離れた場所で、静かに結婚式を眺めていた。

彼は王族でもなんでもない。しがないただの、下級錬金術師なのだから。

「——それにしても、エヴァァですか」

青年は小さく独り言を呟《つぶや》き、その偶然にクスリと笑う。

『エヴァァ』

大陸の西南で、その名はイヴと発音される。

蛇にそそのかされて禁断の果実を口にし、神々の支配する楽園を追放された、西南地方に伝わる有名な神話の女性と同じ名だ。

その結果、イヴは知恵という毒を全ての人間に感染させ、神の庇護《ひご》と永遠の平穏を失わせたと伝えられている……まるでエヴァ王妃と同じく、始まりの毒姫のようだ。

予測していた事だが、『庭園』に囚《とら》われていた人々は、解放と言われても反応は鈍《にぶ》かった。

どうしてここから出されるのか理解出来ず、これから先は、一体誰が自分たちの道を定めてくれるのかと、パニックを起こす者までいた。

何も知らず考えず、ひたすら従う事しか知らなければ、当然の結果だ。

何かを得るには代償がつきもの。

得てしまったがゆえに、知らずに済んでいた苦しみを味わう事もある。

フロッケンベルク国は、彼らが世界に溶け込めるよう補佐するし、エヴァ王妃は特に心血を注《そそ》ぐだろう。

だが、他人がやる事には所詮《しょせん》、限界がある。

楽園も神も偽《いつわ》りだったと知らされ、唐突な自由と自我を与えられた彼らは、これからは外の世界を自分で生き抜く苦痛に、立ち向かわなければならない。

彼らにとって、どちらが良かったかなど、単純に判断出来はしない。

猛毒のアコニトが、強心作用のある薬になるように、良薬と毒は常に同じだ。自由も支配も、似たようなものだと青年は思う。

青年の瞳に、爽《さわ》やかな青空の中で翻《ひるがえ》る、青色の国旗が映り込んだ。

王家を表す白い白鳥と、それを守護する黒いウロボロスの図を、アイスブルーの瞳でじっと眺めた。

『──ヘルマン。君って、ウロボロスみたいだ』

遥《はる》か昔……まだ青年の髪が漆黒の色をしていた頃、異母兄フリーデリヒはそう言った。

なんでも一人で出来てしまう君は、誰かと繋《つな》がりたがっている、孤独な蛇のようだと。

まったく、あれを聞いた時は驚いた。

何もかもがあまりにどうでも良くて、何をされても怒る気にさえなれなかったのに、心底腹が立った。それでもまぁ、凍った自分の心を揺さぶった異母兄に敬意を表し、少しばかり国の再建と存続に手を貸す事にしたのだ。

「我が国の未来に、ウロボロスの加護があらんことを！」

人々の叫ぶ恒例のセリフが聞こえ、青年は少し眉をひそめて国旗から視線を逸《そ》らした。

もう随分長く生きているが、未だに恋とか愛とかいう感情を抱く事だけはないから、あの幸せそうな二人にも共感は出来ない。

だが、結婚式の礼儀は守りたいし、有能な甥っ子を祝福する気くらいはある。

始祖たる毒姫の名を持つ王妃と、孤独な蛇の守護する国王の末永い幸せを願って、青年も拍手をした。

＊　＊　＊

盛大な結婚式は今、最高潮で、熱狂に沸く民衆は盛大な拍手を送っている。

フロッケンベルク王家の結婚式は、まず国王夫妻が屋根のない婚礼馬車で城の周囲を往復する。その後、城の正門で婚姻を宣言する事になっていた。

「陛下！　エヴァ王妃！　おめでとうございます！」

「ありがとう、皆。これからも宜《よろ》しくね」

エヴァという、自分だけの名前を持った新王妃は、人々に手を振って歓声に応《こた》えた。

婚礼ドレスとティアラは、どの王妃も必ず新しくあつらえるそうだ。

銀糸の刺繍《ししゅう》とレースで彩《いろど》られた白いドレスは、パフスリーブと流れるようなラインのスカートが美しく、エヴァにとてもよく似合っている。

腰の後ろは大きなリボンと長いトレーンが特徴的で、ほかのデザインは自由にしても、このトレーンの長さだけは決まっているらしい。

城の前でエヴァが馬車を降りると、侍女たちがドレスの長いトレーンを、皆によく見えるよう広げた。

その見事さに、群集から感心のため息があがる。

国章であるウロボロスと、バルシュミーデ家の家紋であるリンゴの実を図案の中心にし、お針子たちが半年以上かけ、銀糸で細かな刺繍《ししゅう》を施《ほどこ》した傑作だった。

国一番の宝石職人が作った精巧なティアラも、同じモチーフでデザインされている。

こちらはプラチナで作られており、王妃の瞳と同じ色のエメラルドが、上品に組み込まれていた。

「順調だな、エヴァ。よく頑張ってくれた。さすがだ」

ヴェルナーが手を振りながら、小声で褒《ほ》めてくれる。

結婚式の打ち合わせや準備は、本当に大変だった。何しろ国王の結婚式など、数十年に一度の大イベントだ。

辞書のような分厚い本に、細かい伝統や規約がビッシリ書いてあり、しかもヴェルナーは公務で忙しいから、必然的に結婚式の準備はエヴァが中心となる。

各国大使への招待状、民への振る舞い酒や飾りつけ、交通整備の手配まで、やる事は山積みだった。

「皆さんが力を貸してくださったおかげです」

エヴァも小声で囁《ささや》き返す。

献上品ビアンカから、女公爵エヴァになったあと、周囲の反応はたしかにいくらか変わった。

媚《こ》びる人もいたし、逆に遠慮してよそよそしくなった人もいた。

どう振る舞えばいいか悩む事もあったが、エヴァは結局最後は、自分のままでいようと思った。

もう二度と、押しつけられた運命にひれ伏す気はない。王妃の責務もきちんと果たす。けれど、ビアンカだった頃と、本質は何も変わらない。

雛菊《ひなぎく》が無理をして薔薇《ばら》の真似をする必要はないのだ。

「エヴァ、あんたはいつまでも、その優しい心を忘れないでおくれ」

少し離れた場所では、アイリーンが感極まった様子で涙ぐんでいた。

なにしろエヴァの心遣いで、弓矢の妙技を見せるという口実を貰い、来賓用のドレスを着なくて済んだのだから。

アイリーンにとって、まことに心温まる配慮だった。

彼女はドレスの代わりに、近衛《このえ》兵の正装を着込んでいる。

「姐《ねえ》さん、出番だ」

数人の錬金術師が、大砲を引きずってくるのを見て、ルーディが促《うなが》した。

「ああ。任せとくれ」

弓矢を持ち、アイリーンが豪快に頷《うなず》く。

正門前の広場には、地面に大きな祝い絵が描かれている。その前で祝砲を上げるのは、恒例行事の一つだった。

人々が見守る中、空砲が大きく鳴り響くと同時に、アイリーンが空へ向けて矢を放つ。一本打ったあと、彼女は信じられない早業《はやわざ》で二本目をつがえ、射た。さらに、間髪《かんはつ》いれずに三本目の矢を放つ。

錬金術師ギルドの特製品である三本の矢にはどれも小さな袋がついている。それが音を立てて空中で破裂し、花吹雪《はなふぶき》が飛び出す。

色とりどりの花びらが祝い絵へと舞い降りた。

花吹雪《はなふぶき》を浴びながら、観客たちはアイリーンの妙技に拍手喝采《かっさい》し、驚きの大歓声をあげる。

「あれだから、アイリーンには到底かなわないのだよ」

ヴェルナーに耳元で囁《ささや》かれ、エヴァは思わず正直に頷《うなず》いた。

たしかに、彼女の弓は神業《かみわざ》だった。

地面に落下した矢はなんと、祝い絵に描かれた三ヶ所のハート部分へ、それぞれ突き立っていたのだから。

「――エヴァ・ツァツィーリエ・フランシスカ・リーゼロッテ・バルシュミーデ……」

錬金術師ギルドの長《おさ》が厳《おごそ》かな口調で、エヴァ以外には誰も持っていないだろう長々しい名を読みあげる。

それを聞きながら、エヴァは不思議で仕方ない。

公表は、しごく単純なものだった。

『ビアンカは、実は誘拐された公爵令嬢だった』と、それだけだ。

肖像画の証拠があるにしても、非常に胡散臭《うさんくさ》い事このうえない。

ヴェルナーと娘の結婚を望む貴族たちがつつけば、『庭園』の秘密や彼女が毒姫だった事など、すぐバレそうなものだ。

それなのに、噂《うわさ》の煙は匂いすら立たず、エヴァに何か探りを入れる者も皆無だった。

そっと、隣に立つヴェルナーを盗み見るが、彼はいつものとおり、優しげながら堂々とした国王の顔で、すまして立っている。

愛する食わせ者の彼は、王家に生まれていなければきっと、役者にでも詐欺師にでも、

十分なれただろう。

誓いますか？　の決まり文句までが済み、誓約書にサインをし、エヴァは国王に抱き寄せられる。

誓いの口づけとともに、誰にも聴こえないほど小さな声で囁《ささや》かれた。

「愛している」

「愛しています」

歓声の中、抱き締められながら、エヴァもそっと小声で答え、微笑《ほほえ》み返す。

誰にも触れられぬ存在だった自分が、まさかこんな幸せを掴《つか》めるなんて。

今でも、時々信じられない。

（もしかして、貴方《あなた》があの時におっしゃりたかったのは……）

目の前の愛しい人を見つめながら、以前に温室で倒れた直後、彼に聞かされた籠《かご》の鳥の話を思い出す。

あの時は彼が、国王としての心構えを語ってくれているのだと思った。

もちろんそれもあるのだろう。けれど、もしかしたら……あの話にはもう一つ、意味が込められていたのかもしれない。

あの鳥に、エヴァが例えられていたのではないだろうか？

ずっと『庭園』で育った自分は、外の世界で生きる手段を持たず、どんな危険があるのかさえも知らなかった。

緑の籠《かご》を出た瞬間から、全てが初めてで戸惑《とまど》う事ばかり。

羽根を斬られるかわりに、全身を毒に染められて、外の世界では食器に口をつける事すら出来なかった。

籠の扉を開けてもらっても、放っておかれれば、すぐに死んでいたはず。

だからヴェルナーは、子どもの時と同じ過《あやま》ちを決して繰り返しはしないと、告《つ》げてくれたのだと思う。

『毒姫ビアンカ』だったエヴァを、外の世界に適応できる身体に戻し、籠の外での生き方を教えてくれた。

そのうえ、逃げ延びたはずの籠に引き戻そうと、籠から伸びて絡《から》みついてきた手に気づき、助けてくれたのだ。

「ヴェルナー様。貴方《あなた》に触れられるのが、一番の幸せです」

エヴァは囁《ささや》き、結婚式の予定にはなかったが、ヴェルナーに自分からもう一度、口づけた。

常に国の代表である、国王夫妻は楽じゃない。

だが、二人は王と王妃であると同時に、ヴェルナーとエヴァという愛し合う二人であり、二人だけの愛の誓いも必要なのだ。

ヴェルナーは一瞬驚いたようだったが、すぐエヴァの背中に回した手に力をこめ、熱烈に抱き締めてくれる。

互いへの熱愛を隠そうともしない国王夫妻に、民たちから盛大な拍手と笑い混じりの歓声があがった。

＊　＊　＊

——その後。

暗殺用に育てられ、籠の中でしか生きられなかったはずの、数奇な毒の姫君のお話は、どこの本にも記されなかったし、誰も知らないままだ。

けれど、生まれてすぐ森の精霊に攫《さら》われてしまい、お忍びで来た王様に緑の籠から助け出され王妃となった女の子のお伽話《とぎばなし》は、フロッケンベルク国で今も語り継がれている。

書き下ろし番外編

国王夫妻の秘密の観戦

エヴァが正式に王妃となってから、半年が瞬《またた》く間に過ぎた。

フロッケンベルクの王都は冬を迎え、氷雪《ひょうせつ》に閉ざされた真っ白な世界となる。

純白の羽根のような雪が舞い落ちてくる、ある冬の午後。

エヴァは私室の長椅子にマグダと並んで座り、彼女がゆっくりと編み棒を動かす手元を、注意深く覗《のぞ》き込んでいた。

「ここまでは宜《よろ》しいですか？　では、お次はこう編んで……」

編み棒が器用にくるくると動き、鮮やかな赤い毛糸が魔法のように編み上げられていく。マグダの編み棒がしなやかに動く様《さま》は、どれだけ見てもエヴァを感心させた。

「こうかしら？」

今見た動きをしっかり思い起こし、エヴァが自分の編み棒を動かすと、マグダが微笑《ほほえ》んで頷《うなず》いた。

「ええ。王妃様は筋が宜しくいらっしゃいますね。この分でしたら、雪祭りまでにはきっと編みあがりますよ」

優しい声音と言葉に、エヴァはぱっと表情を明るくした。

もうじき、冬の始まりに降り続く雪が一休みする時期になる。ちょうどそのころ、フロッケンベルクの各領地では雪祭りが開催される。

そして雪祭りの日に、女性は意中の男性に自作の手袋を贈る習慣があるそうだ。

去年の雪祭りは、まだヴェルナーの婚約者になったばかりの、ちょうどごたごたしていた時期だった。

それに元は危険な毒姫だったエヴァは、刺繍《ししゅう》や編み物といった手芸を習った事もない。ヴェルナーに手袋を贈りたくても基礎の編み方すら知らなかったのだ。

それで今年こそは雪祭りに参加したいと、マグダに頼んで手袋の編み方を教えてもらっている。

「ありがとうございます！　マグダさんの教え方がとてもわかりやすいおかげですね」

嬉しくなって礼を言うと、マグダがコホンと小さく咳《せき》払いをした。

「あ……ええと……マグダのおかげね。ありがとう」

エヴァは慌《あわ》てて言い直す。

『献上品の寵姫《ちょうき》ビアンカ』だった頃は、侍女のマグダを含む使用人に丁寧な言葉遣いをしても、特に注意されることはなかった。

しかし、正式な王妃となればそうもいかない。堂々とした立ち居振る舞いに慣れねばという事で、こちらも編み物と同様に特訓中である。

王都が閉ざされる冬の間は、王妃の公務はほぼ皆無といえる。

厳寒の地にあっても城の部屋は暖かく保たれ、暖炉では薪《まき》のはぜる音が心地よい。寒さで手をかじかませることもなく、エヴァは快適に編み物へ集中できた。

毛糸の色は、彼の金髪と青い瞳によく似合いそうだと、さわやかな空色を選んでいる。

(上手に出来たら、陛下は喜んで下さるかしら?)

段々と形が出来ていく手袋を眺め、エヴァはこっそりと心の中でヴェルナーの笑顔を思い浮かべた。


そして、雪祭りの当日。

この祭りを楽しみにしている人々の願いが叶ってか、とても良い冬の晴れ空となった。

太陽が青空に燦然《さんぜん》と輝き、純白の雪を眩《まぶ》しく照らしている。

雪祭りは、城のすぐ前の大広場で開催される。

貧しい人が冬を越すための資金を集める慈善市や、寒さをしのぐ自家製酒の品評会、雪像作りの大会など色々とあるが、一番盛り上がるのは雪合戦だという。

ここは氷雪に覆《おお》われた、錬金術と傭兵団で成り立つ国フロッケンベルクである。

雪合戦といえども、子どもがはしゃいで雪玉を投げ合うだけでは終わらない。

突撃兵や防御兵を決め、雪で防壁を作り、あらゆる兵法を駆使して相手の陣地から旗を奪い取る。王城の精鋭騎士団まで参加の、迫力ある戦となるのだ。

もちろん危険すぎないように、子どもや大人、兵士に騎士と、幾つかの部門に分かれてそれぞれで優勝の組が決められた。

優勝した組には豪華賞品に加え、国王陛下より直々にお褒《ほ》めの言葉がかけられるとあり、どの出場者も気合満点で挑む。

広場の一角には見物席も設けられ、見物客も出場者も、眩《まぶ》しい雪の照り返しで目を傷《いた》めないようにと、錬金術ギルド特製のゴーグルが貸し出されるそうだ。

そんなわけで雪祭りの日を迎えた城は朝から賑《にぎ》やかだったが、エヴァは静かに寝室に篭《こも》り、寝衣の肩に暖かなショールを羽織《はお》ってカーテンの隙間《すきま》から外を覗《のぞ》いていた。

本来ならば、今日はヴェルナーと広場の貴賓席で雪合戦を観覧する予定だったのに、運悪く昨夜から微熱を出してしまった。

軽い風邪だが、雪の積もる広場で長時間の観覧は、幾ら厚着をしてもそれなりに冷える。風邪を悪化させかねないから雪祭りは欠席するようにと、ヴェルナーから言われた時、エヴァはかなり落ち込んだ。

単純に雪祭りを楽しみにしていたというよりも、冬の間の数少ない公務を休むなど、とても情けなく思えたからだ。

まだ新米の王妃で至らぬところもある身とはいえ、国王の重責を担《にな》っているヴェルナーを、少しでも支えたかった。

けれどヴェルナーにそれを伝えたら、『無理をしなくても、エヴァの元気な笑顔が見られれば、私は疲れも消えてまた頑張ろうと思える。フロッケンベルク国王だったからこそ、私は君を手に入れられたと、自分の人生にも感謝出来るのだよ』と微笑《ほほえ》んで言われ、嬉しさと恥ずかしさで熱が上がったように顔が赤くなってしまった。

それに、国王は優勝した組へ褒賞《ほうしょう》を渡す役割があるものの、王妃には特にそうした役割はない。

もちろん、観覧席に王妃もいれば民衆は盛り上がるだろうけれど、冬の風邪を悪化させて亡くなる者も多い国なので、エヴァにそんな無理は望まないだろうとも言われた。

マグダたち侍女や、今では仲良くなった大臣達も同意見で、優しく休養を勧めてくれたので、エヴァは大人しく欠席する事にしたのだ。

窓の外に見える雪景色の中、城の宿舎に住む子ども達が隊列を組み、勇み足で歩いていくのが見える。

色つきガラスのはまったゴーグルをつけていて顔の判別がしにくいが、先頭で元気に歩いている鋼色の髪をした子どもは、間違いなくロットンだ。

彼は年齢の割に身体も大きく体力があり、加えて軍事指揮で天性の素質も持っているようだ。それで今年は、城の子どもで作った雪合戦チームの大将に選ばれたと聞いた。

勇ましい子ども達を、エヴァが微笑ましく見送っていると、マグダがそっと近づいてきた。

「さぁ、そろそろ横になってくださいませ」

「ええ……ケホッ」

返事をした拍子にまた咳《せき》が出てしまい、エヴァは痛む喉《のど》を押さえて寝台に戻る。

マグダが湯気のたつ蜂蜜《はちみつ》湯を持ってきてくれた時、扉を叩く音がした。そちらに目をやったマグダが、エヴァの方に向き直り微苦笑《びくしょう》する。

「代わりの侍女が参ったようですね。ではお言葉に甘えまして、私は少々席を外させて頂きます」

「楽しんできてね。後で試合の様子を教えてもらえれば、わたしも嬉しいわ」

蜂蜜湯《はちみつ》で喉《のど》を潤《うるお》し、エヴァは寝台に身を起こして微笑《ほほえ》んだ。

マグダも親戚の子が雪合戦に出ると楽しみにしていたのだが、献身的な彼女はエヴァに付き合って、自分も観戦は止めようとしていた。

気にしないで欲しいとエヴァが言っても、マグダはこうと決めたら引かぬ頑固なところがある。

そこでヴェルナーに、マグダが目当ての試合だけでも見に行けるようにしたいと相談したところ、乳母《うば》の性格を知り尽くしている彼は見事に説得してくれた。

城を留守にしなくとも、城の上階から望遠鏡を使えば広場の様子は見える。

子ども達の組が試合をする短時間だけ、信頼できる者を臨時の侍女としてエヴァの傍《そば》に寄越すという事で、話は落ち着いたのだ。

その侍女の名前はまだ教えられないが、エヴァもよく知る相手だという。

もしかしたら夏の終わりに王都を発ったアイリーンが密《ひそ》かに戻っているのではないかと、エヴァは内心ワクワクしていた。

マグダが退室すると、入れ替わりに背の高い侍女が入ってきた。

侍女が外出時に被るボンネットをつけたままなので、顔はよく見えないものの、栗色の綺麗な巻き毛が微《かす》かに覗《のぞ》いている。

（あら？）

アイリーンでないのは確かだが、普段から仕えている侍女とも違う。

まったく見覚えのない女性だ。なのに、どこか見覚えがあるような気がする。

首を傾《かし》げた瞬間、不意に気づいてエヴァは口元を両手で押さえた。

――陛下――っ⁉

大声で叫びそうになったのをすんでのところで堪《こら》えると、侍女に変装したヴェルナーがニヤリと笑い、ボンネットをとった。

「やはり、エヴァにはすぐバレてしまったか」

「い、いえ。よく見なければ、すぐには……」

彼は元々、全体的に線が細く秀麗《しゅうれい》な顔立ちだ。

しかも、変装が生きがいのヴェルナーは栗色の巻き毛のかつらだけでなく化粧まで入念に施《ほどこ》し、すっかり侍女に化けていた。ぱっと見には、凛々《りり》しい美人のお姉さんだ。

これなら少しくらい誰かに顔を見られても国王だとは気づかれまい。

さっとすれ違ったくらいなら、エヴァも気づかなかったのではと思う。

「大丈夫だ。マグダや他の何人かにも協力してもらって抜け出している。広場の方にも私に変装した代理を頼んでいるからな。ゴーグルで顔がわかり辛くなるのは幸いだ」

驚愕《きょうがく》しているエヴァの隣に腰を下ろし、ヴェルナーはスラスラと説明する。

それから彼は、水色の綺麗な石のついた銀のイヤリングを取り出すと、エヴァに手渡した。

「陛下、これは？」

「ルーディから特別に借りた、錬金術ギルドの試作品だ」

悪戯《いたずら》っぽく笑ったヴェルナーが、栗色の巻き毛を少し持ち上げると、その耳朶《じだ》にも同じイヤリングが下がっていた。

ヴェルナーは続けて、侍女のお仕着せブラウスの袖口を少しめくる。手首にはイヤリングと同じ形をした石のはめ込まれた、銀のブレスレットがはまっていた。ただし、ブレスレットの石は鮮やかな赤で、イヤリングともどもよく見れば銀の部分には細かな魔法文字が刻み込まれている。

錬金術ギルドの試作品というからには当然、これらは魔道具のはずだ。

「この腕輪とイヤリングを通じて、広場にいるルーディから周囲の音と景色を送り届けてもらえる」

信じられない技術に、エヴァは目を瞬《またた》かせた。

「そのような事が可能なのですか？」

「まだ試作品なので、ごく近距離しか届けられないそうだがね。広場からここまでなら大丈夫だろう」

そして彼は、ほんの少し気まずそうに苦笑した。

「本来なら、こういった行事の際に抜け出すべきでないのは承知している。だが今回限り、子ども部門の間だけエヴァとここで観戦するというのを、皆に了解してもらった」

彼のいう『皆』とは、ヴェルナーのお忍び癖《ぐせ》を黙認し、協力してくれている人達だ。

「それは……もしや、わたしのために無理をしてくださったのですか？」

申し訳ない気分で、エヴァは尋ねた。

まだビアンカという名だった頃、ロットンをはじめとした城に住む子ども達と仲良くなり、彼らに明るく受け入れられたことで、どれほど救われたことか。

王妃という立場では、大っぴらに彼らを応援する事はできないけれど、それでも張り切って練習していた晴れ舞台を、この目で見たかった。

ヴェルナーはその思いを汲んで、無理をしてくれたのだろうか。

だが、ヴェルナーは静かに首を横に振った。

「いや。すまないが、むしろ私が君を利用したと言うべきだ」

「陛下が？」

「ああ。私は生まれた瞬間から、いずれフロッケンベルク王位を継ぐ立場だった。よって公式の場では、全ての国民へ公平に接する義務がある。仲間を募《つの》って雪祭りの試合に参加するのはもちろん、特定の相手を応援する事も出来なかった」

窓の外を眺めて少し寂しそうに言ったヴェルナーだが、エヴァへと視線を戻し、一転して満面の笑みになる。

「しかし、ここでひっそりと観戦する以上、誰に遠慮することもない。我が城の小さな勇士達を、今日ばかりは心置きなく応援できるというものだ」

ちょうどヴェルナーが言い終えた瞬間、腕輪の赤い石がチカチカと輝いた。

「エヴァ、イヤリングをつけてくれ」

ヴェルナーに促《うなが》され、エヴァは急いでイヤリングをつける。

『おーい！　聞こえるか？』

急に、耳の中にどこか遠くから響いているようなルーディの声が聞こえた。

「きゃっ⁉」

飛び上がらんばかりにエヴァが驚くと、今度はルーディの笑い声が聞こえる。

『ごめん、ごめん。驚かせちゃったかな』

「ルーディ、よく聞こえている。もうそろそろ始まりか？」

すでに慣れているらしいヴェルナーが落ち着いて尋ねると、ルーディが答えた。

『今から開始だ。せっかく早朝から来て良い席とったんだから、よく見てくれよ！』

威勢のいい声と同時に、赤い石の光が点滅を止め、今度はぱっと大きく白い光を広げる。

「まぁ……」

次の瞬間、エヴァは思わず感嘆の声を漏《も》らしていた。

目の前に広がる白い光の中に、雪景色の広場が鮮やかに映し出されているのだ。

映像は微《かす》かに透き通っているものの、生き生きと動いている。

ロットン率いる城の子達が、市街地の少年組と、これから対戦するところだった。市街地組は大柄な少年ばかりで、女の子もいる城の使用人子ども組はやや不利に見える。

防壁から顔を覗《のぞ》かせては雪玉を投げ合い、相手陣地の旗をとろうと真剣に競っている子ども達が、まるですぐ目の前にいるようだ。

同時に、イヤリングを通して観衆の応援する賑《にぎ》やかな声もエヴァの耳に入ってくる。出場している子の親なのか、熱心に子どもの名前を読んでは声援を送っている者も多い。

「危ない！　右だ！」

市街地組の少年が、守りの薄い右側を狙って城の子らの陣地に入りそうになり、ヴェルナーが思わずといった調子で声をあげた。

だが、城の子ども達は見事にそれを阻止し、巧《たく》みに反撃をしかける。

子どもながらに白熱する戦いが繰り広げられ、いつしかエヴァもヴェルナーと手に汗握り、顔馴染《なじ》みのロットン達を思い切り応援していた。

そしてロットンが見事に敵陣の旗をとった瞬間は、抱き合って歓声をあげてしまった。

もちろん、市街地の少年達だって大切なフロッケンベルクの子どもで、彼らも正々堂々と奮闘したのだ。それはエヴァもよくわかっている。

国王夫妻という立場で広場の貴賓席にいたら、普段から親しい相手の勝利を手放しで大喜びなど、決してできなかったはずだ。

勝利は勝利で称えるが、それはあくまでも私情抜きで行《おこな》わねばならない。

ヴェルナーが、今日ばかりは心置きなく応援できると、あんなに嬉しそうに言った気持ちがわかった気がした。

「さて、そろそろマグダも帰るし、私も広場に戻らなくては」

ヴェルナーが言い、ルーディの『じゃあな』という声と共に広場の映像と音は消えた。

「陛下。本当にありがとうございました」

エヴァはイヤリングを外してヴェルナーに返し、心から礼を言う。

「いや、私のほうこそ楽しかった」

ヴェルナーが笑顔で答え、ポケットにイヤリングをしまって立ち上がる。そして侍女のボンネットを被ろうとしたところで、エヴァは急いで呼び止めた。

「陛下、あの……これを」

寝台の脇に隠しておいた紙袋から、自分で編んだ空色の手袋を取り出し、勇気を振り絞《しぼ》ってヴェルナーに差し出す。

「陛下の普段使いには向かぬと思いますが、庶民風にお忍びする際などに宜《よろ》しければと」

マグダに教わって無事に編みあげた手袋だが、よく考えれば国王のヴェルナーが普段から身に着けるのは、衣服から靴、手袋にいたるまで一流の職人が作った品ばかりだ。

彼が人の好意を無下《むげ》にする性格ではないと承知しているものの、拙《つたな》い品を渡して困らせるのは嫌だったから、いざ雪祭りの日になってもなかなか渡す決心がつかないでいたのだ。

しばしヴェルナーは無言でエヴァを見つめていたが、手袋を受け取って首を横に振る。

「ありがたく頂くが、お忍びの際に使うなどと約束はできないな」

「え!?」

「そんな事をしては、これを我が妃に作ってもらったと、皆に自慢できないではないか」

「そ、そのような、大したものではありませんが」

思わぬ返答に慌《あわ》てふためくと、満足そうに微笑《ほほえ》んだヴェルナーに抱き寄せられた。

「いいや。大したものだ。マグダに君が手袋を編んでいると聞いて、私は今朝からずっと、いつもらえるか散々に待ち焦がれていたのだからな」

どこから見ても侍女の姿をしているのに、色香が滴《したた》る男性の声で囁《ささや》かれ、エヴァはいっそう顔を赤くした。

「そ、そうおっしゃって頂けると光栄です。お好きに使ってくださいませ」

やっとの思いで答えると、ヴェルナーの顔がさらに近づく。風邪が移ると困ると思いながらも、濃厚な口づけを受け入れた。

その後、素早く広場に戻ったヴェルナーの、短時間のお忍びは公《おおやけ》にばれる事はなく、今年の雪祭りも大盛況に終わったのだった。


——そして後日。

幾人かの衛兵が、臨時雇《やと》いだったらしい栗色の巻き毛侍女に一目惚《ひとめぼ》れして探し回っているという話を聞き、ヴェルナーが冷や汗をかいたのは、また別の話である。

RC Regina COMICS
鋼将軍の銀色花嫁
原作 小桜けい Kei Kozakura
漫画 朝丘サキ Saki Asaoka
好評発売中!

RC Regina COMICS
鋼将軍の銀色花嫁
小桜けい 朝丘サキ
私の"秘密"は知られてはいけない――

甘く淫らな　Noche ノーチェ　恋物語

旦那さまの溺愛が止まらない!?

定価:本体1200円+税

牙の魔術師と出来損ない令嬢

著 小桜《こざくら》けい　　イラスト 蔦森《つたもり》えん

魔力をほとんど持たずに生まれたウルリーカは、強い魔力を持つ者が優遇される貴族社会で出来損ない扱いをされている。そんな彼女にエリート宮廷魔術師との縁談話が舞い込んだ！　女王の愛人と噂される彼からの求婚に戸惑うウルリーカだが、断りきれず嫁ぐことに。すると、予想外の溺愛生活が待っていて!?

夜の作法は大胆淫ら!?

定価:本体1200円+税

星灯りの魔術師と猫かぶり女王

著 小桜《こざくら》けい　　イラスト den

女王として世継ぎを生まなければならないアナスタシア。けれど彼女は身震いするほど男が嫌い！　日々言い寄ってくる男たちにうんざりしていた。そんなある日、男よけのために偽の愛人をつくったのだが……ひょんなことから、彼と甘くて淫らな雰囲気に!?　そのまま息つく間もなく快楽を与えられてしまい——

詳しくは公式サイトにてご確認ください。

http://www.noche-books.com/

掲載サイトはこちらから！

本書は、2016年4月当社より単行本として刊行されたものに書き下ろしを加えて文庫化したものです。

レジーナ文庫

暗殺姫《あんさつひめ》は籠《かご》の中《なか》

小桜《こざくら》けい

2017年 12月20日初版発行

文庫編集－福島紗那・塙綾子
発行者－梶本雄介
発行所－株式会社アルファポリス
〒150-6005 東京都渋谷区恵比寿4-20-3 恵比寿ｶﾞｰﾃﾞﾝﾌﾟﾚｲｽﾀﾜｰ5階
TEL 03-6277-1601（営業） 03-6277-1602（編集）
URL http://www.alphapolis.co.jp/
発売元－株式会社星雲社
〒112-0005東京都文京区水道1-3-30
TEL 03-3868-3275
装丁・本文イラスト－den
装丁デザイン－ansyyqdesign
印刷－大日本印刷株式会社

価格はカバーに表示されてあります。
落丁乱丁の場合はアルファポリスまでご連絡ください。
送料は小社負担でお取り替えします。

ISBN978-4-434-23975-5 C0193